ガンパレード・マーチ
episode TWO

榊　涼介

Illustration／**Junko Kimura**

CONTENTS

イラスト／きむらじゅんこ
デザイン／渡辺宏一（2725Inc.）

第一話　5121小隊発足

暖かな日が続いていた。

熊本《くまもと》市内から五十キロも行けば、そこは前線《ぜんせん》だったが、春めいた陽気が自然《しぜん》と道行く人の歩《あゆ》みを軽くしていた。熊本要塞《ようさい》と称《しょう》された戦時下《せんじか》の街では一般市民《いっぱんしみん》の姿《すがた》はほとんど見られず、多くが軍服《ぐんぷく》姿の自衛軍《じえいぐん》の兵士、学兵《がくへい》らで占《し》められていたが、春の明るい陽射《ひざ》しはそんな緊迫《きんぱく》した現実《げんじつ》をすら忘れさせるようだった。

突如《とつじょ》として地響《じひび》きが聞こえ、路上にたむろしていた鳩《はと》、スズメがあわてて飛び去った。疎開《そかい》者《しゃ》が続出《ぞくしゅつ》したため、捨てられ、野良《のら》となった猫たちがビルの谷間《たにま》へと避難《ひなん》する。通行人《つうこうにん》は足を止めて音の方角《ほうがく》に顔を向ける。

片側《かたがわ》三車線《しゃせん》の国道三号線を地響きをあげて三体の巨人《きょじん》が歩いてくる。

三号線は一時ストップし、六輪の巨大なタイヤを装着《そうちゃく》した戦闘指揮車《せんとうしきしゃ》が人型戦車《ひとがたせんしゃ》・士魂号《しこんごう》を先導《せんどう》していた。

道路上では警官《けいかん》と交通誘導小隊《ゆうどうしょうたい》の学兵が一般車両《しゃりょう》の規制《きせい》を行っている。

戦闘指揮車と士魂号は万が一の事故に備え、ごくゆっくりした速度で進んでいく。

「ご通行中の皆《みな》さん、ご迷惑《めいわく》をおかけします。こちら第62戦車学校士魂号部隊《ぶたい》、ただ今演習《えんしゅう》場《じょう》より本部《ほんぶ》に帰還《きかん》するところであります。あー、そこの花柄《はながら》ワンピースのお嬢《じょう》さん、せっかくのおめかしなのに同系色《どうけいしょく》のパンプスじゃ無難《ぶなん》過ぎますよ。春らしく軽い感じのサンダルで、足《あし》下《もと》を華《はな》やかにするのも手かな」

第62戦車学校・指揮車オペレータの瀬戸口隆之《せとぐちたかゆき》の声が拡声器《かくせいき》から響いた。

声をかけられた女性が怪訝《けげん》な顔で、灰・茶・緑の都市型迷彩《めいさい》に塗《ぬ》られた武骨《ぶこつ》な戦闘指揮車を見上げる。

額《ひたい》に手をやるのは機銃座《きじゅうざ》に陣取《じんど》った善行忠孝千翼長《ぜんぎょうただたかせんよくちょう》である。声をかけたのは自分じゃないのに、ただひとり車上に姿を現しているせいで、通行人、果《は》ては交通整理に当たっている警官《けいかん》、兵からも注目《ちゅうもく》され、不思議《ふしぎ》な生き物でも見るかのような視線《しせん》を向けられている。

善行の災難《さいなん》はそれだけではなかった。

一台のコンテナトラックが交差点《こうさてん》の右方向から鼻先《はなさき》を現し、指揮車と接触《せっしょく》しそうになった。

急ブレーキがかかって善行は前のめりになった。危《あや》うく機銃の銃身《じゅうしん》とキスするところだ。

指揮車とトラックは停止《ていし》したままにらみ合うかたちとなった。トラックの荷台《にだい》の横にはデフォルメされたくじらのマークと（株）遠坂《とおさか》加工食品《こうしょくひん》のロゴが描《えが》かれていた。

「おっと危ない。そこのトラックの運転手さん、狭い日本そんなに急いでどこへゆくってね。

ちょっとだけ停止よろしく」

もう少しで接触《せっしょく》事故となっていた。が、瀬戸口隆之は場の雰囲気《ふんいき》を和《やわ》らげるように、冗談《じょうだん》交《ま》じりにトラックの運転手に話しかけた。

トラックの運転席のドアが開いて、中から長身《ちょうしん》の男が姿を現した。男は長髪《ちょうはつ》を掻《か》き上げ、指揮車へと歩み寄った。

「すみません。お怪我《けが》はありませんか？」

交通規制が行われているというのに、男は交差点にトラックを停《と》めたまま悠々《ゆうゆう》と指揮車上の善行に話しかけた。見れば第62戦車学校のものと同じ制服を着ている。

善行は眼鏡《めがね》に手をやった。

「……それで、あなたたちはどちらへ？」

あなたたちと言ったのは、助手席《じょしゅ》からふたりの女子学兵が顔をのぞかせていたからだ。くりりんとしたショートカットの少女と日本人離れした顔だちの小麦色美人だ。彼女らも戦車学校の制服を着ている。

「ええ、尚敬校《しょうけい》に……」

男が言いかけたところに、森精華《もりせいか》の声が割って入った。

「あー、遠坂《とおさか》君！　今までどうしていたの？　心配したんですから！」

整備《せいび》班副主任《はんふくしゅにん》の森はママチャリに乗って、遠坂の前に停まった。籠《かご》には士魂号誘導用の拡声器を入れている。遠坂と呼ばれた男はにこやかに微笑《ほほえ》んだ。

「ご機嫌《きげん》よう、森さん。そちらこそどうしたんです？　自転車なんかに乗って」

「どうしたじゃありません！　まったく。朝には到着《とうちゃく》するって言ってたのに」

「実は市内を迷ってしまいまして。普段《ふだん》、運転は他人任《たにんまか》せにしているもので、面目《めんぼく》ありません。けれど収穫《しゅうかく》は大きかったですよ。例のものはすべて確保《かくほ》しましたし、森さんが欲しがっていた北本《きたもと》製の工具セット一式は後ろに積んであります。ああ、そういえば原《はら》さんはどちらに？　報告《ほうこく》をしませんとね」

遠坂はのんびりとした口調《くちょう》で応《こた》えた。

咳払《せきばら》いが聞こえた。善行がしぶい顔で交差点上での森と遠坂のやりとりを見守っていた。

「一般車両の迷惑になります。世間話《せけんばなし》はそれくらいで」

「あっ、すみません」

森は顔を赤らめて謝《あやま》った。しかし遠坂には聞こえなかったか、待機《たいき》している士魂号を見上げ、ほれぼれとして言った。

「あらためて見るとやはり大きいですねえ。しかも二本の足で立派《りっぱ》に立っている。まるで北欧《ほくおう》神話《しんわ》に出てくる伝説《でんせつ》の巨人のようじゃありませんか」

「こらこら、遠坂って言ったっけか？　善行委員長が怖い顔をしているぞ。少しは状況《じょうきょう》を考えたらどうなんだ？」

瀬戸口が車体横のハッチを開け、あきれたように声をかけた。

「怖い顔……ああ、これは失礼《しつれい》しました」

遠坂は機銃座の善行を見上げて謝った。善行は微《かす》かにかぶりを振った。

「それで……あなたたちは？　およその見当《けんとう》はつきましたが」

「申《もう》し遅《おく》れました。わたしはこのたび第62戦車学校に配属《はいぞく》になった遠坂圭吾《けいご》です。あちらのふたりは新井木《あらいぎ》勇美《ゆうみ》さんにヨーコ小杉《こすぎ》さん。あと荷台にひとり、狩谷《かりや》夏樹《なつき》君が乗っています」

遠坂は敬礼《けいれい》の代わりに洗練《せんれん》された仕草で挨拶《あいさつ》をした。

すらっとした印象《いんしょう》を崩《くず》さず、しかも相手の目をまっすぐに見る外交官《がいこうかん》風のお辞儀《じぎ》である。善行が目の前に立っていたなら、握手《あくしゅ》すら求めていたかもしれない。

善行はしぶしぶと敬礼で返した。

助手席のふたりは何が嬉《うれ》しいのか満面《まんめん》に笑《え》みを浮かべ、修学旅行中の生徒のように手を振っている。まあいいか、と善行はため息をついた。

「……わたしは第62戦車学校部隊設営《ぶたいせつえい》委員長の善行です。それでは遠坂君、『自己紹介《じこしょうかい》』が済んだところで、指揮車のあとに続いてください」

「ご親切《しんせつ》に。助かります」

遠坂はもう一度お辞儀をすると、トラックへと戻っていった。

「やれやれ。また変わり者が増えたな」瀬戸口が森にささやいた。

「根はいい人なんですよ。ただちょっとマイペース過ぎて」

森は顔を赤らめて、優雅《ゆうが》に歩み去る遠坂の後ろ姿を見送った。

「まったく……道端《みちばた》で何をのんびりしている」

　士魂号三番機・複座型《ふくざがた》のコックピットで、砲手《ほうしゅ》の芝村舞《しばむらまい》は不機嫌につぶやいた。集音器《しゅうおんき》から路上でのやりとりを聞いていた。まったく、どうして我《わ》が隊はこう変わり者ばかりなのだ？　九州《きゅうしゅう》総軍《そうぐん》の人事《じんじ》が故意《こい》に嫌《いや》がらせをしているか、善行がそういった者を好《この》んでいるのか？

　憮然《ぶぜん》とした表情で考え込む舞に、前部操縦席《そうじゅうせき》から声がかかった。

「新しい仲間が増えたんじゃないか。機嫌を直して」

　複座型《ふくざがた》操縦担当の速水厚志《はやみあつし》がなだめるように言った。うららかな春の陽気の下、電子機器《でんしきき》と人工筋肉《じんこうきんにく》のにおいで満たされたコックピットにも不思議《ふしぎ》なことに微かに花の香《か》がただよってくるようだ。こうしてのんびり待つのもいいさ、と思った。そんな厚志の弛緩《しかん》した空気を察したか、舞は、ふっと笑った。

「機嫌を直してもよいが、検討《けんとう》会は帰還したらすぐにやるぞ」

「おいおい、少しぐらい休ませてくれよ。今日《きょう》は緊張《きんちょう》のしまくりで疲れたぜ」

　二番機・軽装甲《けいそうこう》の滝川陽平《たきがわようへい》から通信が入った。様々《さまざま》な地形の戦場が再現《さいげん》されている演習場で彼らは一時間半、みっちりと移動、射撃《しゃげき》訓練を行っていた。猿山《さるやま》から脱走《だっそう》した猿、と呼ばれるほど元気な滝川もさすがに疲れを隠せない。

「僕も同じ意見。せめて紅茶《こうちゃ》タイムくらいは取ろうよ」

　厚志も口添《くちぞ》えして言う。実機を使っての訓練課程《かてい》に入ってから、舞は前にもましてテンションが高くなっている。訓練後の検討会でも目を輝かせて、誰彼《だれかれ》かまわず議論《ぎろん》を吹っかける。

「けれど、時間をおくと感覚《かんかく》が薄れてきます。わたくしはすぐにでも大丈夫《だいじょうぶ》ですけど」

一番機・重装甲《じゅうそうこう》の壬生屋未央《みぶやみお》から通信。壬生屋は射撃訓練はほどほどに、超硬度大太刀《ちょうこうどおおだち》を使っての白兵戦《はくへいせん》特別メニューを消化《しょうか》していた。他機より三十分はよけいに動いたはずだが、消耗《しょうもう》した様子は感じられなかった。

「ならば、そうだな……十五分の休憩《きゅうけい》をしたあと、食堂《しょくどう》に集まるぞ。ああ、そうだ、今日は善行にも出席してもらおう」

「げっ、委員長を？　なあ芝村、それやめようぜ。俺、委員長が苦手《にがて》で」

滝川がウンザリした声で再《ふたた》び通信を送ってくる。

「たわけ。善行は人型戦車を使った戦術理論《せんじゅつりろん》では日本でも屈指《くっし》の人物だぞ。わたしはやつの論文《ろんぶん》を読んで感銘《かんめい》を受けたものだ。やつの話を聞かずして誰に話を聞くというのだ」

「あら、善行委員長、論文なんて書いているんですか？　凄《すご》いですね」

壬生屋は感心したように言った。

「ちなみにこの隊もやつが上にかけ合って発足《はっそく》させたものだ。まともな軍人なら、半数が整備員なぞという部隊は考えぬ」

「それって誉《ほ》めてるの？　けなしてるの？」

滝川が無邪気《むじゃき》に尋《たず》ねる。舞は黙殺《もくさつ》。舞に代わって厚志が滝川に通信を送った。

「今日は国産茶葉《こくさんちゃば》のいいやつが入ったんだ。ダージリン・ジャポニカ。けっこういい香りだよ。あとクッキーも焼いてきた」

「……お話し中、申し訳ありませんが、あなたたちの会話は筒抜《つつぬ》けですよ。むろん、検討会に出席するのにはやぶさかではありませんがね」

不意に善行の声が聞こえた。「げっ」滝川の気まずげな声があとに続いた。


厚志と舞が整備テントを出ると、裏庭《うらにわ》には先ほどのトラックが停まっていた。物資《ぶっし》を満載《まんさい》したトラックの荷台の側《そば》には遠坂が立っており、荷台の上には整備員が群《むら》がっている。

「わっ、北本の工具セットPRO仕様《しよう》！　これ、欲しかったんです。ありがとう、遠坂君！」

森の弾《はず》んだ声が聞こえる。黒鉄色《くろがね》に光るスパナをかざして嬉しそうだ。

「あの……MDプレーヤーがたくさんありますけど、本当にいいんですか、これ？」

田辺真紀《たなべまき》がおずおずと声をあげる。

「ええ、ウチの工場の検品《けんぴん》ではねられたものですが、たぶん聴《き》けると思います。よろしかったらどうぞ」

遠坂は鷹揚《おうよう》に微笑んだ。

「すげー、星印《ほしじるし》製菓《せいか》の復刻版《ふっこくばん》板チョコがあるっ！　これ、もらっちゃってもいいの？」

滝川の声が聞こえた。ふたりが見ると、整備員に交じって荷台の木箱にへばりついている。

「ええ、ええ、かまいませんよ。まだたくさんありますから」

遠坂が許すと、滝川は木箱をまるごと抱え込んで荷台から飛び降りた。とたんに整備員から抗議《こうぎ》の声があがった。

「ぬしゃ、独り占《ひとじ》めする気か？」

「そうだ、僕にだって権利《けんり》がある！」

「ば、ばっきゃろ！　東原《ひがしはら》の分《ぶん》ももらったんだ」

滝川は板チョコの木箱を抱えてあとずさった。荷台からわっと整備員が殺到《さっとう》して、たちまち争奪戦《そうだつせん》が起こった。木箱を渡すまいとして地面にうずくまる滝川を、整備員が一斉《いっせい》にくすぐった。滝川は涙を流して笑いながら地面を転げまわっている。

「滝川めっ……！」

平和でのほほんとした光景《こうけい》だったが、舞は苦々《にがにが》しげに吐《は》き捨《す》てた。ここしばらくクラスの空気が弛緩《しかん》しているように感じていた。それぞれ入校当時の緊張から解き放たれ、初めは衝突《しょうとつ》を繰り返したパイロットと整備員たちも打ち解け、馴染《なじ》み合って、なんとはなしにどこにでもある普通《ふつう》の学校の雰囲気《ふんいき》が醸《かも》し出されてきた。それぞれが親交《しんこう》を結び、交流《こうりゅう》を深めるのは大切《たいせつ》なことだろうが、自分たちは普通の学園生活を送るためにここにいるわけではなかった。

敵を倒し生き残る戦闘技術を学ぶためにここにいる。そして戦場はすぐ目と鼻の先にあった。舞とて普通の学園生活を否定《ひてい》するわけではなかったが、楽しげな雰囲気に水を注《さ》すいわゆる憎《にく》まれ役を買って出るなら自分しかいないと思っていた。

「そなたは何をしている？」

舞は整備員を押しのけ滝川に近づくと、襟首《えりくび》を摑《つか》んで咎《とが》めるようににらみつけた。

「あ、この遠坂って人が俺たちに土産《みやげ》があるからって……」

滝川はひしと木箱を抱えていたが、舞にじっと見つめられ、顔を赤らめた。

遠坂が見かねたか、舞に声をかけた。

「お騒がせして申し訳ありません。勘違《かんちが》いしないでください。今、配っているのは軍からの補《ほ》給物資《きゅうぶっし》ではなく、わたし個人の土産とでも言いましょうか。ご迷惑《めいわく》でしたら解散《かいさん》しますが」

「ふん、そなたは随分《ずいぶん》と良い身分《みぶん》らしいな。だが……」

舞は滝川を放すと、今度は遠坂に目線を合わせた。遠坂は怪訝な表情で首を傾《かし》げた。

「嗜好品《しこうひん》が慢性《まんせい》的に欠乏《けつぼう》している中、このような振《ふ》る舞《ま》いをすればどうなるか、想像することはできなかったのか？　そなたはそなたの大切《たいせつ》な仲間を貶《おとし》めているぞ」

舞の言葉に一同、しゅんとなった。

滝川は罰《ばつ》が悪そうに木箱を荷台に戻した。整備員たちはきまり悪げに地面に目を落とした。

遠坂は「これだからわたしは……」と額に手を当てた。

「これだからわたしはいけない。どうやら調子に乗り過ぎたようです。忠告《ちゅうこく》、感謝《かんしゃ》します。わたしは遠坂圭吾と申します。あなたのお名前は……？」

「芝村舞だ。芝村をやっている」

芝村と聞いて、遠坂の表情がやや曇《くも》った。しかし舞に微笑みかけると優雅《ゆうが》にお辞儀をして握手を求めた、遠坂のどことなく浮世《うきよ》離《ばな》れした仕草に戸惑《とまど》った舞は、こわごわとその手を摑んだ。

「自分で言うのもなんなんですが、わたしは世間《せけん》知《し》らずなところがありまして。これからもご指導《しどう》よろしくお願いします」

「む……うむ」

舞は笑いを堪《こら》えている厚志をにらみつけると、顔を赤らめつつ遠坂にうなずいてみせた。

「世間知らずの遠坂君、収穫《しゅうかく》はどうだった？」

整備テントの奥から声がかかった。モデルのようなスタイルをしたショートカットの女性が腕組みをして、遠坂ににこやかに笑いかけていた。整備班主任の原素子《もとこ》だ。

「ご覧《らん》の通り、仰《おお》せつかった生体部品《せいたいぶひん》はすべて入手《にゅうしゅ》しましたよ」

遠坂は誇《ほこ》らしげに手で荷台を差し示した。しかし原はいっそうにこやかに笑って言った。

「それで？　生体部品を搬入《はんにゅう》したらどうするんだったかしら？　あら、そんなところにいたの、森さん。じゃあ、あなたに聞くわ。生体部品はどうするんだったっけ？」

ピンと空気が張り詰めた。名指《なざ》しされた森は真《ま》っ赤《か》になって下を向いた。

「はい……すぐに冷蔵庫《れいぞうこ》に運ばないと」

「よくできました、さすが副主任。それで？　あなたはいったい何をやっているのかしら？

……そのスパナ、とってもお似合《にあ》いね」

にこやかな笑みを崩さない原に、整備班の面々《めんめん》は青ざめた。原の笑顔は危険だ……。

「す、すみません。すぐに生体部品を冷蔵庫に……」

森がやっとの思いで言うと、何人かがあわてて荷台に上がった。と、原の顔が劇的《げきてき》に変わった。険《けわ》しい表情でひとりひとりの顔をにらみつけると声を荒らげて怒鳴《どな》った。

「目の前に仕事があったら一分でも一秒でも早く済ませる！　いつまでも学生気分じゃいられ

ないのよ！　そんなことでどうするのっ！　生体部品を冷蔵庫に運んだあと、全員腕立《うでた》て伏《ふ》せ百回。遠坂君と森さんは二百に増量《ぞうりょう》」

舞と厚志は顔を見合わせた。訓練教官の若宮康光《わかみややすみつ》じゃあるまいに、腕立て伏せの罰則《ばっそく》とは。

「すべての罪はわたしにあります」遠坂の声が響く。

「わ、わたしがいけなかったんです……」しくしくと泣き出す森を後目《しりめ》に、舞と厚志は滝川の手を引っ張って、急《いそ》いでその場から駆け去った。

「ああ、しまった。そなたは同罪《どうざい》ゆえ原に引き渡しておくべきだった」

舞は滝川を一瞥《いちべつ》して言った。

「待てよ……反省《はんせい》してるから。勘弁《かんべん》してくれよ」

滝川はさも嫌そうに縮《ちぢ》こまった。士魂号の初起動《きどう》の時、滝川は二番機を転倒《てんとう》させ、整備テントを壊滅《かいめつ》状態にしてしまった。謝る滝川に、原は「軍法会議《ぐんぽうかいぎ》にかける」などと質《たち》の悪い冗談を仕《し》掛《か》けたものだ。以来、滝川は原が大の苦手である。

「まあ、滝川も悪気《わるぎ》があったわけじゃないから。それに、ののみちゃんのためにチョコレート持っていこうとしたんだしさ」

厚志が取りなすと、舞は不機嫌に考え込んだ。

「ふむ、ならば許してやろう。本来なら整備班が腕立て伏せ二百なら、戦闘部隊としては負けずに五百は科《か》したいところだが」

クラスメートの顔を持つ一方《いっぽう》で、舞は百翼長《ひゃくよくちょう》として厚志、滝川らの上官《じょうかん》にあたる。

「あ、そうだ。善行委員長を迎えに行かないと。滝川、委員長を連れてきてよ。僕は紅茶とクッキーを用意するからさ」

厚志はあわてて話題を変えた。

「現時点《げんじてん》での我々《われわれ》の機体運用《うんよう》に関して、率直《そっちょく》な意見を聞かせて欲しいのだ」

舞は善行に向き直って言った。食堂には厚志と舞のほか、壬生屋、滝川、それから特別ゲストとして善行の姿があった。テーブルには紙コップに淹《い》れられた紅茶が湯気《ゆげ》を立て、クッキーが紙の上に広げられている。

善行は眼鏡を押し上げると、静かに話しはじめた。

「……訓練時間から考えると、あなたたちの機体運用は十分合格点に達しています。ただ、無《む》駄《だ》な動きが多過ぎる。判断が遅い。何故《なぜ》だかわかりますか？」

「慣れていないから、じゃないですか？」

厚志はおそるおそる口を開いた。舞の目を意識して、少しでも発言をしておこうと思った。そんな厚志の姑息《こそく》さを見透《みす》かしたように善行は静かに言った。

「便利で無難《ぶなん》な回答《かいとう》ですが、それでは発言しなかったのと同じになりますよ」

善行の言葉に厚志は顔を赤らめた。しまった、と思った。この人には表面だけ繕《つくろ》った言葉など通じない。厚志は自分の迂闊《うかつ》さを悔《く》やんだ。

うなだれる厚志を見て、舞はたわけめと不機嫌に口許《くちもと》を引き結んだ。

「あのっ、わたくし、今、考えていることがありまして……大太刀で装甲の厚い敵を一撃で倒す術《すべ》なんです。古流《こりゅう》の剣術《けんじゅつ》に鎧《よろい》断《だ》ちの型《かた》があると聞いてそれを研究しようと思って……」

壬生屋が助け船を出すように発言した。善行は、ほうという顔になった。

「さすがに壬生屋さんです。古流武術《ぶじゅつ》の家柄《いえがら》だけある。やはり超硬度大太刀を使いますか？」

「え、ええ。ジャイアントアサルトなどの火器《かき》も試してみたんですけど、しっくりこなくて。わたくし大太刀で戦おうと思っています」

「なるほど」

壬生屋の言葉に、善行は満足を覚えた。情緒《じょうちょ》不安定なところはあるが、壬生屋には自分のなすべきことがわかっている、と善行は思った。白兵戦闘《はくへいせんとう》に特化《とっか》した斬《き》り込み役。武術というバックボーンがあるにせよ、並《なみ》のパイロットなら後込《しりご》みするような役目を進んで引き受け、自《みずか》らの課題《かだい》としている。その精神力には特筆《とくひつ》すべきものがある。

「あの……わたくし、変なこと言いましたか？」善行に凝視《ぎょうし》され、壬生屋は顔を赤らめた。

「ああ、これは失敬《しっけい》。その方向であなたの才能を伸ばしてください。応援《おうえん》しますよ」

善行は穏やかに壬生屋に微笑みかけた。

「要するに、我々に独自《どくじ》のスタイルを持て、ということであろう」

舞がふたりのやりとりを引き取って言った。

「こうだと決めたスタイルがないから、動きに迷いがある。判断に迷いがある。戦場ではあれこれ迷う余裕《よゆう》はないということだな」

「ははは。それがわかれば今の時点では出来過ぎというものですよ」

善行は珍《めずら》しく声をあげて笑った。芝村舞も成長が楽しみなひとりだった。彼女の長所《ちょうしょ》はいくつかあるが、最大の長所は決して現実から目をそらさないことだろう。常《つね》に曇りない目で現実を見据《みす》え、冷静《れいせい》に状況を把握《はあく》し、対処《たいしょ》しようとする。懸念《けねん》していた仲間とのコミュニケーション不足も、彼女なりの方法で克服《こくふく》しつつある。

彼女らのためにも、あと少し訓練の時間を稼《かせ》いでおきたい、と善行は思った。蚊帳《かや》の外に置かれた厚志と滝川は劣等生《れっとうせい》の気分で顔を見合わせた。なんだか盛《も》りあがっているけど、独自のスタイルってなんだ？

「委員長、俺の独自のスタイルってなんですか？」

たまりかねて滝川が手を挙《あ》げた。舞はため息をつき、壬生屋は下を向き、善行は苦笑《くしょう》した。

「他人から教えられて、はいそうですかでは、独自のスタイルとは言えないでしょう。可能な限り演習場を使用できるように手配をします。あなたたちは一刻《いっこく》も早く、自分のスタイルを見つけてください」

と言い残して、善行は食堂をあとにした。

善行の後ろ姿を見送って、舞は二度三度、大きくうなずいた。

「ふむ、善行の言うことは正しい」

「けどさ、僕、自分のスタイルってわからないんだよ」

厚志は迷惑《めいわく》そうに言った。誰にも頼らずひとりで生きるというのが厚志のスタイルといえばスタイルだったが、士魂号の操縦とは関係がありそうにない。舞の命令なら「手下《てした》」としてなんでも聞くつもりだが、自分で考えるのは苦手だし、面倒《めんどう》だ——。

あまりに自分に正直《しょうじき》過ぎる厚志の態度《たいど》に、舞の表情が見るまに険しくなった。

「あ、ごめん。だから……芝村さんに言われたことならなんでもやるけど」

「たわけっ！」

舞は手近《てぢか》にあった消しゴムを掴むと、厚志に投げつけた。厚志はとっさにそれを避《よ》けた。と、くすくすと笑い声が聞こえた。壬生屋が口に手を当てて笑っていた。

「速水さんはご自分のことがわかっていないようですね。では、わたくしはこれで……」

壬生屋はあっけに取られる三人を残して、食堂を出ていった。

「物を投げつけることはないだろ！」

壬生屋が去ったあと、厚志は愚痴《ぐち》っぽく舞に抗議《こうぎ》した。

「そなたがあまりに覇気《はき》のない態度を取るからだ。そういう主体性《しゅたい》のない態度は好かぬ」

「けど、僕と芝村さんは複座型だから、同じスタイルにしないと。そう考えると、芝村さんがリードしてくれた方がいいと思うんだけど。階級《かいきゅう》だって上なんだし」

厚志は少しだけ怒っていた。これでも一生懸命《けんめい》、芝村舞の手下をやっているつもりだ。僕になんの不満があるというんだ？

「ならば言おう。わたしのスタイルはどんな状況であろうと生き残って、敵に出血《しゅっけつ》を強《し》い続けることだ。そう決めた。そなたも念頭《ねんとう》に置いて欲しい」

舞は挑《いど》むように厚志をにらみつけた。厚志は気圧《けお》されながらも、舞の視線を受け止めた。

「それって具体的《ぐたい》じゃないよ」

「わたしとそなたで具体的にするのだ。時間はまだあるぞ」

そう言うと舞は、鞄《かばん》から市内中央部の拡大《かくだい》地図を取り出し、テーブルの上に広げて赤ペンでふたつの丸を描いた。

「我らは現在、流通《りゅうつう》センタービルの前にいる。長塀《ながべい》通り方向からミノタウロス一。ここだ。到着までの時間は？　我らの対応は？」

舞の切迫《せっぱく》した口調に釣《つ》られ、厚志は地図に目を落とした。

「ミノタウロスだったら時速二十キロとして、道沿いに来れば……視認《しにん》できるまで四分三十秒。流通センタービル前の通りは広いけど、向かい合って撃ち合うのはどうもね……」

厚志は首を傾げ傾げ、言った。

「さあ、どうする？」

舞にたたみかけられるように質問されて、厚志はとっさに答えていた。

「そんなのごめんだ。ここっ、慶安《けいあん》中学の校庭に隠れて敵を待ち伏《まぶ》せするよ」

「ふむ……しかし射界《しゃかい》は確保《かくほ》できるだろうか？」

「それは芝村さんに……あっ、ごめん」

厚志の狼狽《うろた》えように、くっと舞は笑いを堪えた。それまでの不機嫌な表情は消え、口許をほころばせると厚志に言った。

「案ずるな。そこから先はわたしの仕事だ。ならばこれはどうか……？」

舞と厚志は熱心に、地図上の仮想敵《かそうてき》と戦いはじめた。


滝川は黙って食堂をあとにした。壬生屋は自分のスタイルというやつを最初から持っているみたいだし、速水と芝村はなんだか息が合ってきている。取り残されたような気がした。

俺も負けられないぞ、と思ったが、スタイルと言われてもピンとこない。気がつくと、整備テントの単座《たんざ》型《がた》軽装甲の前に立っていた。

軽装甲のまわりに人影《ひとかげ》はなかった。滝川はしばらくの間、ぼんやりとたたずんでいたが、ふと備品棚《びひんだな》のぼろ布に目を留《と》めた。

そうだな、たまにはきれいにしてやるか。滝川は整備用の脚立《きゃたつ》の上に乗ると、機体を丹念《たんねん》に拭《ぬぐ》いはじめた。

「あとでワックスもかけてやるから。おまえみたいな美人さんにはいつもきれいでいてもらわねえとなー」

思わず口走って、滝川ははっとなった。俺って馬鹿？　士魂号に話しかけてもしょうがねえだろ？　しかし、そうは思いながらも、作業を続けるうちに時間を忘れ、自然と機体に話しかけていた。その光景はまるで人形でひとり遊びをする女の子か、サイレント・パートナーに話しかける子供のようだった。

「館野《たての》さんって人がいたんだ。とってもきれいでやさしい人だった。俺なんかにつき合ってくれてさ、一緒《いっしょ》にたこ焼き食ったんだぜ」

滝川は知らず幸せそうな表情になっていた。

「うん、ラブだったのかって……？　そりゃ違うよ。館野さんに失礼《しつれい》ってもんだぜ。だけど、エースになって彼女に堂々《どうどう》と話できるようになったら、なんてな」

館野さん……滝川は手を止めた。彼女のやさしげな面《おも》ざしが脳裏《のうり》に浮かんだ。滝川の中にある防衛本能《ぼうえいほんのう》のようなものが、館野智美《ともみ》とのことを遠い昔の話のように錯覚《さっかく》させていた。

不意に滝川は温かなものに触れられたような気がした。

「えっ？　悲しむなって？　へっへっへ、わかってるって。そんなことよりわたしをもっと上《じょう》手《ず》に操縦しろって？　くーっ、痛いところ衝《つ》くなあ！　今日《きょう》もさ、自分のスタイルを見つけろって善行委員長に言われたんだけど、んなこと言われても困るよな」

シヌナ。どこからか声が聞こえてきたような気がして、滝川は、あたりを見まわした。が、人影《ひとかげ》はなく、閑散《かんさん》とした整備現場《げんば》の空間《くうかん》があるだけだ。それでも滝川は無意識のうちに相手に応えていた。

「死ぬなって……。んー、確かにそうなんだけどよ。だからそのためにどう戦えばいいのか、そいつを考えなきゃいけねえんだ。なあ、なあ、おまえって弾《たま》に当たらない自信ある？　俺、なんだか自信なくなってきちゃってさ……」

「自信がないならパイロットをやめた方がいいよ」

声がかかった。滝川は夢から覚《さ》めたように、顔を上げた。

声のした方向に目をやると、整備テント二階から眼鏡をかけた少年が見下ろしていた。車《くるま》椅子《いす》に乗っている。滝川はぼんやりと少年を見た。

「君か？　初起動の時に軽装甲を転倒させてテントごとめちゃめちゃにしたっていうのは？」

痛いところを衝かれて、滝川は横を向いた。くそっ、こいつ、なんなんだよ？

「ああ、自己紹介が遅れたね。僕は狩谷夏樹。軽装甲……二番機の整備担当《たんとう》になった」

「あ、ども……俺、滝川」

滝川は階段を駆け上がって、狩谷と対面した。狩谷はどことなく知的《ちてき》な雰囲気をただよわせた少年だった。成績優秀、スポーツ万能《ばんのう》、生徒会の役付きで、といったにおいがあった。普通の学園生活を送っていれば、滝川とは無縁《むえん》の存在であったろう。というか、滝川の方が一方的《いっぽう》に無視《むし》されていたろう。

滝川のそんな気後れを察したか、狩谷は小馬鹿にしたように笑った。

「何を緊張しているんだい？　こんな車椅子の弱者《じゃくしゃ》を怖がることなんてないだろう？」

「緊張なんてしてねえよ」弱者ってなんだよ？　自分から言うなよ。

「車椅子のこと、聞かないんだね。遠慮《えんりょ》しなくていいのに」

狩谷は挑発《ちょうはつ》するように言った。この種《しゅ》の、皮肉《ひにく》で自虐《じぎゃく》的な態度が滝川には理解できなかった。ただ、居心地《いごこち》の悪さを感じただけだ。

「じゃあ、俺はこれで……」まわれ右して逃《のが》れようとした。

滝川の背に狩谷の声が浴《あ》びせられた。

「この機に乗るのなら、覚悟《かくご》をしないとね。操縦が下手《へた》なパイロットは死ぬよ」

滝川の足が止まった。この野郎《やろう》……。しかし、振り向くと滝川は神妙《しんみよう》な顔で応えていた。

「……わかったよ」

こいつ、機嫌が悪いのかな。少し様子を見ようと思った。

「ところで君は妙な癖《くせ》があるんだね。ずっとぶつぶつと二番機に話しかけていた」

「え、えっ？　どれくらい？」

滝川は狼狽《ろうばい》した。こいつ、ずっと前から聞いていたのか？

「まあ、小一時間《こいちじかん》というところ。僕も仕事があったからね、声をかけなかった」

「……ちぇっ、これから一緒にやっていく機体だぜ。話しかけるくらいいいじゃねえか」

滝川は苦しい言い訳をひねり出した。

「これから一緒にか……」狩谷は薄笑いを浮かべた。

「これから一週間？　それとも二週間か？　運が良ければ戦線《せんせん》に投入《とうにゆう》されて一カ月はもつかもしれないな。あとは、どうだろうな？」

狩谷は滝川をからかうように言った。狩谷のどこか荒《すさ》んだ態度に滝川は衝撃《しようげき》を受けた。

「どういう意味だよ？　おい、適当《てきとう》なこと言ってんじゃねえ！」

「そのまんまの意味さ。本当は君にもわかっているんだろう？　満足な訓練もさせず、たった二週間かそこらでパイロットを戦場に送り出そうとしているんだ。この戦争はだめだよ。なんとか戦闘員を揃《そろ》えようとして四苦八苦《しくはつく》している人類《じんるい》側に比べ、幻獣《げんじゆう》は発生した瞬間《しゆんかん》から、人ら君はよっぽどの楽天家《らくてんか》だな」

類を殺戮《さつりく》する戦闘機械なんだよ。訓練もいらないし、ね。そんな相手と戦う自信があるとした

「……それ以上、言うな。じゃないと俺」滝川は拳《こぶし》を握りしめた。なんて嫌なやつなんだ。自分を怒らせようとしているとしか思えなかった。

「ああ、暴力《ぼうりょく》に訴《うった》える？　なるほど。それもいいけど、僕はただ、パイロットが直面《ちょくめん》している現実を指摘《してき》しただけだよ。それで腹をたてるとは、君はよっぽど自分に自信がないんだね。ますます君の前途《ぜんと》が心配になったよ」

狩谷は真顔《まがお》に戻ると、滝川を値踏《ねぶ》みするように見つめた。

「この機体に乗って戦うパイロットは、普通の人間ではだめなのさ。幻獣の殺戮者として特化した存在でないとね。容赦《ようしゃ》ない強さが必要なんだ。普通の人間じゃだめなんだよ」

狩谷の口調に悲しげな響きを感じ取って、滝川は拳を解いた。そしてあらためて狩谷の車椅子に目をやった。狩谷は自分の無力を嘆き、そして自分に課せられた運命を呪《のろ》っている。そうはっきりと言葉にして考えたわけではなかったが、滝川にはなんとなく狩谷の複雑な心中《しんちゅう》が察せられた。滝川は気まずげにその場に立ち尽くした。

「あれえ、ふたりしてどないしたん？」

声がした方を見ると、事務官《じむかん》の加藤祭《かとうまつり》が二階階段口にたたずんでいた。それまでの会話を聞いていたのだろうか、加藤はどこか不安げなまなざしで、滝川と狩谷を見比べていた。手に膝掛《ひざか》けを握りしめている。

「ああ、二番機のパイロットとね、お近づきになったってわけさ」

狩谷は加藤に顔を向けると、口を歪《ゆが》めて笑った。加藤は膝掛けを狩谷の膝にかけ、気遣《きづか》うような表情を浮かべて言った。

「なっちゃん、もしかして疲《つか》れてる？　今日はもう帰った方がいいんとちゃう？」

そのおずおずとした口調に、滝川は困惑《こんわく》した。なっちゃんだって？　ふたりはどういう関係なんだ？　それにどうしちゃったんだ？　やけにしとやかになっているぜ、ニセ関西弁《かんさいべん》女。

狩谷は、しかし、加藤をにらみつけると横柄《おうへい》に怒鳴った。

「よけいなことを言うな！　整備のこと何も知らないくせに」

「ごめん……」加藤は真っ赤になって下を向いてしまった。

こんな加藤って初めて見る……。滝川はふたりに背を向け、駆け去った。


体力自慢《じまん》の戦闘班に対抗《たいこう》して原が与えた罰則は悲惨《ひさん》な結果に終わった。森の腕立て伏せは十回で挫折《ざせつ》。しくしくと泣く森を扱《あつか》いかねたか、原は森の弾力《だんりょく》ある頬《ほお》を軽くつねっただけで終わった。同じく田辺は十八回で大破《たいは》。扱《あつか》いを平等《びょうどう》にするためには田辺の頬もつねらなければならなかった。

困ったことに、淡々《たんたん》と腕立て伏せをこなすのは遠坂くらいで、中村光弘《なかむらみつひろ》、岩田《いわた》裕《ひろむ》、茜《あかね》大介《だいすけ》といった面々はあっさりと音《ね》をあげた。彼らの頬なんてつねりたくなかったため、苦肉《くにく》の策《さく》として、代わりにグラウンドを十周させ罰則終了とした。

新たな問題が浮かび上がった。整備員の体力不足はどうにかならないかしら、と原は指揮車内で黙々《もくもく》と作業をしながら考えた。

原は作業着姿《さぎょうぎ》になっている。慣れた手つきで指揮車運転席のつけ替えをしていた。指揮車整備士の茜と、森も車内にあってあきれたようにその様子《ようす》をのぞき込んでいる。

「あの、原さん、そんなことは弟に任《まか》せてくれれば……」

見かねて森が口を開いた。しかし、森の目は原の手つきに釘《くぎ》づけになっている。単純な作業なんだけど、原先輩の手際《てぎわ》は最高だ。

茜は傷ついたように顔を赤らめ、黙りこくっている。自尊心《プライド》のかたまりのような茜だ。非人間的な罰則を科せられた上に、今度は自分の縄張《なわば》りを侵《おか》されたと思っていた。

「指揮車の運転は石津《いしづ》さんと加藤さんが担当することになったじゃない？　女性の繊細《せんさい》な体にはこのシートは辛《つら》いのよね。だから遠坂君に言って、九州総軍司令部《きゅうしゅうそうぐんしれいぶ》の指揮車のシートのスペアを持ってこさせたの。やっぱり下々《しもじも》のパーツとは出来が違うわね」

原は満足げに司令部御用達《ごようたし》の革張《かわば》りシートを撫《な》でた。

「革が張ってあるだけだと思いますけど……」茜が不満顔で言った。

「だからあなたは半人前《はんにんまえ》なのね」原はにべもなく切り返した。

「コストから見れば十倍。微調整可能《びちょうせい》なハイトアジャスタ、リクライニングはもちろんだけど、一番違うのはね、スプリングにクッション。徹底《てってい》して運転手の腰《こし》のことを考えている。ほら、メーカーのロゴも違うでしょ。特注品よ」

「石津さんのこと……」

森は言いかけて口をつぐんだ。原と森は石津萌《もえ》に負《お》い目《め》を持っている。着任早々《ちゃくにんそうそう》、馬鹿げた嫉妬《しっと》から原は石津をいじめの標的《ひょうてき》とし、死ぬ一歩《いっぽ》手前まで追い詰めてしまった。森は止められる立場にありながら、原に引きずられいじめに荷担《かたん》した。のちに謝罪《しゃざい》したが、原はその罪が消えたわけではないと思っているらしい。責任感が強く、姉御肌《あねごはだ》のところが原にはある。日々、苦しんでいるに違いなかった。

浮かない表情の森を見て、原は陽気に笑った。

「やあねえ、そんなんじゃないわよ。指揮車にアクシデントがあったら、部隊は全滅《ぜんめつ》よ。だから可能な限り、クルーには快適《かいてき》に仕事してもらおうと思って」

「先輩……」森の目に涙が滲《にじ》んだ。涙腺《るいせん》が弱い森だった。

「だから、そんな声出さないの。石津さんのことだったら、大丈夫だから。昨日《きのう》なんて一緒にお弁当食べたしね」

原の言葉に、森は茜と顔を見合わせた。さすがに原と石津が一緒に弁当を食べている光景《こうけい》が想像《そうぞう》できなかった。

「わたしの漬《つ》け物、おいしいって言ってくれたしね。鶏《とり》の照《て》り焼《や》きの作り方についてはちょっとした講義《こうぎ》をしてあげたわ。けどね……」

原は言葉を切った。変わらず作業を続けながら、言った。

「ありがとって言われると、すごく嬉しくて、申し訳なくて……」

森はあわてて茜をしっしと車外に追い払った。血相《けっそう》を変え、すさまじい剣幕《けんまく》で追い払う姉に茜は抗議できず、ほうほうの態《てい》で逃げ出した。

「とってもいい子なのよね……」

淡々と言いながら原は熱心に手を動かし続けていた。


作業に目途《めど》がつき、原のために飲み物でも取ってこようと車外に出た森の視界《しかい》に、司令室の方からひとりの憲兵《けんぺい》が歩いてくるのが見えた。

あまり関《かか》わりたくない人種《じんしゅ》だ。なんの用かしら、と森は身構えた。

「あー、ちょっとお尋《たず》ねしたいのですが、第62戦車学校整備班はここでよろしかってですか？」

森は緊張しながら憲兵と向き合った。初老《しょろう》の大尉《たいい》だった。相手の腰の低さに恐縮《きょうしゅく》して、森はぎこちなく敬礼をした。

「あ、いや、そんなに畏《かしこ》まらんで。整備班の責任者《せきにんしゃ》の方はいらっしゃるとですか？」

大尉はあわてて手を振った。

「なんでしょう？」

原は指揮車のハッチ越しに顔を出した。大尉の階級《かいきゅう》を見ると、車内から出て凛《りん》とした面《おも》もちで敬礼をした。

「作業中のため、このような格好《かっこう》で申し訳ありません。第62戦車学校整備班主任・原素子であります」

「あ、いやいや、ですからそぎゃんこつじゃなく……あー、わたしは軍刑務所《ぐんけいむしょ》の者ですが、こちらに欠員《けついん》があることを知りましてね……」大尉はためらいがちに口を開いた。

「はい、人員《じんいん》は慢性《まんせい》的に不足していますけど。何か……？」

原が怪訝な面もちで尋ねると、大尉はしょぼしょぼと目をしばたたかせた。

「推薦《すいせん》したい、と言いますか面倒《めんどう》ば見ていただきたか学兵がおっとです。ああ、善行千翼長には話ば通してあります。整備の責任者さえ承知《しょうち》すれば、と言っとりました」

「はあ……」どうして刑務所の人がそんなことを、と原は怪訝な顔になった。

その時、校舎裏の方向から怒声《どせい》が聞こえてきた。大尉は顔をしかめると、外見には似合わぬすばやさで声のした方角に駆け去った。原と森も顔を見合わせ、それに続く。

校舎裏のサンドバッグ付近で、赤茶けた髪をした大柄《おおがら》な女子学兵が、若宮に殴《なぐ》りかかっていた。若宮は困惑《こんわく》した様子で、それでも女のパンチを掌《てのひら》であっさりと受け止め、受け流しながら話しかけていた。

「こらこら、狂犬《きょうけん》じゃあるまいに。落ち着け、落ち着くんだ！」

しかし女子学兵は渾身《こんしん》のパンチを軽く受けられ、ますます激昂《げっこう》しているようだ。口汚《くちぎたな》い言葉を吐《は》き散《ち》らしながら懲《こ》りもせず若宮を狙《ねら》い続ける。

大尉の腕が伸びて無造作《むぞうさ》に女子学兵の利《き》き腕《うで》を掴んだ。軽く腕をひねられ、女子学兵はバランスを失って地面に膝をついた。

「申し訳ありません」大尉は捕縛術《ほばくじゅつ》の要領《ようりょう》で女子学兵を押さえつけると、若宮に謝った。

「こちらこそ、止めていただき恐縮であります」若宮はきびきびと敬礼をした。

「若宮君……?」原がもの問《と》いたげに見ると、若宮は赤くなった。

「あー、この女がサンドバッグをたたいていたので、ひと言ふた言アドバイスをしたところいきなり殴りかかられまして」

「そう」原は押さえつけられている女子学兵を一瞥した。女子学兵は悔しげに口許を引き結んで黙り込んでいる。

「ここはわたしに任せて。席をはずしてもらえないかしら?」

「はっ、それではこれで」

若宮は背を向けたが、振り返ると、にやりと赤茶けた髪の女子学兵に笑いかけた。

「弱い犬ほどよく吠《ほ》えるというが、本当だな」

「馬鹿野郎《やろう》!」女子学兵の口から罵声《ばせい》が洩《も》れた。若宮はどう猛《もう》に歯を剝《む》き出して女子学兵の顔をのぞき込んだ。

「どこのチンピラかは知らんが、この学校にはな、暴力沙汰《ざた》とは無縁《むえん》な坊《ぼっ》ちゃん嬢ちゃんが多いんだ。生徒に手を出したら、おまえ、一生後悔することになるぞ」

「若宮戦士!」原の鋭《するど》い声に若宮は一礼すると、今度は振り返らず歩み去った。

「ぬしゃ馬鹿か? あげな猛者《もさ》に喧嘩《けんか》ば売ってどぎゃんする?」

若宮の姿を見送って、大尉は女子学兵を解放すると、ため息交じりに言った。

「馬鹿野郎! あんなゴリラ怖くはねえ。もうちょっとで勝てるところだったんだ!」

女子学兵は立ち上がると顔を真っ赤にして怒鳴った。原と森は息を呑《の》んで女子学兵を見つめた。一介《いっかい》の学兵にとっては大尉など雲の上の人だ。軍の上下関係にルーズな整備といえども、こんな口をきいてよいものではない、ということはわかる。

しかし大尉は気にも留めずに、女子学兵の頭を押さえると強引《ごういん》に下げさせた。

「ははは、まったく礼儀《れいぎ》を知らんやつでして。こん子は少々気が荒かところはありますばってん、やさしか子ですたい。これまでに何度も隊ば変わって、そのたびに喧嘩沙汰《けんかざた》ば起こして刑務所に送られてきよりまして」

「そ、そうですか……」

さすがの原も困惑して、じっと女子学兵を見つめた。女子学兵は挑《いど》むように見つめ返してきた。その頭を大尉は思いっきりはたいた。

「こら、なんちゅう態度ね！　おまえにはもうあとがなかっぞ。ここで上手《うま》くやれなかったらまた刑務所に逆戻りばい。それでよかかっ？」

「へっ、上等《じょうとう》じゃねえか！」女子学兵は負けじと声を荒らげた。

「……わたしはもうおまえの顔を見たくないのだよ、田代《たしろ》戦士。ここで頑張れ。自棄《やけ》を起こさず、頑張れ。……よかか、わたしは二度とおまえの顔は見たくないからな！」

そう言うと、大尉はあっけに取られる原と森にお辞儀をすると背を向け、去っていった。

待ってください、そんな急に――と引き留めようとして、原は思いとどまった。田代と呼ばれた学兵は不安げに肩を落としてうつむいていた。

原はため息をつくと、背筋《せすじ》を伸ばし腰に手を当て、傲然《ごうぜん》と呼びかけた。

「顔を上げなさい、田代戦士！」

善行は司令室の端末《たんまつ》の前に座っていた。端末の液晶画面《えきしようがめん》には鋭い目つきの男の顔が映し出されていた。

「出撃《しゆつげき》は二日後。これ以上の時間は稼《かせ》げん」

ヘッドセットから男の声が流れてきた。善行は首を傾げると、静かに尋ねた。

「それは準竜師《じゆんりゆうし》のお考えと受け取ってよろしいのですか？」

善行の問いかけに、準竜師と呼ばれた男はにやりと口許をゆがめて笑った。

「軍というところは世間で考えられているように一枚岩《いちまいいわ》ではなく、派閥《はばつ》同士の思惑《おもわく》のぶつかり合う伏魔殿《ふくまでん》であることはおまえも知っているな？」

「ええ」

「俺の足下《あしもと》を崩そうと喧嘩を仕掛けてきた連中《れんちゆう》がいる。要《よう》は、俺がバックアップしている士魂号部隊の失態《しつたい》、さらに言えば壊滅《かいめつ》する様を見たいということだ。連中は戦況《せんきよう》の悪化を名目《めいもく》に、実戦配備《じつせんはいび》を迫《せま》ってきた」

「それを受け入れたのですか？」善行は表情を殺して、続きをうながした。

「ああ。別の要求《ようきゆう》を通すために、な。おまえらを高く売りつけてやった。もっとも俺はそれでよいと思っているが」

しゃあしゃあと言ってのける準竜師に、善行はことさら淡々とした口調で言葉を放った。

「あと十日、時間が稼げないとしたらこちらにも考えがあります」

「ほう、どうするというのだ？」準竜師の目に好奇《こうき》の色が宿《やど》った。

「……ご存《ぞん》じの通り士魂号は故障《こしょう》が多い機体でしてね。こちらとしても鋭意《えいい》努力はしているのですが。ただ今、全機調整中《ちょうせいちゅう》です。残念《ざんねん》ながら」

ヘッドセットから哄笑《こうしょう》が響いた。

「善行よ、ずいぶんとおやさしいことだな。今のおまえは軍人《ぐんじん》というより教師の顔になっているぞ。だがな、ひとつだけ言っておく。十日、雛鳥《ひなどり》を抱えたところで状況は変わらんぞ。スキルアップといっても高が知れている。ただ単に、おまえにとっても雛鳥にとっても、過酷《かこく》な現実というやつとの対面を十日先延ばしにするだけだ」

それはわかっている、と善行は眼鏡を押し上げた。どうするか？　ここはおとなしく引き下がるか、それとも十日という時間を稼いでみるか？

準竜師は善行の葛藤《かっとう》を見透《みす》かしたように言った。

「おまえの判断に任せる。実のところ、俺はどちらでもかまわんのだ。ただな、中途半端《ちゅうとはんぱ》な情《なさ》けは雛鳥を死に追いやるぞ。それだけだ」

ぷつりと通信が切れた。善行は深々と息を吐くと、椅子の背にもたれた。眼鏡をはずし、指で眉間《みけん》を揉《も》みほぐす。中途半端な情け、か。確かに少年兵を率《ひき》いるなど自分には初めての経験《けいけん》だった。委員長と呼ばれ、彼らとともに日々を過ごすうちに、坂上《さかうえ》や本田《ほんだ》のような教師のにおいが染《し》みついてしまったのか？　考えてみれば、教師と軍人ほど相反《あいはん》する職業《しょくぎょう》はないだろう、と善行は苦笑した。一方は生き方を説《と》き、一方は死を恐れるなと説く。教師にしてみれば軍人というのは不吉《ふきつ》な死神《しにがみ》のような存在だろう。

「何を考えているのかしら？」

　声をかけられた。善行は眼鏡をかけると顔を上げた。司令室の入り口に原素子がたたずんでいた。

「機体の調子はどうです？」

　言葉をかけた善行にかまわず、原はつかつかとデスクに歩み寄った。香水《こうすい》の甘い香りが善行の鼻をくすぐった。善行の目の前に原の顔があった。距離にして二十センチと離れていないだろう、原は前屈みになってじっと善行の顔をのぞき込んでいる。善行は無意識のうちに椅子を引いて距離を取った。

「絶好調《ぜっこうちょう》ね。けど、どうしたの、善行さん？　僕は悩《なや》んでいます。先生、僕の悩み聞いてくださいっていう顔よ。わたしでよかったら相談に乗るけど」

　原はにこやかに笑った。

「ありがとう。しかし、これはわたしが決めるべきことですから」

「出撃ね？」

「ええ。二日後に出撃します」

「わかった」それだけ言うと原は、善行のデスクの上に行儀《ぎょうぎ》悪く座った。華奢《きゃしゃ》に見えるが、その実、量感《りょうかん》のある体に接近《せっきん》され、またしても善行は身を退《ひ》いて距離を取る。壁《かべ》に当たって善行は照《て》れ隠《かく》しの咳払《せきばら》いをした。

　原はそんな善行を、楽しげに見つめている。

「それで……なんの用でしょう？」

「善行さんをからかいに来ただけ。……っていうのは冗談《じょうだん》だけど、やってくれたわね」

「と申しますと？」

「女子学兵のこと。まったく……ウチは孤児院《こじいん》じゃないのよ」

　原は苦笑して言った。

「それで、どうですか、彼女は？」善行は無表情に尋ねた。

「指揮車には三つの大きな、あるいは潜在《せんざい》的な故障箇所《かしょ》がある。一時間以内に問題を見つけ、整備するようにと課題を出したわ」

　原はデスクの上に座ったまま、足をぶらぶらさせて話しはじめた。こんな仕草は他の人間には絶対に見せないだろう。

「それで、どうなりました？」

「整備の経験はほとんどないっていうから、半分は冗談、半分は整備の厳《きび》しさを教えてやろうと思って出した課題なの。答えは振動《しんどう》対策、ブレーキパッド、それからシャフトの潜在的な脆《もろ》さ、ね。四十五分でクリアしたわ」

「まさか……」善行は首を傾げた。

「思わぬ拾いものね。彼女、才能あるわよ。即刻《そっこく》、田代さんを指揮車整備士に任命《にんめい》したわ。茜大介は他の部署《ぶしょ》のフォローにまわってもらう」

「それは極端《きょくたん》ですね。茜君は無職《むしょく》ということですか？」

善行はあきれたように言った。即決《そっけつ》だ。しかも容赦がない。

「彼は努力しているけど現場《げんば》には不向きなのね。これが原流《はらりゅう》なんだけど、ご感想は？」

「……あなたを信頼《しんらい》していますから」

善行が辛《かろ》うじて言うと、原は声をあげて笑った。


「どうしてだっ！　どうして僕が無職になるんだ——っ？」

茜は頭を抱え、校門脇《わき》の芝生《しばふ》でのたうちまわった。

傍《かたわ》らでは森と偶然《ぐうぜん》通りかかった滝川が、そんな茜を見守っていた。

「だから……その田代さんって人、仕事ができるんだからしょうがないじゃない。わたしから見てもあれは才能ね」

先輩《せんぱい》の影響《えいきょう》を受けてか、森にも能力本位《のうりょくほんい》なところがある。弟のことは心配だったが、気休めを言っても始まらないと思った。

「嘘《うそ》だ、嘘だ、嘘だ！　僕は天才《てんさい》だぞ。天才の僕が一般人に劣《おと》るわけはないっ！　しかも指揮車の整備なんて単純《たんじゅん》作業じゃないか」

「……振動対策、ちゃんとやってた？　原因、突き止めてたの？」

仕事の話になると森は容赦なくなる。

「そ、それは……最近じゃ指揮車も粗悪《そあく》な部品で造られているからな。いずれ工場に正式に抗議してやろうと思っていたんだ」

「はぁ……だから無職になったのね」

「姉さんには僕を慰《なぐさ》めるとか、励《はげ》ますとか、できないのか？」

茜は傷ついた顔で森をにらみつけた。

「な、なあ、よくわかんないんだけど、無職ってどういうことだ？」

滝川がやっと口を挟《はさ》んだ。

「くそっ、その単語を言うなっ。僕は不当《ふとう》にも仕事を取り上げられたんだ！」

「えっ、マジ？　それって大変じゃねえか！」

滝川は意味を悟《さと》って、青くなった。パイロットでいえば機から降《お》ろされるのと同じだ。

「よし、じゃあ茜は軽装甲の整備をやれよ。俺から原さんに頼んでやる」

滝川は自信なさげに、それでも茜を元気づけようとして胸をたたいた。

「何言ってるんですか！　そんなことしたら原先輩が切れますよ。パイロットに口出しされて怒らない整備なんていないんですから！」

森が血相《けっそう》を変えて言った。パイロットの横槍《よこやり》は整備員激怒《げきど》条件その一である。

「じゃあ、どうすりゃいいんだ……？」

「滝川君が心配することじゃありません。補佐《ほさ》的な仕事ならいくらだってあるから。そうねえ、軽装甲だったら狩谷君と田辺さんの補佐よ。それだったらわたし、原先輩に頼んであげる」

「くそっ、あんな陰険《いんけん》眼鏡に顎《あご》でこき使われるのか？　そんなの嫌だっ！」

茜は足をばたばたさせてむずかった。完璧《かんぺき》なお子様モード突入《とつにゅう》である。

「じゃあ重装甲の中村・岩田組の手伝いね」

「あ、あんな変態《へんたい》二人組と一緒にやるなんて。変態がうつっちゃうじゃないか！　僕は姉さんの下なら……」

茜は顔を赤らめた。姉さんの下で働けるなら補佐だってなんだっていい。

「だめ。そういうのってわたしは嫌いなの。仕事とプライベートは区別しないとね」

森は不機嫌に首を振った。

「僕はなんて不幸なんだっ！　姉にも意地悪《いじわる》されて」

「じゃあいっそのこと給食係にでも任命してもらったら？　委員長に頼んで」

あきれる滝川の前で、姉と弟はいつまでもやり合っていた。

「よおよお、森。両手に花ってところか？」

三人が声のした方向を見ると、教官の本田節子《せっこ》がにやりと笑いかけた。

両手に花って……。森は身構える茜とぽけっとした滝川の顔を交互《こうご》に見た。これが花？　本田先生、どういう感覚なのかしら。

「にしても、滝川と茜はいつ見ても退屈しねえなー。動物園に行く手間《てま》が省《はぶ》ける。両手に猿って言い直すべきだろうな、うん」

ずけずけと言われて、茜は姉の後ろに隠れるように身をずらした。人見知《ひとみし》りの激しい茜は、豪快《ごうかい》でちょっとした皮肉など笑い飛ばす本田とは相性《あいしょう》が悪い、と自分では思っている。警戒《けいかい》し、身構えてはいるものの、無意識のうちに逃げ腰になってしまっている。森も同じだ。整備畑《ばたけ》でずっと教育を受けてきた森は、どことなく軍人のにおいを感じさせる本田を無意識のうちに避けていた。

滝川はほんの少しましだった。すでに二週間以上、本田の説教代わりのエアガンの脅威《きょうい》にさらされている滝川はこの教官にだけは逆《さか》らえないことを知っている。

「なんか用ですか、先生？」

滝川が本田苦手の姉弟《きょうだい》に代わって尋ねると、本田は冷《ひ》やかすような顔になった。

「なんか楽しそうだからな。俺も仲間に入れてもらいたいと思ってよ」

「た、楽しくなんかないっすよ！　茜が無職になって、それで……」

仲間に入れてくれと言われて、滝川はあわてて事情を説明した。姉の後ろで茜は拳を固めてよけいなことを言うな、と歯噛みしている。案《あん》の定《じょう》、本田は呵《か》々《か》と笑った。

「無職だって？　へへっ、だせーやつ！」

笑い飛ばされ、茜は真《ま》っ青《さお》になった。顔が泣きそうに歪《ゆが》んでいる。

「先生、酷いです！　大介だって一生懸命《けんめい》やってたんですから」森も泣き顔になって、今にもわっときそうな雰囲気になった。

「あー、森よ、そうとんがるな。今のは俺流《おれりゅう》の親愛《しんあい》の表現だ。無職でも役付きでも、おめーらは俺の可愛《かわい》い生徒さ。だいたいよ、俺がしんみり慰めたりしちゃ、らしかねえだろ？　夢に見そうで怖いだろ？」

本田に慰められる情景《じょうけい》を想像して、滝川はごくりと喉《のど》を鳴らした。確かに――嫌過ぎる。

「まあ、なんだ。無職ってのは言い換えりゃあ遊撃《ゆうげき》部隊ってことだからな。これから編制《へんせい》されるおめーらの隊と同じだ。だから元気を出せ」

まったく慰めにならない言葉を残して、本田は機嫌良く去っていった。三人は毒気《どくけ》を抜かれ、通《とお》り魔《ま》に遭《あ》ったような気分で顔を見合わせた。


厚志が整備テントに向かうと、指揮車の方から鼻歌《はなうた》が聞こえた。

突撃軍歌《ガンパレード・マーチ》？　茜じゃないなと近づくと、指揮車の車体の下から女性の足がにょっきりと突き出していた。

「あれ……？」

思わず声をあげると、滑車《かっしゃ》の音がして赤毛の女が顔を現した。女は身を起こし立ち上がると、威嚇《いかく》するように厚志をにらみつけた。厚志より少しだけ背が高い。

「なんだてめー、眼垂《ガンた》れようってか？」

喧嘩腰《けんかごし》だ。厚志は両手を掲《かか》げて降参《こうさん》の仕草をした。

「……そんなんじゃないけどさ。君、新しく入った人だね。僕、速水厚志です」

赤毛の女は黙って、鋭い目つきで厚志を威嚇《いかく》した。しかし厚志はぽややんとした笑顔で突っ立ったままだ。数分経過。女はたまりかねて厚志を怒鳴りつけた。

「なんだってんだ？　とっとと失《う》せやがれ！」

「君が自分の名前、思い出しているんだと思って。待っていたんだよ。思い出した？」

厚志はにっこりと女に笑いかけた。女の顔が怒りに紅潮《こうちょう》した。

「てめー、とぼけたこと言いやがって！」

油断《ゆだん》なく身構える女に厚志は無防備《むぼうび》に近づいた。

「僕、速水厚志。複座型のパイロットです」もう一度、自分の名を繰り返して言った。

「た、田代香織」女は悔しげに名乗った。そして拳を固めたまま厚志との距離をはかった。

「ねえ、そういうのって変だと思わない？　初対面《しょたいめん》の相手をいきなり殴ってどうするの？　それで君は満足なの？　殴られる人のこと、考えたことないの？」

舞の影響だろうか、厚志も近頃では言うようになった。暴力を振るう人間は大嫌いだった。けれど田代は理由なく暴力を振るう人間には見えない。一種の勘《かん》だ。

厚志ににこやかに言われて、田代は白《しら》けたように構えた拳を下ろした。

「ちっ、変なやつ」

「君もね」厚志は指揮車に寄りかかると、バッグから紙袋を取り出した。

「クッキー作ったんだけど、どう？」

「あ、ああ……」勧《すす》められて田代は思わずクッキーに手を出した。

「おっ、これシナモンか？　けっこう凝《こ》ってるじゃねえか」

シナモンをまぶした一枚を口に入れ、田代は感心したように言った。

「クッキー作るの、好きなんだよ。裏マーケットで材料集めるのも面白《おもしろ》いしさ……このシナモンはね、蜂蜜《はちみつ》と物物交換《ぶつぶつこうかん》したんだ」

厚志はまんざらでもなさそうに言った。

「へえ、見かけによらずやるもんだな。どこへ行けば物物交換してくれるんだ？」

田代は興味《きようみ》を覚えたとみえ、身を乗り出してきた。

「物によって違うんだけど……田代さん、何か交換したいものあるの？」

「ああ、ヌンチャクだろ、特殊警棒《とくしゆけいぼう》だろ、あとチェーンに木刀《ぼくとう》……。そうだ、そういうのはもうやめることにしたんだ。やっぱ女はこれよ。拳と拳で語り合う、なんてな」

田代はぐっと拳を突き出した。鍛《きた》えられた、堅《かた》そうな拳だ。

「……今度、案内《あんない》するよ」厚志は苦笑《にがわら》いを浮かべ、請《う》け合った。

気配《けはい》がした。厚志がちらと視線を移すと、石津がすばやく木の陰に隠れた。厚志は微笑《びしよう》すると、木陰《こかげ》に歩み寄った。

「君もどう？　けっこう自信作なんだけど」

紙袋を差し出すと、石津は観念《かんねん》したように姿を現した。

「……大きな……声……したんで……心配……で……」

「どうしたんだ？」田代が寄ってくると、石津は逃げ出そうとした。

「あ、ちょっと待って。大丈夫だよ。この人はいい人だから」

石津の足が止まった。振り返って、こわごわと田代を見つめる。田代も、じっと石津を見つめ返す。しばらくの間、ふたりは無言《むごん》で見つめ合った。

「衛生官の石津萌さん。詰所《つめしょ》をいつもきれいにしてくれているんだ」

厚志が石津を紹介すると、田代は、神妙《しんみょう》な顔でうなずいた。多くの人間と喧嘩に明け暮れてきただけあって、田代には独特な嗅覚《きゅうかく》がある。石津という少女に、争いごととはまったく無《む》縁《えん》な、ガラス細工《ざいく》のような繊細さを感じて、接するのが少し怖かった。

「あー、俺は田代香織だ。けど、かおりんなんて言ったらぶっ飛ば……違った。ま、まあいいや、なんでもいいからこっちに来いよ」

意外なことに、石津はこくんとうなずくと田代の側《そば》に歩み寄った。


ほどなく三人は木陰《こかげ》に腰を下ろして、クッキーを頬張っていた。田代が指揮車整備士になった経緯《いきさつ》を聞いて、厚志は目を見開いた。

「戦車随伴歩兵《スカウト》っていってもいろんな部隊があってな、俺が転属《てんぞく》したところは馬鹿学校の学兵主体《しゅたい》のしょーもねえ隊ばかりだった。女の新入りってのはきついモンだぜ。女ってだけでなめられるし、でなけりゃうざったくナンパされるしな。それで喧嘩ばっかし……だ」

「そうか。刑務所から……」

田代は機嫌良く言った。まともな部隊が受け入れてくれるわけはなし、どうせ、また居心地《いごこち》悪い思いするんだろうなと思っていたが、どうもここは違うようだ。あのゴリラが「暴力沙汰とは無縁な坊ちゃん嬢ちゃん」と言ったように、ここでは強い弱いとは別の人間関係の原理《げんり》が働いているようだ。原とかいう主任は、「指揮車を任せる。ただし、整備を怠《おこた》ったら殺すわよ」と口こそ悪いがこだわりなく自分を受け入れてくれたし、ここにいるふたりは自分がこれまで接してきたぎらついた不良たちとは別世界の住人のようだ。

「喧嘩して、そのたびに何度も軍刑務所に厄介《やっかい》になるもんだから、所長のじいさんにあきれられてさ、ここに追い払われたってわけさ」

なんでこんなことを打ち明けているのか、我ながら不思議だった。が、別に隠したってしょうがねえ、それで嫌われるならそれでいいさと田代は思った。

「……大変だったね」厚志はぽつりと言った。

「ん、何がだ?」

「なんとなく君が喧嘩してきた理由がわかるよ」

「へへっ、無理しなくてもいいぜ。俺はろくでなしのチンピラってな」

これまでの田代だったら、わかったような口きくんじゃねえと怒っているところだ。けれど、厚志の言葉に嘘はないと何故だか思えた。

「そんなことはないと思うよ。自分を守るのは大変なんだ。どうして世の中には、自分のちっぽけな優越感《ゆうえつかん》のために人を傷つけたり、人が自分と違うと不安になって攻撃してきたり、人と自分を較《くら》べないと気が済まない人間が多いんだろ?」

厚志はクッキーを齧《かじ》りながら淡々と言葉を継《つ》いだ。少し暗い目になっている。

さりげなく打ち明け話をしたつもりだったが、厚志は刑務所のことなどまるで問題にしていない。変わったやつだな、と田代は首を傾げた。

「……おいおい、そこまでは俺、言ってねえぞ。なんかあったのか？　待てよ、もしかして誰かにイジメ——られるようなタイプじゃねえよな。おまえって弱そうだけど、なんか近づきにくい雰囲気あるしな」

田代はしげしげと厚志の顔をのぞき込んだ。

「そ、そうかな？　近づきにくい？」厚志は顔を赤らめ、頭を掻《か》いた。

「なんとなく、な。ああ、これってけっこう誉め言葉なんだぜ。俺のいた隊ってのは強い弱いをはっきりさせねえと気が済まないけだものばっかりだったがな、たまにそういうやつがいた。何故か絶対に喧嘩を売られないやつだ」

田代はにやりと笑って、厚志を冷やかすように見た。

「誉め言葉、ね。ここに来る前は、僕もけっこうとんがっててさ。だけど、ここに来てから拍《ひょう》子抜《しぬ》けすることばっかりで、なんとなく居着《いつ》いちゃったんだ」

厚志はため息交じりに言った。ここに来た時の僕はきっとそうだったろう。今もそんな感じなのかな。芝村さんや滝川はよく話しかけてくれたよな。

「わたし……ここ……好き」

石津がぼそっと言った。厚志と田代は驚いて顔を見合わせた。

「はは、実は僕もなんだ。ねえ、よかったらクッキー、もっと食べてよ」

厚志は嬉しげに石津に笑いかけた。石津はクッキーを取ると、右手に持ってリスのように齧った。そんな石津の様子《ようす》を見て、田代はふうんとうなずいた。

ふたりとも訳ありって感じだな。けどなんだか居心地がいいじゃねえか。こいつらとなら、俺もなんとかやれるかもしれねえな。もっとも——。田代は翳《かげ》りのある微笑を浮かべた。

こいつらといつまで一緒にやれるかな。

「おまえ、パイロットって言ってたよな。出撃はいつになるんだ？」

田代の問いに、厚志はきょとんとした表情になった。

「まだわからないんだけど。きっとまだ先だと思うよ。まだ実機《じっき》に乗ってから十日も経《た》っていないしさ。これで出撃しろなんて言われても困っちゃうよ」

「それ大甘《おおあま》。俺のいた歩兵《ほへい》小隊なんざ、銃の扱い方だけ教えられて出撃よ。精鋭《せいえい》部隊の盾《たて》代わりにされてな、一週間で顔ぶれが入れ替わった」

田代は自嘲《じちょう》するように言った。部隊にもランクというものがある。精鋭は極力《きょくりょく》温存《おんぞん》され、評価《ひょうか》の低い部隊は常に捨《す》て駒《ごま》として扱われる。ふと見ると厚志がうなだれていた。あ、刺激が強過ぎたかな、と田代はあわてて言葉をつけ足した。

「けどよ、戦車兵は別だと思うぜ、やっぱ。そう簡単に入れ替えが利《き》かないしよ、だからきっと大事にされるんだろうな。あー、変なこと言って悪かったな」

謝ってるぜこの俺が、と田代は一種むず痒《がゆ》さを覚えながら、厚志を慰めた。

舞は黙々《もくもく》とグラウンドを走っていた。

トラックでは他に尚敬校の生徒が連れだって持久走《じきゅうそう》をしている。舞は彼女たちの間に紛《まぎ》れ込むかたちで走っていたが、速いペースで淡々と走る舞は周囲から浮いて見えた。

走りながら考えごとをするのが習慣《しゅうかん》になっていた。こうして自分を肉体的に追い込みながら、頭を働かせていると、雑念《ざつねん》は消え、考えがすっきりとまとまってくる。

出撃が近いという予感があった。戦車学校で標準的に定められている訓練期間から言えば、笑いたくなるほどわずかな期間で自分たちは戦場に出る。

実戦《じっせん》がすなわち最良の訓練であると考えることもできるだろうが、そういうのは自分の流儀《りゅうぎ》ではなかった。無責任だ。訓練未熟《みじゅく》な兵を死の危険と隣《とな》り合わせにすることを、言葉でごまかしているに過ぎない。そして自分も未熟な兵のひとりだ。

(わたしとしたことが……何を神経質《しんけいしつ》になっている?)

舞は口の端《はし》を吊り上げた。こうして末端《まったん》の戦闘部隊に身を置くことは望むところ、ではなかったのか? 上に具申《ぐしん》すべきか? あと少し訓練期間が欲しいと。しかし、そんなことは善行がとっくの昔にやっていることだろう。

「良いフォームですね」

声をかけられて、はっと横を見た。善行がいつのまにか併走《へいそう》していた。善行は前を向いたまま、大きなストライドで走っている。

「何か用か?」舞は立ち止まると、そっけなく尋ねた。

数メートル先で足を止めた善行は、振り返って静かに告げた。

「出撃が決まりました。二日後。歩兵支援《しえん》任務となります」

二日後だと？　舞はきっと善行をにらみつけた。

「我らはまだ……！」

「ええ、訓練の途中《とちゅう》ですね。平和な時代であったら半年といわず、一年でも二年でもあなたたちに生き残る術《すべ》を教えたかった。が、残念ながらこれが現実です」

善行の淡々とした表情に、舞は唇を噛んだ。駆け引きも計算もない、善行の素顔《すがお》を見たように思った。知り合ってからさほど時間は経っていなかったが、ことあるごとにこの男の禁欲《きんよく》的な態度に接してきた。怒れば怒るほど静まり返り、悔しければ悔しいほど淡々とした表情を見せる。それが善行という男だった。

おそらくこの男は、散々《さんざん》上層部《じょうそうぶ》とやり合ったろう。あらゆる手段《しゅだん》を尽くして、わずかな訓練時間でも稼ごうとしたろう。それだけは信じられる。

その結果が二日後ということだ。それにしても普通であれば半年の訓練期間を、二週間足らずに切り詰める戦局《せんきょく》とはどれほどの酷《ひど》さか？

「何故、わたしに？」

「あなたは隊の核《かく》ですから。あなたが意識している以上に、他のパイロットはあなたのことをそう考えているでしょうね」

「隊の核か」舞は静かな、しかし光をたたえた目で善行を見つめた。

善行は舞の目の光を見て、口許をほころばせた。決して臆《おく》さず高ぶらず、運命を自《みずか》らの手で切り拓《ひら》いてゆく目だ。その生き生きとした光に善行は勇気づけられる思いだった。これからどんな過酷《かこく》な運命を迎えようともこの光は消えることはないだろう。

「あなたは彼らとともに戦い、最後まで彼らを導《みちび》かねばなりません。何しろあなたは芝村なのですから。さらに言えば……芝村の変種《へんしゅ》なのですから」

善行の言わんとするところを察して、舞の顔に笑みが浮かんだ。芝村であり芝村の変種であることはなかなか歯ごたえのあることだ。芝村一族ならばもっと思考をクリアにして、可能ならば理性のみで状況に対処《たいしょ》することができる。

だが、善行の言う変種というのは芝村一族と一般の人々との間に位置するということだ。これまでともに生活してきたクラスメートたちの決して理性では割り切れぬ喜びや悲しみや様々な感情を我がものとして感じることだ。自分は芝村ゆえ決して彼らと喜怒哀楽《きどあいらく》をともにすることはないだろうが、彼らの心から響いてくるものを、かけがえのないものとして感じることだ。彼らを理解するために。彼らを守るために。そう舞は自らに課していた。

「望むところだ」

舞は静かに応えると、再び走り出した。速水、滝川、壬生屋、そして第62戦車学校の者たちよ、我らは生きるも死ぬるも最後まで一緒だぞ。舞はいつしか精悍《せいかん》な笑みを浮かべていた。

翌朝、HR《ホームルーム》の時間に善行は教壇《きょうだん》に立った。

「明日《あす》、出撃します。皆さんはまだ訓練途中ですが、これより第5121独立駆逐《くちく》戦車小隊として各地を転戦《てんせん》することとなります」

善行は淡々と言った。一拍《いっぱく》遅れて一組の教室にざわめきが起こった。

多くの者が寝耳《ねみみ》に水といったような顔になっていた。第62戦車学校に入校してから二週間あまり。戦争を身近《みぢか》に感じながらも、なんとなくこのまま学園生活が続くのではないかと錯覚《さっかく》すら起こしていた。

平然としているのは善行と舞、来須、若宮、そして瀬戸口だけだった。

厚志も例外ではなく、急な出撃に困惑していた。この教室から戦場に行って敵を倒して――といった感覚が摑めずに戸惑《とまど》っていた。芝村舞の席を振り返ると、腕組みをして天井《てんじょう》を見上げている。

「あの、なんだか急な話で……わたくしまだ……」

壬生屋が手を挙げて口ごもった。わたくしまだ心の準備ができていません、と言おうとして言葉を探している。真《ま》っ赤《か》になって、ただ青い瞳を震わせて善行を見つめるばかりだ。

善行は眼鏡を押し上げて、うなずいた。

「ええ、わかりますよ、壬生屋さんが言いたいことは。しかし、我々は戦争をしているのです。何月何日にデビューしますなどと悠長《ゆうちょう》に予定が組めるわけはありませんね」

「あ、はいっ！」

壬生屋は気の毒なくらい赤くなって返事をした。くっと下を向き、自らの弱さと闘《たたか》っている。

厚志の後ろでがたがたと音がする。振り返ると、滝川が机にしがみついて震えていた。

「滝川」

厚志が声をかけると、滝川はこわばった顔で笑った。

「か、勘違いすんなよ。これって武者震《むしゃぶる》いってやつだからな。委員長、し、質問があります」

滝川はけたたましい音をたてて立ち上がった。

「これからずっと出撃の日が続くんですか？」

滝川の問いに、善行は穏やかに微笑んだ。

「わかりません。毎日のように出撃があるかもしれないし、ないかもしれない。あなたたちパイロットはいつでも出撃できるよう準備をしておくことですね」

5121小隊は独立駆逐戦車小隊として出撃の可否《かひ》、作戦地域に関して大幅《おおはば》な裁量《さいりょう》が認められている。しかし善行は敢《あ》えてそれを言わずにおいた。これからは出撃に備え、待機《たいき》することに慣れねばならなかった。戦闘員にとって、これが最も重要なことだった。待機している間、どれだけ平静《へいせい》を保《たも》ち日々の暮らしが営《いとな》めるか。神経を張り詰めたままでは自然休戦期《きゅうせん》までの推定《すいてい》二カ月に及ぶ戦闘に到底《とうてい》耐えられないだろう。

滝川はこわばった表情のまま、席についた。

「他に質問は？」

「出撃先はどこになる？」舞が腕組みしたまま尋ねた。さすがに芝村さんだ、落ち着いているなと厚志は感心した。

「それはわたしに任せてください。詳細《しょうさい》はのちほど」

「任せてって、そんな……」

厚志は思わず声をあげていた。決まってないのか？　変だ。これは変だぞ。出撃することだけ決まっていて、どこへ行くか決まってないなんて。そんないい加減なことでいいんだろうか？　これは危ないかもしれない。そう考えると、善行の落ち着いた態度が空恐《そらおそ》ろしく思えてくる。もしかしたら委員長、あきらめているのか？　どうせこんな訓練未熟な部隊でまともに戦えるわけはないと死ぬ覚悟を決めているのか？　だとしたら僕はそんな覚悟に巻き込まれるのは嫌だ。厚志の疑念《ぎねん》はとめどもなく膨《ふく》らんだ。

「ははは。そう心配しなさんな。大丈夫、善行委員長もとい善行司令はおまえさんたちに格好《かっこう》の舞台を提供《ていきょう》してくれるよ」

瀬戸口の柔《やわ》らかな声が教室に響いた。瀬戸口には緊張感の欠片《かけら》もないようだ。

「そ、そうなんですか……？」厚志は感情の昂ぶりを抑《おさ》え、瀬戸口を見つめた。

「もちろん。ま、気楽《きらく》にやろう。おまえさんたちは新人《しんじん》だが、俺たちには戦争馬鹿の来須と若宮がついているじゃないか。なあ、おまえさんたち、頼りにしていいんだろ？」

瀬戸口は言葉を続けると、来須、若宮を見て言った。

「こらこら、戦争馬鹿とはなんだ！　花も実《み》もある古参兵殿《こさんへいどの》と言え」若宮はにやりと笑った。

「じゃあ古参兵殿、頼りにしてますよ」

瀬戸口は冷やかすように言い直した。

「じゃあ、はよけいだ。あー、心配はいらん。おまえたちがどんな失敗をしても俺と来須で尻《ケツ》を拭ってやる。そのために俺たちがいるんだからな」

若宮がこともなげにうなずいた。頭が固くて融通《ゆうずう》の利《き》かない訓練教官だったが、今の若宮はパイロットたちにはとても頼《たの》もしく映った。

「あはは、尻を拭うだって。下品《げひん》やねー」

加藤が声をあげて笑った。壬生屋や滝川、速水らの不安と緊張がひしひしと伝わってきていた。気の毒や、と加藤は素朴《そぼく》に同情した。自分は彼らほど緊張しなくて済む。その分、場を和《なご》ませるのが自分の役割だと思った。

「俺は別に……」若宮は心外《しんがい》だといったように加藤をにらみつけた。

「わかってますって。心と体は下品でも、若宮さんは頼りになる兵隊さんや。よろしゅう頼んまっせ。あ、来須さんもよろしゅうにー」

加藤は陽気に言いながら、来須銀河《ぎんが》に水を向けた。

来須は、穏やかなまなざしで加藤を一瞥すると、ふっと口許をほころばせた。

「もう、もう、来須さんったら格好良過ぎや！　そんなクールに決められたら、ウチのキュートな胸が苦しゅうなってしまうやないですか！」

「加藤さん、少し静かに。状況をわきまえてください」善行にたしなめられ、加藤はぺろと舌を出した。

「ねえねえ、祭ちゃん、むねがくるしいならほけんしつにいったほうがいいよ」

東原が心配そうに加藤に声をかけた。

「そうやねー、あとでお薬飲んどくから大丈夫」

「祭ちゃん、やさしいね。みんなのために。ののみ、しっているのよ。ののみたち、せんそうしにいくんでしょ」

無心《むしん》な表情で見つめられ、加藤は耐《た》え切れなくなってうつむいた。

東原の無邪気《むじゃき》な言葉が、その場にいた全員の胸に突き刺さった。そう、自分たちは戦争をしに行くのだ。そこは生きるか死ぬか、ON・OFFのスイッチしかない世界だ。どんなに言葉で飾ろうとも、どんなに気持ちをごまかそうとも、自分たちはこれから生死を懸《か》けた理不尽《りふじん》なギャンブルを続けてゆかねばならない。それが現実だ。

しんとなった一組教室とは対照《たいしょう》的に、二組の教室から嘆《なげ》きと抗議《こうぎ》の声が聞こえてきた。続いて凄《すご》みのある原の一喝《いっかつ》。一瞬にして隣《となり》の教室は静まり返った。善行は心の中でため息をつくと眼鏡を押し上げた。

「……ということで、出撃の件はよろしく。外で本田先生が怖い顔をしていますので授業にしましょう」

教室の外では英語のリーダーを抱えた本田が、とっとと話を終わらせろと拳を固めて善行を威嚇《いかく》していた。

「そなたも逃げてきたか」

昼休み、グラウンド隅《すみ》の鉄棒で懸垂《けんすい》をしている舞の横に厚志が並んだ。

厚志はため息交じりにうなずいた。

今朝《けさ》、出撃を告げられてから、周囲が自分たち四人にやけに気を遣っている。厚志にはこれがなんとも居心地悪かった。パイロットとはいえ、まだ基本的な動作、武器の使用法を学んだに過ぎない。自信なんて持てなかった。そんな状態のまま出撃しなければならない自分を気の毒に思ってくれているのか、それともそれなりの期待をかけてくれているのか、わからなかったが、気を遣われるのは厚志には嫌だった。

「なんだか訳がわからないよ。実機に乗ってから何日も経っていないのに」

厚志は鉄棒にぶら下がると愚痴《ぐち》っぽくつぶやいた。まとまった訓練をした回数といえば片方の指を折れば足りる。そんなんで戦場に出て戦えるのか？

「それだけ戦局《せんきょく》が切迫《せっぱく》しているということだ。なれど、善行には当面《とうめん》、隊の行動に関する裁量権が与えられているはずだ」

舞は冷静に言った。

「どういうこと？」

「戦場を選ぶのは善行だ。ゆえに無謀《むぼう》な任務《にんむ》は避けるだろう。苦労して発足させた隊をたった一度の戦闘で失いたくはないだろうからな。安心するがよい、速水」

「そうか……そういえばそうだよね」

こわばった心と体をほぐそうと、厚志は二度三度深呼吸《しんこきゅう》をした。そういえば、善行委員長って、人をよく試《ため》すよなと思った。自分たちが動揺《どうよう》するようなことを次々と仕掛けてくる。それをクリアすれば、次の課題が待っているといった具合だ。もしかして性格が悪い人なのか？

しかし厚志は、今は委員長の性格の悪さを信じたいと思った。僕たちを生き残らせるために手段を選ばず、最後の最後まで頑張《がんば》って欲しい、とそんな風に思った。

「速水」

「なに？」厚志は、はっと我に返った。

「くっ、こしゃくな！　しばし待て……」舞は真っ赤になって何回めかの懸垂をクリアしようとしていた。ほっそりした二の腕がぶるぶると震えている。

「頑張れ。あと三センチ」

厚志は手を休めて声援《せいえん》を送った。舞の顔が苦痛《くつう》に歪む。

「く、くっ、三十……五」舞は絞《しぼ》り出すように言うと、ぐっと体を持ち上げた。

どさりと地面にへたり込む。最後の数回は呼吸をする余裕もなかったのだろう、肩を上下させ荒い息をついていた。

「ふっ、ふふふふ。やったぞ、三十五回だ。新記録だ」

厚志が顔をのぞき込むと、舞は誇《ほこ》らしげに笑いかけた。

「……ええと、それで？」

厚志が尋ねると、舞は腕組みをして横を向いた。顔がみるまに赤くなってゆく。無理な回数をこなして怪我でもしたのか？　厚志は心配そうに「芝村……さん」と呼んだ。

「……わたしは図書館に行く」

舞はぽつりと言った。厚志が怪訝な顔をすると、舞は意を決したように厚志に向き合った。

「それで……そなたはどうするのだ？」

「はぁ……？」

「だ、だ、だから、そなたの意志《いし》について尋ねているのだ」

「その顔……」

熱でもあるのかな？　厚志は舞の額に触れようとした。ずささ、と地面を擦《す》る音。舞は座ったまま激しい勢いであとずさった。

「何をするっ！」舞は険しい顔で厚志をにらみつけた。

「顔が赤いから熱でもあるんじゃないかと思って」

「たわけ。熱などない。それに赤くなってなどおらぬ。どうだ、この顔が赤くなった顔か？」

舞は強引《ごういん》に否定《ひてい》した。赤いけど……その迫力に厚志は気を呑《の》まれた。何をむきになっているんだ？

「わ、わかった。じゃあ、これで」

厚志は閉口《へいこう》して逃げ出そうとした。と、服を引っ張られ転倒した。とっさに手を出して地面との激突を免《まぬか》れる。

「……それで、そなたはどうするのだ？」

舞が厚志を見下ろした。やっぱり顔、赤いじゃないか。人のこと引き倒しておいて同じこと聞いているし。厚志は首を傾げ、同じことを言った。

「僕はこれで……」

舞の顔がかぁっと紅潮した。そして半分、怒りを含んだまなざしで厚志をにらみつけた。

「それで……そなたは……くっ」舞はもどかしげに唇《くちびる》を噛んだ。

「あ、ああ……一緒に行ってもいいかな？」

厚志はようやく合点《がてん》して、ぎこちなく尋ねた。

「ふむ、ついてくるのか……そなたがその気ならわたしは何も言わぬ」

待ってくれ。厚志はため息をついた。しかし舞はかまわず続ける。

「あー、聞け、速水よ。わたしとてこの歳《とし》になれば、一度はデエトなるものを経験せねばと思っていた。そなたもそうであろう。……決して恥《は》ずべきことではないのだぞ。堂々と胸を張って、ついてくるがよい」

舞は顔を赤らめながらいっきに言った。厚志は茫然《ぼうぜん》として言葉も出ない。どうしてこれがデエトなんだ？　デエト？　待ってくれ。厚志は茫然として言葉も出ない。どうしてこれがデエトなんだ？

初めて会った時から変人だとは思っていたが、ここまでとは——。

「恥ずかしい気持ちはわかる。なれど覚悟《かくご》を決めて行くしかあるまい。ついて参《まい》れ」

舞はぎくしゃくした足取りで図書館に向かった。厚志もあわててついていく。ほどなくふたりは図書館の閲覧《えつらん》席に向かい合って座っていた。

舞は机の上に何冊《さつ》かの難《むずか》しそうな本を置くと、気難しげな顔をして黙り込んでいる。何やら必死に考えているようだ。

「あの、読まなくていいの?」

「む、読むか読まぬかはこちらの勝手《かって》だ。時に、速水よ、わたしが生物……生きとし生けるものに興味がある、と言ったらおかしいか?」

舞は言葉を選んで慎重《しんちょう》に話しているようだった。

「別に。生物って言われてもいろいろあるけど」

「た、たとえばアメリカシロヒトリなどはどうだ? あー、見栄《みば》えは悪いが、極めて効率《こうりつ》的に我が国の環境《かんきょう》に馴染み、爆発的に増殖《ぞうしょく》した種《しゅ》だ。興味はあるか?」

「……よくわかんないよ」

なんだそれ? 厚志は困惑して横を向いた。

「な、ならば動物はどうか? 毛むくじゃらの……そうだな、森に棲《す》んでいる……」

そなたに合わせるのはこれが最後だぞ、といった目つきで舞は厚志をにらんだ。厚志はその迫力《はくりょく》に気圧されて、思わず口走っていた。

「森の……だったら、僕、モモンガを見たことあるよ。あんなに小さいとは」

言いかけて厚志は舞の表情の劇的《げきてき》な変化に驚いた。

「そうかっ! モモンガならわたしも好きだぞっ! わたしは動物ドキュメンタリーで見た。満月の夜に針葉樹《しんようじゅ》の梢《こずえ》の先に潜《ひそ》んでおった。暗視《あんし》カメラが飛翔《ひしょう》する様を映していたそれは、この世のものとは思えぬほど愛……もとい、生物学《せいぶつがく》的に興味深かったぞ。ムササビとどう違うかと言えばだな……」

　舞の目が嬉しげに輝いている。しまったこのパターンは、と思いながらも、延々《えんえん》と続く舞の動物談義《だんぎ》に厚志はうなずいていた。

　数時間後、図書館の館員が追い出しにかかるまで、舞はシロナガスクジラからウィルスまで地球上のありとあらゆる生物について熱心に話し続けた。話を聞いているうち、厚志は舞の懸命な様子に初め戸惑い、次《つ》いでその表情に見惚《みほ》れた。

「まだ話すことはたくさんあるのだが」図書館を追い出されて、舞は名残惜《なごりお》しそうに言った。全力投球《ぜんりょくとうきゅう》で話したらしく、心なしか頬が憔悴《しょうすい》してみえた。

「……今日はこれくらいにしようよ」

　厚志は気遣うように舞の横顔を見た。

「ふむ。わたしもいささか疲れた。思えばデェトなるもの、かように消耗するものだったのだな。日頃から鍛えておかねば」

　舞は疲労した、けれどもどこか充実《じゅうじつ》した表情で二度三度うなずいた。

　あたりはすっかり暗くなっていた。冷気《れいき》を含んだ風がふたりに吹きつけた。舞はポニーテールを風に揺らしながら、黙々と歩き続けた。厚志はその少し後ろをついてゆく。

「風が冷たいね」

　舞の後ろ姿に厚志は声をかけた。舞の後ろ姿はどこか寂しげで、悲しげで、それでいて凛としていて強く、厚志を安心させるものがあった。なんだか離れがたかった。

「そなたをつき合わせてしまったな」

舞は背を向けたまま、ぽつりと言った。

「そんなことは……誘ってくれてよかったよ」

「……そなたは変わったな」

「そう?」

「初めてこの学校に来た日のそなたは、傷だらけのけものに見えた。傷を負い、血を流してまわりの者すべてを不信と疑いの目で見ている——そんな風に思えた」

「はは、けものは酷いな」

厚志と舞は歩きながら、ぽつりぽつりと言葉を交《か》わした。

「だが、今、わたしの後ろにいる速水厚志は、安心して背後《はいご》を任せられる。速水厚志よ……わたしとともに戦ってはくれぬか」

舞のポニーテールが風にひるがえった。舞は振り返ると厚志に向き合った。舞のまなざしはどこまでも真っ直ぐだ。厚志は一瞬、下を向いた。ふ、ふふふ。真っ暗な地面に目を落としたまま、いつしか厚志は笑い声をあげていた。

そうか、そういうことだったのか。内心の声が僕に熊本行きを命じたのは。

ここに来ていなかったら僕はなんの意味もなく幽霊《ゆうれい》のようにこの世界をただよい、消え去るのみの存在だった。けれど、芝村舞と出会って僕は変わりつつある。僕はどうやらこの世界に愛着《あいちゃく》を持ちはじめたようだ。

厚志は顔を上げた。

「もちろん。僕でよかったら。君と一緒に戦うよ」

言ってから厚志は、ほうっと息をついた。舞は黙ってうなずいた。明日から生死をかけた戦いが始まるというのに、厚志の胸は何故か安堵の思いに満たされていた。


「速水厚志に芝村舞、か。やつら、恥ずかしげもなく盛りあがってやがる」

言葉とは裏腹《うらはら》に、本田は嬉しげにつぶやいた。

深閑《しんかん》とした住宅地の一画だった。自動販売機《じどうはんばいき》の陰に隠れるように立つ本田の目に、互いに見つめ合う厚志と舞の姿が映っていた。切れ切れに会話が聞こえてくる。

「ふたりは他の生徒とはどこか違いますね」

本田の隣には同じ教官の坂上がたたずんでいた。サングラスをかけた顔からは表情はうかがえないが、それでも口許を微かにほころばせていた。

「なんと言いますか、ふたりとも極端《きょくたん》なところがあります。性格は火と水ほども違うふたりですが、根は同じものを感じます」

坂上の言葉に、本田は真顔になってうなずいた。

「それは俺も感じましたよ。何ごとも徹底《てってい》してやる。そんな怖さがありますね。けど、まあ、これからですね、やつらも。まだ本当の戦場がわかっていない。何度か修羅場《しゅらば》をくぐり抜けてからのお楽しみってやつですかね」

本田は言ってから、ふっと自嘲気味に笑った。

「できりゃあ、戦場なんて経験しないに越したことはないですがね。これがやつらにとっての現実だ。生き抜いて欲しいですね」

「ええ、わたしたちには祈《いの》ることしかできませんが」

坂上の抑揚《よくよう》のない声に、わずかにやさしげな響きが含まれた。本田の目は、凜として背筋を伸ばしている舞と、対照的に猫背《ねこぜ》気味に背を丸めている厚志のふたりを飽《あ》かず見つめていた。

「さて、行きましょう。店主《てんしゅ》からの電話では芳野《よしの》先生、相当にできあがっているみたいですから。このままだと店を壊しかねません」

「まったく……。酔っぱらい教師め、今日こそは絞《し》め技《わざ》で落としてやりますから」

「まあ、お手柔《てやわ》らかに願います」

本田と坂上は肩を並べると、夜の街に消えていった。

芳野の日曜日

朝から低く雲が立ち籠《こ》め、湿気《しっけ》が多い日曜日の昼下がりだった。

速水厚志《はやみあつし》ら四人のパイロットは大学病院での健康診断《しんだん》の帰り道、ムーンロード近くの歩道上でこれからの予定を話し合っていた。このまま解散《かいさん》するか、さもなければどこか近場《ちかば》に遊びに出かけるか、それとも学校に行き機体の調整《ちょうせい》をし、訓練《くんれん》をするか。

「わたしは尚敬校《しょうけいこう》に戻る。どうせ整備《せいび》の連中《れんちゅう》は来ているだろうしな。機体の調整のことでやつらと話したいことがあるのだ」

芝村舞《しばむらまい》はそう言うと、他のパイロットに背を向け、歩《あゆ》み去ろうとした。厚志があとに続く。

「ちょっと待てよ。どうしておまえらってそうなの？　せっかくの日曜日にこうして四人が集まったんじゃん。たまにはゲーセンでもつき合えよ」

滝川陽平《たきがわようへい》が口をとがらせる。

「わたくし、買い物をして帰ろうと思っているのですけど。それではここで」

壬生屋未央《みぶやみお》が妙《みょう》にそわそわとして言った。

「買い物って何を買うの？」

滝川に尋《たず》ねられ、壬生屋は何故《なぜ》か顔を赤らめ、「ちょっと……」と言葉を濁《にご》した。

「決まったな。ここで解散だ。滝川、ゲームセンター通いもほどほどにするがよい。あれは視《し》神経《しんけい》を疲労《ひろう》させ、パイロットに良い影響《えいきょう》はもたらさぬぞ」嚙《か》んで含めるような舞の忠告《ちゅうこく》に、滝川は憮然《ぶぜん》として黙り込んだ。

「あれ？　あそこにいるのって……」

厚志が指差すと、皆《みな》の目が一斉《いっせい》にその方角《ほうがく》を向いた。教師の芳野《よしの》春香《はるか》が道路の向かい側のバス停前に立っていた。普段《ふだん》着ているサーモンピンクのスーツ姿ではなく、ラベンダー色のスーツを着て、どことなくいつもより引きしまって見える。手には白百合《しらゆり》の花束《はなたば》を抱《かか》えていた。

「芳野先生だ。なんかいつもと雰囲気《ふんいき》が違うなー。けど、どこに行くんだろ？　あのバス停からだと菊陽《きくよう》方面になるけど」滝川が首を傾《かし》げる。

「空港《くうこう》にどなたか出迎えに行くんでしょうか？」壬生屋も相《あい》づちを打つ。

「空港なら専用《せんよう》バスがあったはずだ。気になるな……」舞も腕組《うでぐ》みをして考え込んだ。

芳野春香は国語担当の民間人《みんかんじん》教師だが、生徒を戦場に送り出さねばならないプレッシャーに耐えかね、酒に逃避《とうひ》するようになった。近頃《ちかごろ》では満足に授業すらできなくなっている。今日《きょう》もアルコールが残っているのだろうか、ふらふらと足下《あしもと》がおぼつかない。

「……っていうより心配だぜ。俺、つき添《そ》ってやる」

そう言うと滝川はガードレールを越え、車道を渡ろうとした。

「待て。芳野にとってはプライベートな時間だ。やつの身を案じるにしても気づかれずにつき添ってやろう」舞もガードレールを越え、そう滝川に言い聞かせた。

「らじゃ」滝川は下手《へた》な敬礼《けいれい》をすると、舞とともにバスを待つ人々の列の最後尾《さいこうび》に潜り込んだ。

厚志もあわててあとに続く。壬生屋もためらったあげく、ガードレールを越え、三人に追いついた。

　芳野はやはりいつものののんびりした芳野だった。四人に気づく気配《けはい》もなく、バスの最前部《さいぜんぶ》の席に座ると、車窓《しゃそう》に目を向けている。あとから乗ったパイロットたちはじっと後《うし》ろの席に身を潜《ひそ》めた。

　舞の目に、閑散《かんさん》とした市郊外《こうがい》の風景が映った。県道《けんどう》に沿って軒《のき》の低い住宅が建ち並び、どの家も門扉《もんぴ》を閉じて死んだように静まり返っている。道端《みちばた》には錆《さ》びた自転車が放置《ほうち》され、ゴミ収《しゅう》集車《しゅうしゃ》が巡回《じゅんかい》をやめたのだろうか、ゴミ袋《ぶくろ》がところどころに山積みになっている。

　ほどなく家並みが途《と》切《ぎ》れ、バスは山がちの一帯《いったい》を走っていた。『菊陽カントリークラブ』と記《しる》された巨大《きょだい》な看板《かんばん》が舞の視界《しかい》の端を通り過ぎていった。『次はカントリークラブ入り口、次はカントリークラブ入り口』とアナウンスが流れ、乗客の中から降車を告《つ》げるブザーの音が鳴り響いた。

　バス停に降り立つと芳野はゴルフ場のゲートをくぐって中へ消えた。四人は出発しようとするバスを停《と》め、苦労して降り立つと芳野のあとを追った。昼過ぎというのに空は暗さを増し、ぽつりぽつりと雨滴《うてき》が落ちてきた。舞はふとゲート近くの売店《ばいてん》に目を留《と》めた。売店はシャッターを下ろしていたが、その傍《かたわ》らに三百円傘《かさ》の自《じ》動販売機《どうはんばいき》があった。舞はキュロットのポケットを探《さぐ》って顔をしかめた。ふむ、全財産《ざいさん》四百二十円か。あれを買えば帰りのバス代はなくなるな。……かまわぬだろう。歩いて帰ればよいのだ、と舞はビニール傘を手に入れた。

「おいおい、何やってるんだよ。芳野先生、見失っちまったじゃねえか」

傘を持ってあとから追いついた舞を責めるように滝川は言った。

「すまん。そんなことより、だ。どうやらここはゴルフ場などというものではなさそうだぞ」

舞の目には無人《むじん》のクラブハウスと、荒れ果てた芝のフィールドが映っていた。かなたには丈《たけ》の低い石板《せきばん》のようなものがびっしりと並んでいる。厚志が鼻をうごめかした。焦《こ》げ臭《くさ》い。右手に見える建物の煙突《えんとつ》から、黒煙《こくえん》が上がり、薄墨《うすずみ》の空に融《と》け込んでいた。

「ここは……」壬生屋は言葉を失った。厚志も滝川も言葉を呑《の》み込んで、顔を見合わせた。

そこはゴルフ場を潰《つぶ》して急造《きゅうぞう》された墓地《ぼち》だった。三十センチ四方ほどの小さな墓標《ぼひょう》が、一定の間隔《かんかく》で並んでいる。その数はおそらく万単位になるだろう。舞は駆け出すと芳野の姿を探し求めた。待ってくれ、と滝川の声が背中に響く。しかし舞は振り返らず、折《おり》から発生した霧《きり》を割って走り続けた。視界の利《き》かぬ霧の中を舞は五感を研《と》ぎ澄《す》まし、芳野の姿を探し求めた。

自分にもそんな感情があったのか、と舞は訝《いぶか》しみながらも、なんとなく芳野が遠くに行ってしまうようで不安でならなかった。

霧雨《きりさめ》のかなたに、ぼうっと薄紫の色彩《しきさい》が浮かび上がった。ほっとして歩み寄ろうとした時、芳野の声が聞こえてきた。

「……君がやさしい子だっていうのは先生、知っていたのよ。やさしくって傷つきやすくって、だから乱暴《らんぼう》に振る舞っていたんだよね。けど黒板消しのイタズラはないでしょ？　いつも引っかかってた先生も悪いんだけど」

芳野は墓標の前にしゃがみ込んで、くすくすと笑いながら話しかけていた。墓標の前には白百合が一輪《いちりん》、置かれていた。

「卒業の時に、君は勇気を出して言ってくれたよね。今度、俺とデートしてくれませんかって。楽しみにしていたのにな。先生ね……」

芳野は言葉を途切《とぎ》らせると、うつむき、嗚咽《おえつ》を洩らした。舞はいつしか芳野の傍《かたわ》らに立ち、傘をさし伸べていた。芳野が、はっとして顔を上げた。

「どうして……どうしてあなたがこんなところにいるの？」

初め芳野は茫然《ぼうぜん》とし、やがて涙に濡れた目で、きっと舞をにらみつけてきた。

「ここはあなたが来るところじゃないの！　あなたはこんなところに来ちゃいけないんだから！　行って！　わたしをひとりにしてっ……！」

初めて見る芳野の剣幕《けんまく》に、舞は唇《くちびる》を噛みしめ、黙り込んだ。それでもまなざしだけはまっすぐに芳野をとらえていた。何度かためらったあげく、舞はやっと言葉を口にした。

「……雨に濡れる」

それだけ言うと、舞は傘をさし伸べたまま、その場に根を生《は》やしたようにたたずんだ。

ほどなく三人が駆けつけた。舞をにらみつける芳野と、傘をさし伸べる舞を発見すると、彼らも言葉を失ってその場にたたずんだ。

「先生……」すぐに状況《じょうきょう》を悟《さと》った壬生屋が、悲しげにつぶやいた。

やがて芳野は立ち上がると、四人の存在を忘れたかのように隣《となり》の墓標に一輪の白百合を置き、同じように話しかけた。舞は表情を殺し、芳野を守るように傘をさし伸べ続けた。

生徒たちは誰ひとりとして口を開かず、芳野の声だけが深閑《しんかん》とした墓地に響き渡った。一時間ほどして、芳野はあらためて四人に向き直った。普段《ふだん》のやさしげな芳野の顔に戻っている。

「さあ、帰りましょ。あなたたちは二度とここに来たらいけないわ。この子たちもきっとそう思っている」

「先生、これって……」滝川が口を開こうとするのを、舞は肘打《ひじう》ちで制した。

「すまん。我《われ》らはただ、そなたのことが、その……心配だった。ただ、それだけなのだ……」

舞は顔を赤らめ、そう言ってから、ぷいと横を向いた。そんな舞を見て、芳野はくすくすと笑った。

「あなたは強くてやさしい子ね、芝村さん。そうだ、先生、あなたたちにご馳走《ちそう》しちゃおう」

芳野は思いついたように明るい表情で言った。

「そんな……悪いです。わたくし……」壬生屋は遠慮《えんりょ》して口ごもった。

「そ、そうっすよ。俺、先生を送っていきますから……」滝川もあわてて口を添えた。しらふとはいえ、アルコールに蝕《むしば》まれた芳野の体は心なしかふらついて見えた。今日は何がなんでも先生を家まで送り届けるぞと滝川は決心していた。

「……僕、ご馳走になります」不意に厚志がぽつりと言った。

厚志の意外な反応に、「そんな場合じゃないだろ」と滝川と壬生屋は同時に口を開こうとした。その時、舞の咳払《せきばら》いが聞こえた。

「あー、そなたらは先に行くがよい。わたしはバス代がないゆえ、歩いて戻る」

「……バス代がないって。あのなあ、これだけの人数がいるんだからよ、借りようとか考えねえのか？」機先《きせん》を制され、滝川はあきれたように言った。

「そうですわ。そのぐらいわたくしに任せてください」壬生屋も困惑《こんわく》して言った。

「わたしは……そういうのが苦手《にがて》なのだ」舞はさも嫌《いや》そうにつぶやいた。

「あはは。芝村さんらしいや。バス代は僕が持つよ。なんたって芝村さんの手下《てした》だからね」

厚志が楽しげに笑って言った。

そんな四人の様子を芳野はやさしげに見守っていたが、「さて、と」と歩き出した。

「なんだか今日は久《ひさ》しぶりにお腹《なか》が空《す》いたわ」


市内の中華料理屋《ちゆうかりようり》で四人のパイロットは旺盛《おうせい》な食欲を発揮《はつき》していた。円卓《えんたく》には餃子《ギョーザ》、春巻《はるまき》、回鍋肉《ホイコーロー》、青椒肉絲《チンジャオロースー》、麻婆豆腐《マーボーどうふ》、カニ玉、エビチリなど中華料理の定番《ていばん》がズラリと並べられ、四人はらんらんと目を輝かせて食欲を競《きそ》った。

「なあ、俺ずっと見ていたんだけどよ、芝村ってエビチリ食い過ぎ。もう八匹《ぴき》めだぜ」

滝川は強引《ごういん》に円卓を回してエビチリを引き寄せた。舞の手が伸びて円卓を引き戻す。

「わたしはエビチリが好きなのだ。そなたこそ麻婆豆腐を独占《どくせん》しているぞ」

「芝村さん、なんでもいいですけど、ちょっとにんにく臭いですよ」

壬生屋は黙々《もくもく》と、人気《にんき》薄《うす》の回鍋肉を皿に取り分けながら言った。

「たわけ、それはお互い様というものだ。たとえにんにく臭かったとしてもそなたに責められるおぼえはない。そなたなんかこうしてやる」

舞に、はーはーと息を吹きかけられ、壬生屋はたまらず横を向いた。仕返しとばかり、壬生屋も懸命《けんめい》に餃子を食べ、にんにくを仕込む。

「ちょっと待ってよ。……滝川、それはないでしょ？　春巻三つをいっき食いなんて。それじゃ春巻がかわいそうだよ、もっと味わって食べなきゃ」

食の細い厚志が、それは掟《おきて》破りだよといわんばかりに滝川をたしなめる。

「へっへっへ、悔《くや》しかったらおまえもやってみなー」

「む、今のは強烈《きょうれつ》だったぞ。壬生屋、そなたもなかなかやるな。だったらこちらも……」

懸命に盛《も》りあがる生徒たちを、紹興酒《しょうこうしゅ》のグラスを傾けながら、芳野はにこにこと見守った。ほどなく芳野は沈没《ちんぼつ》し、四人は芳野を送って夜道を歩いていた。滝川の背におぶわれ、芳野は寝息《ねいき》をたてている。肌寒い霧が彼らを押し包んで、風が激しく木立《こだち》をざわめかした。

「寝ているな」舞は芳野の顔をのぞき込んでささやいた。

「うん。けど、先生、穏やかな顔をしているね」厚志が静かに言った。

「……わたくし、先生の授業、好きですよ。だから明日《あした》は授業してくださいね」壬生屋はやさしく芳野に語りかけた。

四人のパイロットは芳野春香を守るように、霧の夜道を分け入っていった。

第二話　士魂号、前へ！

その日、三機の士魂号《しこんごう》は未明《みめい》の内から戦場で待機《たいき》を続けていた。冷たい風が吹き荒れる曇天《どんてん》だった。空を覆《おお》う雲を透《す》かして、薄明《はくめい》がうっすらと地上を照らし、戦場の様子《ようす》が露《あらわ》になってゆく。

戦場は東西に鬱蒼《うっそう》とした常緑樹《じょうりょくじゅ》の山が迫《せま》り、一面の枯《か》れ田に覆われた田園地帯《でんえんちたい》だった。無数のあぜ道が枯れ田を縫《ぬ》うように走っている。平坦《へいたん》な風景の中で唯《ただ》ひとつ木々が生《お》い茂《しげ》る丘《おか》を中心として集落《しゅうらく》が広がっていた。

集落から三百メートルほど離れた県道《けんどう》上に待機して三時間。突如《とつじょ》として山の向こう側の戦線《せんせん》から射撃《しゃげき》音が起こった。味方《みかた》の九四式小隊機銃《しょうたいきじゅう》の甲高《かんだか》く空へ抜けるような響《ひび》き。その間を縫うように、装輪式《そうりんしき》戦車・士魂号Lのものか、一二〇ミリ滑腔砲《かっこうほう》の砲声《ほうせい》が大気《たいき》を震《ふる》わせた。

「やあやあパイロットの皆《みな》さん、お待たせしました。しっかり緊張《きんちょう》しているかな？」

射撃音《しゃげきおん》とほぼ同時に指揮車《しきしゃ》オペレータの瀬戸口隆之《せとぐちたかゆき》の柔《やわ》らかな声が士魂号複座型《スピリット・オブ・ナイト》突撃仕様《とつげきしよう》、

通称《つうしょう》三番機のコックピットに響き渡った。

「無駄口《むだぐち》はよいから、さっさと状況《じょうきょう》を説明するがよい」

三番機砲手《ほうしゅ》・芝村舞《しばむらまい》は苦々《にがにが》しげに通信を返した。

「ははは、芝村は元気だな。その前に出席を取るぞ。一番機、壬生屋《みぶや》さん——」

「あ、はいっ……！」

一番機——単座型《たんざがた》重装甲《じゅうそうこう》のパイロットである壬生屋未央《みお》が調子はずれな声をあげた。いつものことながら壬生屋の声は高く耳に刺激《しげき》的だ。

「なあ壬生屋、そう固くならんで。リラックスだ、リラックス」

「け、けれど……」

「どうした？　今日《きょう》はやけにしおらしいじゃないか。演習《えんしゅう》の時の、真面目《まじめ》にやってくださいはどうしたのかな？　あれがないとお兄さんは寂しいよ」

瀬戸口の冷《ひ》やかしに、壬生屋はつかのま沈黙《ちんもく》した。

「……真面目に、やってください。でないとわたくし……怒りますす」

いつもの壬生屋ではなかった。壬生屋は声を震わせ言葉を絞《しぼ》り出した。

「けっこう。それじゃ二番機、滝川陽平《たきがわようへい》君」

「はい。あの、俺たち……あとどれくらい待っていればいいんですか？　な、なんだか震えが止まらないんすよ」

二番機——単座型軽装甲《けいそうこう》に搭乗《とうじょう》する滝川陽平の声が聞こえた。

「そうだ。我《われ》らはもう三時間も待機《たいき》している。山の向こう側からしきりに砲声が聞こえてくるが、救援《きゆうえん》に赴《おもむ》かなくてよいのか?」

舞はもどかしげに通信に割り込んだ。待機しているのには理由があるのだろうが、戦闘《せんとう》が行われているのにじっとしているというのは気分が悪かった。

「ああ、それなら心配はいらない。友軍《ゆうぐん》は適当なところで逃げ出すさ」

瀬戸口は軽い調子《ちょうし》で受け流した。

「それよりはこの村が大切なんだ。実は戦略《せんりゃく》的にはけっこう重要な地点でな、じきに敵さんは山を越えてこちらに押し寄せてくるだろう。敵の目的はおまえさんたちが今立っている県道の制圧《せいあつ》。こちらの連絡を遮断《しゃだん》することだな」

「ふむ。しかし、我らだけで敵を食い止めるのか?」

舞は首を傾《かし》げた。今日は5121小隊の初陣《ういじん》だった。それにしては随分《ずいぶん》と責任重大《せきにんじゅうだい》だ。

「なんだ芝村、おまえさんにもわからないのか? 目の前にいる友軍が」

瀬戸口は意外そうに尋《たず》ね返した。

「友軍だと? こちらには何も見えんが」

舞は不機嫌《ふきげん》に言った。朝の光の中に広がるのは閑散《かんさん》とした、何の変哲《へんてつ》もない農村の風景だ。ふたりのやりとりを聞きながら速水厚志《はやみあつし》は目を凝《こ》らして、目前《もくぜん》の風景を観察した。風に雲が流され、陽《ひ》が燦々《さんさん》と降り注《そそ》いできた。

「あ……あそこに」

一軒《いっけん》の民家《みんか》の窓がきらりと光った。視点《してん》をズームして拡大《かくだい》すると、小隊《しょうたい》機銃だろうか、窓からわずかに突き出された銃身《じゅうしん》が陽の光を反射してきらめいていた。その周囲には迷彩《めいさい》を施《ほどこ》したウォードレス姿の戦車随伴歩兵《スカウト》が散開《さんかい》している。

「戦車もいるぞ」すぐに舞も味方《みかた》の姿を認めた。役場《やくば》か公民館《こうみんかん》か、村に一軒《けん》だけある鉄筋《てっきん》コンクリートの建物には士魂号Lが一両、車体を丸ごと建物の中に隠し、砲身《ほうしん》を光らせている。士魂号Lは、厚志らの乗っている人型戦車《ひとがたせんしゃ》・士魂号と名前こそ同じだが、一二〇㎜砲を装備《そうび》する六輪の装輪式戦車で、大量配備《たいりょうはいび》によって熊本防衛《くまもとぼうえい》の中核《ちゅうかく》的存在となっていた。

「あの……これって、もしかして、待ち伏せですか?」

厚志は遠慮《えんりょ》がちに尋ねた。目が馴《な》れてくると村のいたるところに戦車随伴歩兵が姿を隠し、展開していることが見て取れた。

「ああ。善行司令《ぜんぎょうしれい》曰《わ》く、戦車随伴歩兵の典型《てんけい》的な戦術《せんじゅつ》だそうな。今回の作戦では俺たちはほんのつけ足しでね。だから気を楽《らく》にしてやってくれ」

「えーとね、こがたげんじゅうばっかりだけど、ごじゅうはいるって」

それまでデータを調べていた東原《ひがしはら》ののみが瀬戸口を補足《ほそく》して言った。

「あれ? おっきいのもひとついるよ」

「……ああ、本当だ。ミノタウロスが一体交じっているようだ。それと、確認したところではナーガが十。こいつのレーザー攻撃は厄介《やっかい》だぞ。それじゃ各機、県道の陰に隠《ひか》れてくれ。合図があるまで発砲《はっぽう》は控《ひか》えること」

指揮車からの通信は切れた。三機の士魂号は、それぞれ県道から集落の反対側の枯れ田に降り、匍匐《ほふく》して隠れた。

厚志は深呼吸《しんこきゅう》し、首をまわして緊張《きんちょう》を鎮《しず》めようとして、戸惑《とまど》った。……変だな。緊張していない？　これだったら、初めて戦車学校に来た時の方がよっぽど緊張していた。

「どうした、速水？」舞が後部座席《こうぶざせき》から呼びかけてきた。

「……前にも同じようなことがあったような、そんな感じがするんだ。なんなんだろ？」

「ふむ、既視感《デジャヴ》というものか？　記憶の錯覚《メモリーズ・オフ》とでも言うべきものだ。そなた自身が持つ願望《がんぼう》や不安、恐怖《きょうふ》、諸々《もろもろ》の感情が記憶を歪《ゆが》めてしまうのだな」

「そうなのかな……」

記憶の錯覚ね。だったらだったでいいんだけど。いっそのこと、記憶を全部なくしてしまった方が僕は楽なんだけどな、と厚志は舞に心の中で語りかけた。

機銃音が虚空《こくう》を震わせた。

東側の山の稜線《りょうせん》に沿って幻獣《げんじゅう》の大群《たいぐん》が出現していた。友軍の抵抗《ていこう》はほとんどなく、民家の窓から一丁《いっちょう》の小隊機銃が火を噴《ふ》いているが、幻獣はかまわず県道をめざして突進《とっしん》してくる。数の優位《ゆうい》を利《り》して小さな拠点《きょてん》はあとまわしにし、浸透《しんとう》をはかるのが幻獣の常套《じょうとう》戦術だった。

敵は幾列《いくれつ》もの縦隊《じゅうたい》となって、迫ってくる。

「まだだ、十分に引きつけるのだ……」

作戦の意図《いと》を察し、舞は自《みずか》らに言い聞かせるようにつぶやいた。厚志も思いの外《ほか》、冷静に、迫り来る小型幻獣の大群を眺《なが》めていた。射撃開始の合図があるまでの時間がとてつもなく長く感じられる。

一方《いっぽう》、一番機の壬生屋は重苦しい緊張と闘《たたか》っていた。

どうしてこんなに緊張するのだろう？　心臓《しんぞう》が破裂《はれつ》しそうだ。武道《ぶどう》を修《おさ》める者は平常心《へいじょうしん》が大切《たいせつ》だというのに。これまでの自分の鍛錬《たんれん》はそんなに底の浅いものだったのか？　そんな自分が歯痒《はがゆ》くて悔《くや》しくて、壬生屋は血の出るほど唇《くちびる》を噛《か》みしめていた。

戦死した兄の面《おも》ざしがふっと脳裏《のうり》をかすめ過ぎていった。茶の間のテレビで偶然《ぐうぜん》、手足をもがれ串刺《くしざ》しにされた兄の死体の映像を目にした時の衝撃《しょうげき》と、絶望《ぜつぼう》。心から幻獣を憎《にく》いと思った。憎悪《ぞうお》の念《ねん》だけで敵を殺せるなら、と眠れない夜、枕《まくら》を濡らしながら歯噛《が》みしたものだ。

耳鳴りがしてきた。心臓は変わらず高鳴っている。お願いですから、早く、早く攻撃命令を下《くだ》してください、と壬生屋は心の中で何度も瀬戸口に訴《うった》えた。

「え……？」

瀬戸口の声が聞こえたような気がした。幻聴《げんちょう》？　それとも……わたくし、聞き逃《のが》した？　壬生屋は確認することも忘れ、眼前《がんぜん》に迫る敵を憎悪に光る目でにらみつけた。

「参《まい》りますっ！」

壬生屋の声が通信回線《かいせん》を駆《か》けめぐった。壬生屋の一番機は漆黒《しっこく》の巨体を起こすと、両手に一振りずつ持った超硬度大太刀《ちょうこうどおおだち》をきらめかせ突進《とっしん》した。

「待てっ、壬生屋、落ち着け！」瀬戸口が制止《せいし》するが、一番機はすでに一体のゴブリンリーダーを斬《き》って捨てたあとだった。

……滝川は二番機のコックピットでがたがたと震えていた。三時間の待機は長過ぎた。武者《む しゃ》震《ぶる》い武者震いとしきりに自らに言い聞かせたが、そんな嘘《うそ》は自分の心と体にはまったく通用《つうよう》しなかった。ただ、暗くて狭くて、怖かった。

マジかよ。こんなところで出るのかよ、と滝川は悔しげに奥歯《おくば》を噛みしめた。滝川の閉所《へいしょ》恐怖症《きょうふしょう》は突発的《とっぱつてき》にやってくる。来た時のこの嫌《いや》ったらしい感じときたら――敵の真っただ中でもいいからコックピットを開けて外に出て新鮮《しんせん》な空気を吸いたかった。そうだ、と滝川の思考《し こう》がある一点にとどまった。戦いさえとっとと終わらせれば、じきに自分は解放される。自分の弱さ、無力《むりょく》さを痛感《つうかん》させられるような状態《じょうたい》から抜け出せる。

その時、壬生屋の声が耳元でこだまして、突進する一番機が滝川の視界《しかい》に映った――。三番機の隣《となり》で銃声が起こった。滝川の二番機がジャイアントアサルトを連射《れんしゃ》しながら、一番機に追随《ついずい》してゆく。二番機から放たれた二〇㎜機《き》関砲弾《かんほうだん》は一番機の周辺に降り注ぎ、小型幻獣が次々と肉片《にくへん》を飛び散らせて粉砕《ふんさい》されてゆく。

と――、壬生屋の怒声《どせい》が響き、一番機は大太刀を引っ提《さ》げたまま二番機に向き直った。

「わたくしを殺す気ですかっ！　あと少しずれていたら弾《たま》が当たっていました！」

「わ、悪《わり》ィ……」滝川の消え入りそうな声が流れてきた。

厚志はふたりのやりとりを聞いていた。ふたりともどうしたんだ？　合図があるまで発砲するなって、小学生にでもわかることなのに。厚志はフライングをした二機の姿を目で追いながらも辛抱《しんぼう》強く命令を待ち続けた。

「なんということだ……」舞は滅入《めい》った様子《ようす》で、ぼそりとつぶやいた。

「三番機、連中《れんちゅう》は無視して、来須《くるす》、若宮《わかみや》とともに戦場を迂回《うかい》。敵の退路《たいろ》を塞《ふさ》いでくれ」

回線から流れる瀬戸口の声が真剣味《しんけんみ》を帯びた。

「了解《りょうかい》しました」

ああ、やっとだ。厚志は返信すると機体を起こし、前進を始めた。

「来須だ。東の山——送電塔《そうでんとう》のある山の稜線を射界《しゃかい》に収める。先導《せんどう》するからついてこい」

来須銀河《ぎんが》から通信が入った。まとわりつく小型幻獣を大わらわで一体一体潰《つぶ》している一番機、二番機をよそに、それぞれ互尊《ごそん》と可憐《かれん》というウォードレスを着込んだ来須と若宮康光《やすみつ》は三番機の先に立って前進を始めた。

「馬鹿野郎！　おめーら、邪魔《じゃま》なんだよ。引っ込んでろっ！」

戦車随伴歩兵のものだろうか、怒声《どせい》が通信回線を流れ、味方が一斉《いっせい》射撃を開始した。巧妙《こうみょう》に設置《せっち》された火点《かてん》からの十字《じゅうじ》砲火《ほうか》が、深入りした敵を切り裂いてゆく。これがために友軍はほとんど抵抗《ていこう》せず、敵を罠《わな》の真っただ中に誘い込んだのだ。

味方の弾丸を浴びせられ、右往左往《うおうさおう》する壬生屋、滝川の両機が、移動する三番機の視界の端《はし》に映った。

「下がれっ！　おまえさんたちは作戦の邪魔をしているぞ。県道まで一旦《いったん》下がれ！」

瀬戸口の声がワン・オクターブ高くなった。

「ですけど、敵がっ……！」

パニックに陥《おちい》った壬生屋の裏返《うらがえ》った声が厚志の耳に届いた。

一番機と二番機は小型幻獣にびっしりと囲まれ、その排除《はいじょ》に手間《てま》取っていた。まるで斧《おの》で胡桃《くるみ》をたたき割るようなオーバー・キル。あたふたする彼らを無《む》視するように、味方の弾丸が幻獣を掃討《そうとう》し、さらに立ち往生《おうじょう》する二機の士魂号に容赦《ようしゃ》なく突き刺さる。

「わっ」

滝川の悲鳴《ひめい》が聞こえた。二番機は至近距離《しきんきより》からナーガのレーザーを腹部《ふくぶ》に受け、バランスを失って転倒《てんとう》。すかさずナーガの群れは二番機に狙《ねら》いを定める。さすがに見かねたか、友軍の高《こう》射《しゃ》機関砲から発射された曳光弾《えいこうだん》が光の尾を曳《ひ》いて、ナーガの砲列《ほうれつ》に吸い込まれていった。一番機がとっさに左手の大太刀を捨て、二番機に駆け寄り、引っ張り起こした。

「……新手《あらて》が来る。射撃《しゃげき》用意。俺の合図があるまで待て」

来須の声に厚志は我《われ》に返った。三番機は来須、若宮とともに戦場の端《はた》にある民家の陰に隠れ、ジャイアントアサルトを構えた。

耳障《みみざわ》りな風切り音が聞こえ、敵の生体ミサイルが友軍の拠点《きょてん》近くで爆発した。同時に、増援《ぞうえん》だろうか、無数の小型幻獣が藪《やぶ》を割って姿を現し、旺盛《おうせい》に火を噴き続けている射撃拠点のひとつに襲いかかった。あと少しで敵が拠点に突入《とつにゅう》すると厚志が思った瞬間、

「撃て！」来須の合図があった。

ジャイアントアサルトのガトリング機構《きこう》が乾《かわ》いた音をたて回転する。

一連射《れんしゃ》で、拠点に殺到《さっとう》した小型幻獣の群れはなぎ倒されていた。思いもよらぬ方向からの攻撃に、敵は一瞬、混乱《こんらん》したようだった。一部は拠点に突入し友軍と白兵戦《はくへいせん》を始めたが、残りの敵は三番機をめざして突進した。ジャイアントアサルトが絶《た》え間《ま》なく火を噴く。その都度《つど》、小型幻獣は折り重《かさ》なるように倒れてゆく。

来須は若宮に手で合図を送ると、三番機に引き寄せられた敵に狙いを定めた。

来須は九四式小隊機銃を腰だめにして引き金《トリガー》を引き、若宮は重《じゅう》ウォードレス可憐の四本の腕に装着《そうちゃく》された四丁《ちょう》の一二・七㎜機銃で容赦なく敵に弾丸を浴《あ》びせる。ふたりの手際《てぎわ》は獲物《えもの》を狩《か》る猟犬《りょうけん》のように厚志の目に映った。

「気をつけろ。ミノタウロスが来るぞ」

瀬戸口が通信を送ってきた。生い茂る常緑樹の藪を踏み分け、厚志の眼前にミノタウロスが身長八メートルの巨大な姿を現した。ミノタウロスは士魂号の好敵手《こうてきしゅ》ともいえる中型幻獣で、速度、敏捷性《びんしょうせい》こそ大幅《おおはば》に劣《おと》るが、重量を活《い》かした突進力《とっしん》、打撃力は士魂号のスペックを凌駕《りょうが》するものがある。さらに腹部から発射される生体ミサイルの直撃《ちょくげき》を食らえば、士魂号は深刻な損傷《ダメージ》を被《こうむ》る。

神経接続《しんけいせつぞく》により火器管制《かきかんせい》用プロセッサと連動《れんどう》した舞の脳髄《のうずい》は、瞬時《しゅんじ》にしてこの難敵《なんてき》をロックする。ミノタウロスが突進してきた。

ジャイアントアサルトが火を噴き、排出《はいしゅつ》された空薬莢《からやっきょう》が宙を舞った。

正確な射撃だったが、被弾《ひだん》しながらも敵はなお突進を続ける。厚志の視界に、茶褐色《ちゃかっしょく》の硬そうな表皮《ひょうひ》に複数の目をびっしりと張りつかせたミノタウロスの、ずんぐりとした異様《いよう》な姿がズームアップされて映った。

「速水っ！」

絶叫に近い舞の声が聞こえた。厚志の背筋をぞくりとしたものが駆け抜けた。無我夢中《むがむちゅう》でアクセルを踏んでいた。下方へ引っ張られるようなG。三番機は敵の突進を避け、つかのま中《ちゅう》空《くう》に浮かんでいた。

着地《ちゃくち》と同時に、視界《しかい》に炎を上げて燃える山並みが映った。敵はどこだ？

近くで来須の小隊機銃の射撃音が聞こえた。続いて若宮の一二・七㎜機銃の低く籠《こ》もった射撃音。その音に呼応《こおう》するように機体は百八十度急旋回。厚志の目に、全身から体液《たいえき》を撒《ま》き散らし、ゆっくりと崩れ落ちるミノタウロスの姿が映った。

すかさず舞もロックオン。ジャイアントアサルトが再《ふたた》び火を噴いた。

ほどなくミノタウロスはうつ伏《ぶ》せに倒れたまま、動かなくなった。来須と若宮は手を挙げて三番機に戦闘終了《しゅうりょう》の合図を送ってきた。

「助かった。感謝《かんしゃ》を」ふたりに礼を言う舞の声。

「おまえたちはよくやった」来須の声が聞こえた。

「まったくだ。あそこでいちゃいちゃしているふたりに較《くら》べると、な」

若宮は通信を送りながら、県道の方角を指差した。一番機と二番機は、何故《なぜ》かもつれ合ったまま一軒の民家に突っ込んでいた。

厚志は茫然《ぼうぜん》としてその光景に目を奪《うば》われた。

「……ど、どうして」壬生屋の絞り出すような声が聞こえてきた。

「どうしてわたくしの足を引っ張るのですか？　どうしてっ……！」

鼓膜《こまく》を破壊するような甲高《かんだか》い声だ。壬生屋は半泣き状態になっていた。

「わ、悪《わり》ィ。敵を追いかけなきゃと思って……そしたら」

体勢を立て直し、今度こそはと追撃《ついげき》に移ろうとした壬生屋に続こうとして、滝川も機を動かした。が、県道と枯れ田の高低差《こうていさ》を忘れ、バランスを失って前のめりにつんのめった。結果として背中から抱きつくかたちで一番機を巻き込んで、民家に激突《げきとつ》したというわけだった。

「わたくしは、わたくしは……！」

興奮《こうふん》してなおも言い募《つの》る壬生屋に、指揮車から通信が送られた。

「そう怒るな、壬生屋。おまえさん、けっこういい動きをしていたよ」

壬生屋の興奮を静めるような瀬戸口の穏やかな声が流れた。壬生屋は、どこか子供っぽく、訴《うった》えるような口調で言った。

「邪魔《じゃま》されなければもっと敵をやっつけられたのに！　これなら戦えるって自信出てきたのに！　わたくし、悔しいです！」

「ははは。ま、そんなに欲張らないで。十分な働きだ。俺と善行司令はずっとおまえさんの動きを見ていたよ。おまえさんの大太刀は冴《さ》えていたなあ」

「そ、そうですか？」

「ああ、実のところ少し驚いている。超硬度大太刀ってのは玄人《くろうと》の武器と思っていたが、初めての戦いであれだけ使いこなせれば大したものさ。だから泣くな」

「……泣いてなんかいません」

壬生屋は興奮が収まってきたようだ。厚志の後《うし》ろで舞がため息をついた。

「瀬戸口も大変なことだ」

「そうだね。……けど、戦いに夢中《むちゅう》になって、ふたりがあんなことになっているって気がつかなかった。まだ余裕《よゆう》がないんだね」

厚志はぶるっと身を震わせた。ミノタウロスが視界に迫ってきて、そこから先のことはよく覚えていない。どのように操縦《そうじゅう》したのか、気がついたら機体は宙を舞っていた。間一髪《かんいっぱつ》で敵の突進をかわし、着地して敵を探すうち来須と若宮に助けられた。

とっさの回避《かいひ》ができなかったら、ただでは済まなかった。厚志はあの時の動きを思い出そうとしたが、それはすっぽりと記憶から脱《ぬ》け落ちてしまっている。

「わたしも同じだ。まったく余裕がなかった」舞はいらだたしげにつぶやいた。

戦場に静寂《せいじゃく》が訪れていた。

累々《るいるい》と屍《しかばね》をさらす幻獣の姿がゆっくりと消滅《しょうめつ》してゆく。

初めて見る現象に、厚志は目を奪われた。本当に消えている……。溶けるとか分解《ぶんかい》するとかそういう感じじゃなかった。文字通りこの世から、地上から跡形《あとかた》も残さず消滅していた。

なんなんだよ、こいつら？　僕たちが決死の思いでやっつけたのに、そんな努力を嘲笑《あざわら》うように悠々《ゆうゆう》と消え去ってゆく。こんな幽霊《ゆうれい》みたいなやつらに殺されたんじゃ割《わり》が合わないよな、と厚志はぼんやりと思った。

「瀬戸口だ。おまえさんたち、まだ余裕はあるか?」瀬戸口が通信を送ってきた。

「あ、はい。速水ですけど、なんでしょう?」

「瓦礫《がれき》の除去《じょきょ》を手伝《てつだ》ってくれ。埋《うず》もれた遺体《いたい》を運び出さないと」

三番機は友軍の拠点となっていた民家に近づくと、瓦礫の山を取り除きはじめた。黙々と瓦礫を除去する複座型を、友軍の戦車随伴歩兵が遠巻きにして見守っている。

崩れ落ちた屋根をすべて除いた、と思った瞬間、厚志は折り重なって倒れている歩兵《ほへい》を発見した。どの遺体も幻獣との白兵戦で、砕《くだ》かれ、切り裂かれ、辛《かろ》うじて原形《げんけい》がわかる酷《むご》さだった。血のにおいがコックピットの中にまでただよってくるようだった。

「くっ……!」

舞の声が後部座席から聞こえた。厚志は憂鬱《ゆううつ》な面《おも》もちで、舞に呼びかけた。

「大丈夫《だいじょうぶ》、芝村さん?」

「む、案ずるな。そなたこそ大丈夫か?」

「……僕は大丈夫。けど、戦争で死ぬとこんな風になるんだね。僕は絶対、死にたくないな」

シートに衝撃を感じた。舞が足を伸ばして前部座席を蹴《け》ったのだ。

「あの者たちは力の限り戦ったのだ。冥福《めいふく》を祈《いの》るがよい」

「祈れって言われてもさ、人間に見えないんだもん。僕、芝村さんみたいに立派《りっぱ》じゃないから」

どこか荒《すさ》んだ厚志の言葉に、舞は息を呑んだ。が、厚志は舞の動揺《どうよう》にはかまわず、ぼんやりと死体の群れを眺めていた。こんな風になっちゃうんだ、こんな風に――。

「壬生屋、作業を代わってくれ！　速水、ここから離れるんだ！」

舞は厚志を何からか引き剝《は》がすように叫んでいた。

「え、ああ……うん」

厚志はうわの空《そら》で機体を瓦礫から遠ざけた。一番機と交替してほどなく、兵でも一般人《いっぱんじん》でもない民間《みんかん》企業《きぎょう》の作業《さぎょう》員《いん》が駆けつけた。腕に黒の喪《も》章《しょう》をつけた彼らは瓦礫から遺体を引き出すと、手際《てぎわ》良く黒い死《し》体袋《たいぶくろ》に収め、冷凍《れいとう》トラックに積み込んだ。厚志はそんな光景を無感動に眺め続けた。

僕って馬鹿だよな、と厚志は思った。芝村さんや滝川とランニングしたり、クラスメートと一緒になって先生の恋愛疑《ぎ》惑《わく》で盛りあがったり、そんな生活がずっと続くと錯覚《さっかく》していた。今から考えると夢を見ていたような気がする。それもすぐに覚めて、砂を嚙むような現実に引き戻される夢だ。現実というやつは意地が悪くて残酷《ざんこく》だ。

視界を空に移すと、陽の光を反射して明々《あかあか》と輝くちぎれ雲が強風《きょうふう》に流されてゆく。黒々とした烏《からす》の群れが鳴き声をあげて上空を横切っていった。

……三番機と交替した壬生屋の一番機は黙々と瓦礫の除去作業に従った。勝手《かって》に動いた罪滅《つみほろ》ぼしの気持ちもあった。求められるままに作業をしている最中《さいちゅう》、目の前を横切っていく来須と若宮が視界に入って、壬生屋は息を呑んだ。ふたりは人間の体の一部を運んでいた。彼らが運んだ肉体の欠片《かけら》を、作業員がピースを埋《う》めるようにこれとこれは同じ、これはこの胴体《どうたい》の一部といった具合に判定をして死体袋に収めてゆく。中には他と比べて小さな袋もあり、壬生屋は胸が悪くなった。

　ふと兵たちの声が耳に入った。

「……にしても、とんだ疫病神《やくびょうがみ》を背負《しょ》い込んだよな。やつらが勝手に飛び出したせいで、死なないでもいいやつが死んだ」

「まあそう言うな。あの様子じゃ、やつらもそう長くはないさ」

「そうだな。長くもって一週間……」

　壬生屋は唇《くちびる》を噛んで集音器《しゅうおんき》のスイッチを切った。何度も深呼吸して動悸《どうき》を鎮《しず》めようとした。

　わたくしのせいで？　わたくしのせいで友軍の皆さんを死なせてしまった？　寒気《さむけ》がした。

全身から血の気が引いて、ふっと気が遠くなった。

　一番機は地面に膝《ひざ》をついたまま、動かなくなった。


　帰途《きと》、厚志はほとんど口をきかなかった。

　舞も敢《あ》えて口を開かずにいた。初めての戦闘にしては厚志の操縦は上々《じょうじょう》の出来だった。だが……と舞は操縦席の厚志のことを思いやった。

　厚志の様子が変だ。

「そなたはよくやった、とわたしは思うぞ」

舞は咳払《せきばら》いして口を開いた。厚志からの反応はない。

「……そうだ。戻ったらまたデェトをせぬか？　戦闘直後とはいえ、時間を決めて行えばデェトに伴《ともな》う体力の消耗《しょうもう》は防《ふせ》げるだろう。図書館に行くには遅いから、ふたりで、け、懸垂《けんすい》などはどうだ？」

「……そんな気分じゃないよ」

厚志の声は沈んでいた。死が身近《みぢか》に迫ってきた。これまでずっと自分を脅《おびや》かしてきたそいつからやっと逃げたと思ったら、こんなところでまた出合ってしまった。戦争なのだから当たり前だと理屈《りくつ》ではわかっている。けれど、この重苦しい気分はなんだ？　胃《い》が締めつけられるような感覚はなんだ？　僕は、また逃げなきゃいけないのか？

自問自答《じもんじとう》する厚志の様子を、舞は後部座席からうかがった。どうした、頼むからもっと胸を張ってくれと願った。原因はわかる。戦死者を目《ま》の当たりにしたことが衝撃《しょうげき》だったのだろう。

厚志が元気でないとわたしは困る。あのぽややんとした愛想《あいそ》笑いや、すぐに謝る優柔不断《ゆうじゅうふだん》さ、まったくもって男らしくない言葉遣《づか》いなど、やつの特徴《とくちょう》を挙げればきりがないが、わたしは決して嫌いではない。否《いな》、むしろ好んでいる。だからとっとと元に戻れと舞は厚志の肩を掴《つか》んで揺さぶってやりたかった。

「生きているか、速水？」

瀬戸口が通信を送ってきた。相変わらず平常心《へいじょうしん》のかたまりのような声だ。

「はい」厚志は面倒《めんどう》そうに応《こた》えた。

「初めての戦いを乗り切ったというのに、ずいぶん不景気《ふけいき》な声だな。ま、無理もないがね。ご覧《らん》の通り。あれが現実ってやつだ。……この国の大人《おとな》たちの多くが目を背《そむ》ける現実さ。俺たちはそれを特等席《とくとうせき》から見なきゃいけないってわけ」

「……瀬戸口さんは何を」

何を言いたいんですか？　と言おうとして厚志は言葉を呑《の》み込んだ。

「ああ、別に言いたいことなんてないんだ。おまえさんに説教《せっきょう》を垂《た》れるほど、俺はご立派《りっぱ》な人間じゃないからな。ただ、まあ、これだけは言えるぜ。俺たちがこの現実から逃げたら、他の誰かがきっと同じ思いをする」

「そうですね」

厚志はしぶしぶとうなずいた。わかっている。本当は逃げたいんだけど――。

「こんな思いをするやつは少ないに越したことはないだろ？　俺にしろ、おまえさんにしろ貧《びん》乏《ぼう》くじを引いた。お気の毒《どく》さまってやつだ」

「そ、そんなことおっしゃっていいんですか、瀬戸口さん――」

速水と瀬戸口のやりとりに耳を澄ましていたらしい壬生屋の声が割り込んできた。軍の通信を使って話すことではなかった。

「いいんだよ。そんなことより、壬生屋は大丈夫か？　作業中に貧血《ひんけつ》を起こすなんて、お兄さんはびっくりしたよ」

「ご、ごめんなさい。わたくしのことでしたらご心配なく。……あの、速水さん？　わたくしし、速水さんたちの足を引っ張ってしまって。隊の恥《はじ》をさらしてしまいました。それに……」

う、うう、と嗚咽《おえつ》が洩《も》れてきた。壬生屋は必死に堪《こら》えようとするがだめだった。

「どうしたんだ、壬生屋？　泣くことはないんだぞ。おまえさんはよくやったよ」

瀬戸口がすかさずフォローする。

「そんな気休めを……わたくしのせいで人が死んだって。わたくしのせいで死んだって……」

泣きじゃくりながらも壬生屋は、懸命《けんめい》に言葉を絞り出した。いつもは凜《りん》とした壬生屋の泣き声を聞いて厚志は暗澹《あんたん》となった。

……その時コックピットに瀬戸口のやさしげな声が響き渡った。

「やれやれ。しょうがないお嬢さんだな。善行司令が話をしたいと言っているよ」

「壬生屋さん。聞こえますか、壬生屋さん？」

瀬戸口に代わって善行の声が通信回線を流れた。壬生屋が消え入りそうな声で返事をすると、善行は静かな声で語りかけた。

「どこからそんな話を聞いたかはわかりませんが、ひとつ考えてみてください。兵というのは損害《そんがい》を受ければ、必ず外部のせいにするものです。何故だかわかりますか？」

「自分の隊の者のせいにすることはできぬからだ」

舞が壬生屋に代わって答えた。

「自分の隊の者を責めれば、隊内に対立葛藤《かっとう》が生じ、下手をすれば戦闘単位として精神的に崩《ほう》壊《かい》する。平《ひら》たく言えば士気《しき》が低下するということだな」

「その通りです。小隊であれば敵は小隊の外にある。中隊《ちゅうたい》であれば敵は中隊の外にある。外に敵を想定《そうてい》することで団結《だんけつ》し結束力《けっそくりょく》を高めるのが組織《そしき》の常《つね》ですが、軍隊というところは特にその傾向《けいこう》が強いのです。壬生屋さん、それにパイロットの戦いぶりを評価《ひょうか》するのは他の隊の名も知らぬ兵ではありません。わたしの役目ですよ」

善行は、静かだがきっぱりと言い切った。

「けれどけれど……」

「推定《すいてい》ですが、小型幻獣撃《げきは》破数、十八。これがあなたの戦果《せんか》です。あなたは士魂号一機で、戦車随伴歩兵の一個小隊分に匹敵《ひってき》する戦果を挙げました。わたしはこれを評価します。以上、すみやかに泣きやむことを命じます」

「——というわけ。めそめそしないで、いつもの壬生屋に戻るべし、だ」

瀬戸口が柔らかな声で善行のあとを続けた。

「僕も……足を引っ張られたなんて思ってないよ」

厚志はコックピットの中で涙を拭っているだろう壬生屋の顔を思い浮かべて言った。

「それにさ、作戦は成功したじゃない？　そんなに気にすることないよ」

慰《なぐさ》められる役がいつのまにか慰める役になってしまった。憂鬱《ゆううつ》な気分を引きずりながらも厚志は壬生屋に言ってやった。

「彼らは面白《おもしろ》いですね」

指揮車内で、善行はオペレータ席の瀬戸口に口許《くちもと》をほころばせ小声《こごえ》で言った。運転席には加藤祭《かとうまつり》が、そして銃手《じゅうしゅ》として助手席《じょしゅ》には石津萌《いしづもえ》が乗り込んでいる。東原も瀬戸口の隣で懸命に作戦画面《タクティカル・スクリーン》に目を凝《こ》らしていた。

瀬戸口は、ペットボトルのウーロン茶をひと口飲むと内緒話《ないしょ》でもするような声音《こわね》で応えた。

「そうですね。何をこっぱずかしいこと言ってるんだか。くよくよ悩むだけ、落ち込むだけ、元気があるってことですかね。大丈夫ですよ。戦場の現実ってやつに出会って、今はショックを受け、落ち込んでいますけど、連中ならすぐに立ち直りますよ。……司令は連中のこと、気に入っているんでしょう？」

「瀬戸口君こそ、彼らを気に入っているようですがね」

善行に切り返されて、瀬戸口はにやりと笑った。

「それにしても、演習《えんしゅう》と実戦《じっせん》を兼《か》ねた戦場など、そうそうあるものじゃない。見つけるのに相当《そう》、苦労したでしょう？」

初陣《ういじん》のパイロットたちが比較《ひかく》的安全で、しかもそこそこの戦闘ができる——そのバランスを考えた上で善行は戦場を決め、強引《ごういん》に戦線に割り込んでいた。戦場を練習台代わりにされる他隊の兵にとっては不謹慎《ふきんしん》で迷惑《めいわく》な話だろうが、その点、善行は鉄面皮《てつめんぴ》を決め込むことにしていた。瀬戸口の冷やかしにも善行は顔色を変えることはなかった。

「言葉に気をつけた方がいいですよ、瀬戸口君。千翼長風情《せんよくちょうふぜい》が、そうそう勝手に戦場を選べるものではありません。それに——」

善行は言葉を切って、憂鬱そうに続けた。

「たとえ内心でそのように考えていたとしても、友軍には死傷者《ししようしや》が出ているのです。言葉に出してはいけませんね。……わたしが瓦礫の除去《じよきよ》を命じたのは、パイロットたちに一般の兵の現実を知ってもらいたかったからです」

「失言《しつげん》でした」

瀬戸口は頭に手をやった。

戦場を選ばなければならなかった善行の苦衷《くちゆう》が察せられた。士魂号のパイロットは特殊《とくしゆ》であり貴重《きちよう》だ。機体との遺伝子《いでんし》特性《とくせい》の相性《あいしよう》が極めて大きな意味を持ち、それがなければ動かすことは困難だ。一般の人間にとっては歩かせることすら奇跡《きせき》といえる。

善行はその貴重なパイロットを、一人前《いちにんまえ》にしようと手を尽《つ》くしていた。

これからもしばらくは、戦場に割り込んでは戦果を食い散らしてゆく５１２１小隊は戦線の将兵《しようへい》に憎《にく》まれることだろう。

「善行さん、聞こえる？」

整備《せいび》主任《しゆにん》の原素子《はらもとこ》の声だ。善行はしぶい顔になると、瀬戸口からヘッドセットを受け取った。

「機体の損傷の件、申し訳ありません。なにぶん、初めての戦いでしたから」

善行が機先《きせん》を制して謝ると、原の笑い声が車内に響き渡った。

「やあねえ、そんなことわかっているわよ。わたしだって戦車学校でパイロット候補生《こうほせい》の訓練、見学したことあるもの。動くだけましよって感じね」

「わかっていただけて感謝しますよ」

善行はほっとして胸を撫《な》で下ろした。原の機嫌《きげん》は不用意なひと言であっさりと変わる。

「まったく……味方に撃たれるなんて。なんて衝撃《しょうげき》的なデビューかしらね。あきれて怒る気《き》力《りょく》もなくなっちゃった。けどね、パイロットに言っといて。次からはボーナスポイントはなし。あんなつまらないことで機体を傷つけたら、しばくわよって」

「ええ、その点は十分言い聞かせておきますよ」善行は生真面目《きまじめ》に応じた。

「……それであの子たちはものになりそう？　初めての戦いにしても、けっこうショックを受けていたみたいだけど」

「彼らなら大丈夫ですよ。原さんからもフォローしていただけると嬉《うれ》しいのですがね」

「わたしは一介《いっかい》の技《ぎ》術《じゅつ》屋《や》に過ぎないわ。フォローなんてできないわよ。面白そうな子がいるから、からかってやろうとは思っているけど」

原の独特な言いまわしを、善行は脳内《のうない》で変換《へんかん》した。

「それでけっこうです。とにかく彼らの面倒《めんどう》を見てやってください」

三機の士魂号をハンガーに収容《しゅうよう》すると、整備員は一斉《いっせい》に機体に取りつき、点検《てんけん》作業に入った。ここからが整備員の初陣だった。原の怒声《どせい》が聞こえ、森の悲鳴が聞こえた。「脚部損傷《きゃくぶそんしょう》度Cプラス」、「肩装甲《かたそうこう》FTL」といった原考案《こうあん》による謎めいた隠語《いんご》が飛《か》び交い、パーツを乗せた台車《だいしゃ》が整備テント内を行き交う。

滝川は二番機のコックピットから出ると、その場にへたり込んだ。すぐ側《そば》では狩谷夏樹《かりやなつき》と田辺真紀《たなべまき》が真剣《しんけん》な顔で制御系《せいぎょけい》のチェックを行っていた。お疲れさまのひと言もないことが滝川には少し悲しかったが、ふたりの表情を見て、そうだよなと納得《なっとく》した。

狩谷はともかく、あのやさしげな田辺ですら眼鏡《めがね》を光らせ、口許を引き結んでいる。それだけ作業に必死《ひっし》に取り組んでいるのだ。整備員の本来の姿をかいま見たようで、滝川は声をかけられずにふたりの側を離れ、整備テント一階隅《すみ》のパイロット溜《だ》まりへと降りていった。

「あれ……?」

階段を降りたところで、不意に胃《い》が激しく痙攣《けいれん》するのを感じた。おかしいな、と思っているうち、喉元《のどもと》に込み上げるものがあって滝川は床に突《つ》っ伏《ぷ》し、げえげえと胃の中身を吐《は》き戻《もど》していた。くそっ、なんなんだよこれ、と自分の体の反乱《はんらん》に滝川は困惑《こんわく》した。台車が側を通り過ぎていったが、声をかけてくる者はいなかった。

誰かがそっと滝川の背をさすってくれた。口のまわりについた吐瀉物《としゃぶつ》を拭って滝川が顔を上げると、教師の芳野《よしの》春香《はるか》がやさしく微笑《ほほえ》んでいた。

「大丈夫、滝川君?」

芳野はそう言うとハンカチを差し出した。

「あ、大丈夫ですから……」

言いながらもとっさにハンカチを受け取って、しまったと思った。先生のハンカチをゲロな

んかで汚しちゃいけないぜと素朴《そぼく》に思った。

「ごめんね。初めての戦いなのに見送りに行けなくて」

そう言うと芳野は気遣わしげに滝川の顔をのぞき込んできた。５１２１小隊が戦場に向け出発したのは深夜《しんや》の三時だった。見送りに出る者は誰ひとりとしてなく、ロボットアニメに出てくる初陣シーンとは随分違うぜと滝川は寂しさを感じたものだ。

「そんな……夜中だったし」滝川は激しく首を振った。

「先生、見送りに行こうと思っていたんだけど、酔っぱらって寝ちゃったの。本当に、君たちは命を懸《か》けて戦っているというのに。わたしにできることって見送ることしかないっていうのにね。ごめんね、こんな先生で」

そう言うと芳野は滝川の脇《わき》に腕をまわして立ち上がらせようとした。

そんな……謝らないでくださいよ。先生が辛《つら》いのは、俺、わかってますから――。滝川は顔を赤らめ、あわてて立ち上がった。芳野の口許からウィスキーのにおいがした。

「……だ、だめですよ先生、飲み過ぎちゃ。先生、自分のこと心配した方がいいっすよ。そうだ、俺、保健室送っていきますから」

「ありがと。けど、大丈夫よ」

芳野は、にっこりと笑うと、ふっと床に倒れ込んだ。滝川はとっさに芳野の体を受け止めると、階段下で途方《とほう》に暮《く》れた様子で立ち尽くした。大丈夫じゃないじゃん――。

「……ったく、何をやってるんだか、芳野のやつ」

忌々《いまいま》しげに舌打ちするのは英語と実技《じつぎ》担当の本田節子《ほんだせっこ》だ。同僚《どうりょう》の坂上久臣《さかうえひさおみ》とともにパイロット溜まりで厚志らを出迎えていた。

「夜中にべろべろに酔っぱらって俺のところに押しかけてきやがってよ、おめーらの初陣を一緒に見送りに行こう、なんてな。散々《さんざん》騒いだあげく潰《つぶ》れちまいやがった」

「本田先生、生徒の前でそういう話は」

坂上がたしなめたが、本田は「かまわんでしょう」とこともなげに言った。

「こいつらは戦場を見てきたんです。もう建前《たてまえ》はなしにしましょうよ。それに芳野のやつがなんであんなのか、こいつらはわかっていますよ。な？」

本田に問いかけられて、舞は憂鬱《ゆううつ》な面もちになった。

「……わかっているつもりだ」

舞の目に、滝川と、偶然《ぐうぜん》通りかかった若宮に抱えられ、保健室に運ばれていく芳野が映っていた。

「あの、本当に芳野先生、大丈夫なんでしょうか？」厚志も不安げに尋ねる。

「安心してください。注意して見てますから。それよりわたしは君たちのことが心配でした」

坂上は抑揚《よくよう》のない声で言った。

「どうでしたか、初めての戦闘は？」

坂上に尋ねられ、三人は顔を見合わせた。どうでしたかと聞かれても困ってしまう。

「らしくもない質問だな。意図《いと》は何か？」舞は逆に尋ね返した。

「ああ、これは失礼。特に意図はないのですが、善行司令に君たちと話をしてくれと頼まれましてね。どうやらその必要はなさそうですがね」

坂上は口許に苦笑《くしょう》を浮かべた。

「だめじゃないですか、種明《たねあ》かしをしちゃあ。けど、俺も坂上先生と同じ意見だ。おめーらは十分やっていけるさ。善行の野郎《やろう》、心配性《しんぱいしょう》なのが玉に瑕《きず》だな」

本田も笑いながら言った。

「けれど、わたくし、大失敗してしまって……」

壬生屋は戦闘での一件《いっけん》を話しはじめた。本田と坂上は黙って壬生屋の話を聞いていたが、やおら揃《そろ》って壬生屋の肩をどやしつけた。

「な、何をなさるんです！」本田はともかく、坂上までもがこんなことをするとは。壬生屋は頬を紅潮させ、抗議《こうぎ》した。

「なんだっていいけどよ、おめーらはこうして生きて戻ってきている。それだけで初陣は成功さ。逆におめーらに訊く。生きて戻る以外に、今回の出撃にどういう意味があったんだ？」

本田が言うと、坂上もうなずいた。

「じゃあ、俺たちは行くぜ。芳野の馬鹿を見舞《みま》ってやらなきゃな」

あっけに取られるパイロットを後目《しりめ》に、本田と坂上は背を向けて歩き出した。

しばらくして——。厚志と舞は連れだってグラウンド隅の鉄棒《てつぼう》に向かっていた。陽は西に傾き、残照《ざんしょう》が空を走るちぎれ雲を赤々《あかあか》と照らし出していた。厚志は空を見るのが好きだった。とりわけ、ひとつとして同じものがなく、ただよい、変化する雲が大好きだった。

　空を見上げ、厚志は深々と呼吸をした。

「気分はどうだ？」舞がぽつりと尋ねた。舞の視線はグラウンドを走る女子校の生徒たちに向けられている。本田はああ言ったが、舞には特に厚志のことが気になっていた。

「大丈夫、だと思う。けど、僕ってだめだな……」

　厚志は急に肩を落とした。舞は鉄棒にぶら下がったまま、厚志を見つめた。

「怖くなって、逃げ出したくなって。だめだな」

「しかしそなたは逃げなかったろう？　そういうやつなのだ、そなたというやつは。自分でなんでも背負《しょ》い込んでじっと我慢《がまん》して、な。だが、辛くなったらわたしに言え。そなたはわたしの手下《てした》ゆえ、報告《ほうこく》する義務《ぎむ》があるぞ」

　そう言うと舞は懸垂《けんすい》を始めた。厚志もそれに倣《なら》う。

「ごめん、心配かけて」

　舞の言葉は厚志の胸に響いた。

「ふむ。ではゆくぞ。そなたは何回が目標だ？」

「三十回くらいかな」

「ふっ、くらいとはなんだ、くらいとは。目標はもっと明確《めいかく》に持たねばならん」

　言いながらも舞の声は弾《はず》んでいた。速水は大丈夫だ。今度はどんな風に戦ってやろうか？

様々《さまざま》な可能性を模索《もさく》したが、回数を重ねるにつれ、呼吸が苦しくなり、思考《しこう》を止めた。

「壬生屋さん、そんなにサンドバッグをたたいていると壊れちゃうわよ」

校舎裏に吊《つる》されたサンドバッグに黙々と向かっている壬生屋に声がかかった。振り返ると整備主任の原がにっこりと笑いかけた。

「あ……、すみません。これボクシング用のものでしたよね」

今、最も顔を合わせたくない相手だった。

壬生屋は赤くなって、拳を引っ込め、サンドバッグの布地《ぬのじ》を撫《な》でた。挨拶《あいさつ》代わりのほんの冗《じょう》談《だん》に生真面目に反応する壬生屋に、原は苦笑した。

「冗談だって。あなたは本当に面白い人よね」

「け、けれど、わたくしの家の流派《りゅうは》では拳《こぶし》のごく狭い一点だけに力を集中《しゅうちゅう》するから。あの……こんな風になっちゃうんです」

壬生屋は恐縮《きょうしゅく》して、布地に穿《あ》いた穴を示した。小指の先よりも小さな穴だった。原は言葉を失ったが、やがてふっと笑ってサンドバッグにパンチを食らわせた。

「その打ち方では拳を壊します」壬生屋は心配そうに言った。

「そうなの？」

「はい。衝撃がそのまま拳に返ってくるような打ち方ですから。打撃力は低くなりますし怪我《けが》をします。ボクシングの打撃《だげき》のように、打ったらすぐに拳を引いて衝撃を逃がすようにするといいと思います」

真面目な顔で解説をする壬生屋を、原はしげしげと眺めた。

原に見つめられ、壬生屋の顔がいっそう赤くなった。心臓が高鳴る。あのことだ、きっとあのことを言われる……。

「な、なんでしょう？」

「なんだか一生懸命だから。けど、戦争は一生懸命やり過ぎないでね。一番機の点検、ざっとだけど終わったわ。友軍の銃弾による装甲損傷。それと、足まわりは予想以上に酷《ひど》いことになっているわね」

「すみません」

やっぱり言われた……壬生屋は恐縮して深々と頭を下げた。

「けどね、銃弾による損傷は士魂号にとっては豆鉄砲《まめでっぽう》を食らったようなもの。足まわりはね、壬生屋さんのせいだけじゃなく、元々問題が山積みになっている箇所《かしょ》なの。二足歩行《にそくほこう》だから負荷《ふか》がかかるのね。理屈《りくつ》で考えてみてもわかるでしょ？」

「これから気をつけます。未熟なもので」

「責めているわけじゃないのよ。ただあなたの機体運用だと大太刀を使った白兵戦が中心になるから、機体が限界まで試されることになる。滝川君の二番機の足まわりはまったく異状なし。彼、動きが直線的だし、無意識のうちに機体をかばっているところがあるみたいね」

そうなんだ、と壬生屋はあらためて原を見直した。責められるのかと思った。原はいわゆる参考意見を聞かせてくれているのだろう。初めの印象は最悪だったけど、今はしっかりと整備主任の顔になっている。

「一生懸命なあなたにだけ教えてあげる。実は士魂号はね……」

原は壬生屋に耳打ちした。壬生屋は何ごとかと耳を近づける。

「限界を超《こ》えると爆発するの」原はことさら秘密《ひみつ》めかした声でささやいた。

「ええっ……！」

「自爆装置《じばくそうち》が誤作《ごさ》動《どう》しやすいのよね。ルーチンを何度も修正《しゅうせい》してみたんだけど効果なし。だから気をつけてね。可愛《かわい》いパイロットには死んで欲しくないのよ」

赤面《せきめん》変じて真《ま》っ青《さお》になった壬生屋に、原は楽しげに笑いかけた。


芳野を保健室に送ったあと、滝川はずっと二番機の前に座り込んでいた。

夕暮《ゆうぐ》れ前の時間帯である。整備員のほとんどが整備テント内で働いていたが、皆《みな》、ぶつぶつと二番機と「会話」する滝川に恐れをなして近づこうとしない。

「今日《きょう》はホント、悪かったよ。なんかな、俺って自信とか主体性《しゅたいせい》ってやつが足りないみたい。あの事故だってさ、壬生屋に釣られてあんなことになっちまったし。自信なくしちまった。俺、どうすりゃいいのかな？」

応《こた》えはなし。こいつ怒っているのかな、と滝川は首を傾《かし》げた。

「あー、げろげろ男がいる！」

不意に背中をたたかれた。びくっとして振り返ると、一番機整備士の新井木《あらいぎ》勇美《ゆうみ》が笑っていた。この女、新入りの癖《くせ》してやけに態度が大きいぜと滝川はにらみつけた。

「滝川君って不思議な癖があるんだね。もしかして趣味《しゅみ》はお人形さん集めだったりして」

「……ばっきゃろ！　これは俺独自《どくじ》の精神統一《せいしんとういつ》なの！　こいつって本当にしゃべるしさ。あっ、こら、変な顔するんじゃやねえ」

新井木は装甲パーツを載《の》せた台車を押していた。こんな馬鹿女に整備されるなんて、壬生屋も気の毒だよな、と滝川は思った。二番機の田辺とは大違いだ。

「ま、人それぞれ、いろんな趣味があるから。滝川君のことは整備のみんなに取りなしてあげる。滝川君はおかしくないよって。普通《ふつう》の馬鹿だよって」

「普通の馬鹿ってなんだよ！」

「普通の人で、かつ馬鹿に分類《ぶんるい》される人のことかな？　あはは、まんまじゃん」

新井木はけらけらと笑った。

「こらぁ新井木ィ、無駄口《むだぐち》ばたたいとらんで、とっととパーツを持ってきんしゃい！」

一番機の修理をしている中村光弘《なかむらみつひろ》の声がテント内に響き渡った。

「へいへーい。今、行きまーす」

新井木はもう一度、滝川を見て、くくと笑いを堪えて、去っていった。

くそっ、馬鹿女のお陰でせっかくの時間を無駄にしたぜと滝川は、以前、善行から出された課題を考えようとした。善行はパイロットに、独自のスタイルを持てと言った。

俺様《おれさま》オリジナルのスタイルってなんだ？　軽装甲が好きなこと、かな？　けどそれって戦争に役に立つのかな。滝川は、うーむと腕組みして考え込んだ。

くすりと控《ひか》えめに笑う声。振り返ると田辺が顔を赤らめそそくさと逃げ出した。変だな？　しばらくして、ほほ、と違う笑い声が聞こえた。原素子だ。

「あの、俺ってそんなにおかしいですか？」

ほんの少しだけ被害者《ひがいしゃ》意識にとらわれ、滝川は思い切って原をにらみつけた。

「あ、笑ったのはこちらのことなの。ほら、思い出し笑いってあるでしょ」と言いながら、原は足早《あしばや》に主任席へと立ち去った。

「滝川」

またかよと思いながら振り返ると、茜大介《あかねだいすけ》・現在無職《むしょく》がそわそわとたたずんでいた。

「君ってやつは、本当に無防備《むぼうび》なんだね。いいか、整備班は怖いところなんだぞ」

「へ、何言ってるんだ？　茜」滝川はきょとんとして茜を見つめた。

茜は何ごとか言おうとして刺すような視線を感じた。見れば、一番機の側で中村と新井木が拳を固めて威嚇《いかく》している。岩田はその隣で薄笑《うすわら》いを浮かべ、唇に人差し指を当てた。それだけでは足らず、今度は喉《のど》をかっ切るまねをした。

裏切り者には死をってわけか。くそっ！　茜は悔しげに唇を噛んで、無言《むごん》で去っていった。

首をひねりながら滝川は気分を変えようと整備テントを出た。どうもあのくすくす笑いが気になると、珍《めずら》しく真面目な顔になった。

俺の失敗を笑っているのかな？　無理ないよな。なんかますます自信喪失《そうしつ》、と滝川はヘタレた気分で歩き出した。

「それは自己紹介《じこしょうかい》のつもりか？」

背後から舞の声が聞こえた。ウンザリして振り返り、にらみつけると、舞は物問いたげに傍《かたわ》らの厚志を見た。厚志はにこにこと笑っている。

「ねえ滝川。そろそろ背中の貼《は》り紙、取ったら？」

「ん？　あれ……？」

滝川は、はっとして背中に貼られたノートの切れ端を取ってから一読《いちどく》した。『無芸大食《むげいたいしょく》』。あの女だ。新井木め、寸足《すんた》らずのバスト洗濯板《せんたくいた》のがいこつ女め！

「自己紹介にしてはおのれを悪《あ》し様《ざま》に言い過ぎると思うが？　そなたには善《よ》いところもあるのだからそれを宣伝《せんでん》してはどうか？」

舞は大真面目に滝川に忠告《ちゅうこく》した。

「だから……これはイタズラなんだよ。イタズラ。きっと整備の誰かにやられたんだね」

厚志はくすくすと笑いながら舞に説明をした。

「なあ、俺ってパイロットに向いてると思う？」

しばらくして、滝川と厚志は校門近くの芝生《しばふ》に座り込んでいた。舞もつき合って、少し離れたところでふたりを見守っている。

滝川の問いかけに、厚志は首を傾げ、考え込んだ。

「いきなりどうしたの、滝川？　君は立派《りっぱ》なパイロットだと思うけど」

厚志に言われて、滝川はくぅっと涙ぐんで厚志に友情ヘッドロックをかけた。子犬のじゃれ合いのように芝生の上を転がるふたりを、舞は忌々しげに見つめた。

「そんなこと言ってくれるの、おまえだけだぜ。今日の俺、とんでもねえミスしちゃったし。このままじゃ味方の足を引っ張るだけだって考えるとさ……」

「だから、足なんて引っ張ってないって。滝川は滝川らしくやっていけばいいんだと思うよ」

厚志はやっと滝川の手を振りほどくと、言った。

「そうかな」

それまでふたりの様子を見守っていた舞が口を開いた。

「前に善行が言っていたであろう。自分のスタイルを持て、とな。おのれを知ることだ。おのれの長所短所を正直《しょうじき》に認めることだ。多くの人間は、自分が見たい現実だけを見る。平和な日常ならばそれも許されよう。だが、戦場は絶対的な現実だ。おのれに嘘をついている人間は生き残ることはできぬ。臆病《おくびょう》なら臆病でよい、考えなしなら考えなしでよい。臆病であることを認めた者は、それにふさわしい戦術を選び、学ぶだろうし、考えなしと認めた者はその欠点を補《おぎな》うために思慮《しりょ》深い人間から学ぼうとし、悪くともその人間についていこうとするだろう。そういうことだ」

あっけに取られる厚志と滝川の前で舞は滔々《とうとう》と論じた。

おのれを冷静に把握《はあく》し、状況を客観《きゃっかん》的に判断できる者こそが最後には生き残るだろう。

「……悪《わり》ィ。おまえの話、ちょっと難しいぜ」

滝川は申し訳なさそうに謝った。「なんの」舞はふっと笑った。

「ならば思いっきり端的《たんてき》に言ってやろう。滝川、そなたは生き残ることだけを考えよ」

「わ、わかった」

滝川は思わずうなずいていた。舞の自信あふれた態度を見ると自然とそうなってしまう。

「芝村舞の面目躍如《めんぼくやくじょ》というところだな」

舞が、はっとして振り返ると、瀬戸口が近くの樫《かし》の木から飛び降りた。

「なんだ、野犬《やけん》にでも追われていたのか？」

冗談がすらすらと口をついて出て、舞は内心で満足を覚えた。

「ははは、芝村も言うようになったな。だがまあ、芝村はいいことを言っているぞ、滝川。最悪の場合、芝村についてゆけば生き残れるさ。芝村を大切にすることだな」

「大切に？」

「そろそろ認めてやったらどうだ？　芝村はおまえの一番頼りになる仲間だぞ。おまえのことを誰よりも考えている」

「わ、わたしは用事を思い出した。動物ドキュメンタリーの録画《ろくが》を……」舞は照れたように顔を赤らめながら立ち上がるとキュロットについた草をはたき、大またで歩み去った。

「待って、僕も帰るよ」手下その一の厚志もあわてててついていく。

「瀬戸口さん……」滝川は心細げに瀬戸口の名を呼んだ。

「おっと、俺もデートの時間だ。ああ、そうだ。俺からも言ってやるよ。無理をするな。おまえさんは自分を信じ、仲間のパイロットを信じることだ。それが自然にできるのがおまえさんの一番の強みと思うぞ」

そう言うと、瀬戸口は不安げな滝川を残し、肩をそびやかして歩み去った。


次の出撃命令は英語の授業中に告げられた。

尚敬校《しょうけいこう》の放送室からのアナウンスだろう、坂上教官の声がスピーカーを通じて響いた。

「……全兵員は作業を中断《ちゅうだん》、すみやかに戦闘態勢《たいせい》に移行《いこう》せよ。繰り返す。全兵員は作業を中断、すみやかに戦闘態勢に移行せよ」

一組の教室はざわめいた。そのざわめきを圧倒《あっとう》するように、廊下《ろうか》からけたたましく整備員の靴音《くつおと》が聞こえ、整備テントの方角へと消えていった。

「あー、ちょっと待て。おめーらに言っておくことがある」

本田は教壇《きょうだん》に手をつき、あらたまった面《おも》もちで生徒たちと向かい合った。

「……こんな戦争がなければ、俺はおめーらと会うこともなかったろう。俺はおめーらを兵隊に仕立てあげ、おめーらは戦場へと赴く。割り切って言やあ、そういうことさ。けどな、おめーらは俺の大切な生徒だ。うまくは言えねえが、できることなら俺はな、ずっとおめーらの先生でいたかったよ」

真剣な表情で話の続きを待つ生徒たちに気づいて、本田は「ふん」と照《て》れ隠《かく》しに鼻をすり上げた。

「それだけだ。行ってこい。武運《ぶうん》を祈る」

本田は踵《かかと》を揃え、生徒たちに敬礼《けいれい》を送った。生徒たちもまちまちに敬礼を返すと、またたくまに教室から駆け去った。

「三番機の調子はどうだ？」

戦車兵用ウォードレスを着込んだ舞はコックピットに乗り込みながら、三番機の整備を臨時《りんじ》に手伝っている遠坂圭吾《とおさかけいご》に尋ねた。メインとなる森精華《もりせいか》は今は誘導任務《ゆうどうにんむ》についている。

「ええ、上々《じょうじょう》ですね。一昨日《おととい》に比べると反応速度のパラメータが大幅に上昇《じょうしょう》しています。おそらく速水君でしたら三番機の成長ぶりがわかるんじゃないでしょうか？　それと火器管制システム。命中率《めいちゅうりつ》が若干《じゃっかん》アップ。今回も損傷を受けず、大切に乗っていただければ、機体はまたぐんとレベルアップしますね」

遠坂はにこやかに言った。

「ジャイアントアサルトに、多目的誘導ミサイル、スペアの弾倉《マガジン》はそれぞれ三と一。ウェポンはこれでオッケーですか？　今ならまだ超硬度大太刀も装備できますデスよ」

ヨーコ小杉もにっこりと舞に笑いかけた。

「我らは射撃即《そく》移動を信条《しんじょう》とするゆえ、重量増加は望むところではない。だが、気遣いは感謝する」舞が応えたところで厚志がコックピットに駆け込んできた。

「ごめん。さあ、行こう」厚志は息を調《ととの》えた。

「どうした？　遅かったな」

「途中で壬生屋さんと会っちゃって。なんだか元気がなかったから声をかけて……」

「ふむ。話はあとだ。神経接続を始めるぞ」

舞は左手の多目的結晶をコンソールのソケットに接続しながら言った。

厚志も舞に続いて、ためらいなく神経接続を行った。

……それは四囲《しい》を真っ白な壁で囲まれた空間だった。速水厚志は膝を抱《かか》え、室内にじっとうずくまっていた。消毒液《しょうどくえき》のにおいがした。厚志はそれぞれの腕に血の滲《にじ》んだ包帯《ほうたい》を巻いていた。自分を傷つければ心配した両親は必ず戻ってきてくれる。そう考えてのことだ。

しかし手当てをされ、文房具を取り上げられ、いつまで待っても両親は現れなかった。あの頃の僕……厚志は小さな自分の分身《ぶんしん》を見てやり切れなくなった。誰も助けに来てくれないんだよ。そう教えてやりたかった。ドアノブをまわす音が聞こえた。小さな厚志は目を光らせ積み木を摑むと、訪問者《ほうもんしゃ》を待ち受けた。

目を覚ますと、視界には見慣れた整備テント二階の風景が映っていた。

厚志はほっと肩の力を抜くと、コンソールに目を落とした。

拡声器《かくせいき》で森が呼びかけてきた。

「三番機、お願いします」

士魂号を載《の》せたトレーラーはゆっくりと動き出した。神業《かみわざ》のような切り返しを行って、そろそろと尚敬校《しょうけい》の校門を通過する。厚志は外の風景をぼんやりと眺めた。尚敬校の生徒たちが5121小隊の出動を見送っている。ランニングから帰ってきたところなのだろう、体操着《ジャージ》を着た一団《いちだん》が足を止めて一斉《いっせい》にこちらに手を振ってきた。

「あれ？　芳野先生……」

厚志は目を疑った。体操着の一団の後ろ、芳野が校門脇の芝生にたたずんで、どこかたががはずれたような笑顔で手を振っていた。もう一方の手にはウイスキーの小瓶《こびん》を持っていた。血相《けっそう》を変えた本田が駆け寄り、芳野にタックルを食らわせた。ふたつの影はもつれ合って芝生に倒れ込んだ。

「芳野のやつ。たわけめ。見送りになど出なくてもよいものを……」

後部座席から舞の憂鬱そうな声が聞こえた。

「心配だな、先生。辞《や》めさせられるってこと、ないよね？」

「ああ、わたしが守ってやる」舞はきっぱりと言った。

トレーラーは熊本《くまもと》市内で途中445号線に乗り、時速四十キロで益城《ましき》方面へと向かっていた。

その間、厚志も舞もしゃべらずにそれぞれの思いにふけっていた。

「我が隊は現在益城戦区に向かっています。目的は防衛《ぼうえい》ラインでの支援《しえん》任務です。今回は士魂号Lの小隊を含む友軍と連係《れんけい》しての戦闘になるでしょう」

指揮車の善行から通信が送られてきた。

「戦線の状況はどうか？」質問をしながらも、舞はすばやく戦区情報をヘッドセットに表示している。

「ここ一週間で戦車随伴歩兵小隊七、及び戦車小隊五が補充《ほじゅう》と再編成のため戦線を離脱《りだつ》。この方面の戦力は実質的《じっしつ》に三十パーセント減《げん》の状態ですね」

善行はよどみなく応えた。

「ふむ。して、離脱した隊のうち戻ってくるのはどれくらいか？」

舞が追及《ついきゅう》すると、しばらく沈黙があった。離脱、再編成と言えば聞こえがよいが、その中には文字通り地上から消滅《しょうめつ》した隊も含まれる。

「九州総軍とて事態を憂慮《ゆうりょ》しています。しかるべき手は打つでしょう」

「了解した」舞が通信を切ろうとすると、壬生屋の声が聞こえてきた。

「あのっ……こんな時に場違《ばち》いかなとは思ったんですけど、司令に質問があります」

受信器の向こう側から壬生屋の緊張がひしひしと伝わってくる。

「どうぞ」

「……あの、士魂号が自爆するって本当なんでしょうか？」

壬生屋はそれまで悩んでいたことをいっきに口にした。

「は……？　すみませんがもう一度、お願いします」善行の困惑《こんわく》した声が聞き取れた。

「軍事機密《ぐんじきみつ》でしょうから質問しようかどうしようか迷ったんですけど、士魂号の自爆装置の調子が悪くて、限界を超えた動きをすると装置が働いて爆発するって！　わたくし、どうしたらよいのでしょう？」

「……なるほど。災難《さいなん》でしたね、壬生屋さん。そもそも士魂号には自爆装置などありませんよ。爆発するっていうのは質《たち》の悪い冗談です」

善行はさも気の毒といった口調で壬生屋を諭《さと》すように言った。

「冗談って、だってだって……」

「ははは。あなたはからかわれたのですよ。犯人が誰かは見当《けんとう》がつきますがね。整備の人たちはこの種の冗談が好きでしてね、わたしも士官学校《しかんがっこう》時代、引っかかったことがあります。救《きゅう》命《めい》自爆装置を倉庫《そうこ》から持ってきてくれ、などとね」

「きゅ、救命自爆装置……」

壬生屋は絶句《ぜっく》した。

「たわけめ」舞は苦々しげにつぶやいた。

「こちら原です。やっぱりだめ？　面白くなかった？」

補給車の原からの通信が割り込んできた。

「面白くないかって。酷いですっ！　わたくし悩んだんですから！」壬生屋は憤然《ふんぜん》として原に食ってかかった。

「ほほほ、だからほんの冗談だって。笑って許せるくらいじゃないと成長しないわよ」

「原さん、あなたは何をやっているんです？　子供じゃないんですから」

善行のため息交じりの声が聞こえた。

「なんとなくね、壬生屋さん見ているとからかいたくなっちゃって。ごめんね」

原はあっけらかんとした口調で謝った。

「まったく……こんなんでまともに戦えるのか」

指揮車に張りつき、通信を傍受《ぼうじゅ》していた若宮がぼやいた。

反対側に張りついている来須が顔を上げた。

「なあ来須、おまえはどうしてこんな隊に来たんだ？　おまえだったらオファーが山ほどあったろうに。よりによってこの隊を選ぶとはな」

「……善行から言われた。雛《ひな》を守ってくれとな」来須はぼそりと応えた。

「雛か。しかし何故、善行忠孝ともあろうお人が、雛鳥の面倒《めんどう》を見なけりゃならんのだ？　司令も変わられたよ。昔の司令だったら、命令一下《いっか》、一糸《いっし》乱れぬ動きをする精鋭を率《ひき》いたろうに。猛訓練で徹底的に鍛《きた》えあげてな。近頃の司令は訳がわからん」

若宮のぼやきは延々《えんえん》と続いた。

来須は口許をほころばせ、若宮の愚痴《ぐち》につき合った。


5121小隊の車両群は防衛ラインに近づいていた。

東西を山に挟《はさ》まれた地形で、中央を川が流れ、東西四、五キロ、南北に細長く平地が広がっている。県道の両側には、軒《のき》の低い住宅が建ち並び、枯れ田が散在《さんざい》している。この国の至《いた》るところにある市街《しがい》地化しつつある農村《のうそん》の風景だった。

善行は指揮車上にあって、そんな何の変哲もない風景を眺めていた。

先ほどからしきりに砲声が聞こえていた。距離からすると二キロないしは三キロ先というところか。各所で黒煙《こくえん》が上がり、青々とした春の空に吸い込まれている。

県道を進んでいくと神社《じんじゃ》の鳥居《とりい》が見えてきた。戦区司令部《せんくしれいぶ》が入っている県民文化《けんみんぶんか》センターの建物は神社のすぐ先だった。

司令部前に急遽《きゅうきょ》造られた駐車場《ちゅうしゃじょう》に車両を停《と》めると、交通誘導小隊の兵が駆け寄ってきた。

「申し訳ありませんが、即刻退去《そっこくたいきょ》していただきたいのです」

「何故です？」

善行はあたりを見渡した。田を潰し、アスファルトを流し込んで急造《きゅうぞう》された広大《こうだい》な駐車場には補給用、医療《いりょう》用の車両がまばらに停止しているだけだ。あとは後方《こうほう》へ退《しりぞ》く戦車随伴歩兵の一団が固まって、迎えの車両を待っている。

季節はずれの観光地《かんこうち》のそれのように、駐車場は閑散《かんさん》としていた。

「スペースのことなら十分、余裕があると思いますがね」

「中央から視察団《しさつだん》が到着するとのことで。規模《きぼ》はわからないのですが、とにかくいつでも使えるようにスペースを空《あ》けておけと」

申し訳なさそうに説明する学兵に、善行はふっと笑いかけた。

「視察団ねえ。彼らは戦闘員ではないのでしょう？」

「え、ええ。もちろんです。まったくこんな時期に……こちらは、仕出《しだ》し弁当《べんとう》やアルコールの手配《てはい》までさせられたんですから。あっ、今のは内密《ないみつ》に願います」

「わかっています。ではこうしましょう。責任はわたし５１２１小隊の善行が取ります。駐車場はこちらの自由に使わせていただく」

こう言い捨てて、それ以上兵にかまわず、善行は全機体に降車《こうしゃ》を命じた。大地に降り立った九メートルの巨人たちに圧倒《あっとう》され、学兵は司令部の建物へと姿を消した。

「気の短いところは相変《あいか》わらずですな」

若宮がにやりと笑いかけてきた。

「気が短いわけではありません。これが唯一《ゆいいつ》の選択肢《せんたくし》と思ったため、そうしたまでです。前線で戦っている兵が視察団とやらに気がねする必要はありませんね」

善行は澄ました顔で応えた。

「善行さん、補給車の展開《てんかい》終わったわよ」

原が運転席から手を振ってきた。軽トラから降り立った整備員がまたたくまに補給車を中心とした即席《そくせき》の補給拠点をセットアップしていた。

「戦闘班はここから二キロ先の前線に移動します」

善行からの通信を受け、舞は戦区の情報を確認した。ここしばらくの間に、防衛ラインは大幅に下がっていた。現在は山と山に挟まれ、平野《へいや》が最も狭《せば》まった地域に戦線を縮小《しゅくしょう》して持ち堪えている状況だ。

東西に広がった防衛ライン主要部《しゅよう》の幅はおよそ四キロメートル。このラインを突破すれば、敵は熊本市内を指呼《しこ》の距離に仰ぐことができる。

「時速二十キロにて県道を南下《なんか》します」

厚志らの視界に先導《せんどう》する指揮車が映った。機銃座《きじゅうざ》に陣取《じんど》った善行は、背を向けたまま手を挙げ行軍《こうぐん》開始の合図を送った。

戦闘班は途中、何度も後退する部隊と出合った。民間《みんかん》のバスまで転用《てんよう》した車両群に、薄汚《うすよご》れた戦車随伴歩兵が満載《まんさい》されている。多くは学兵で、彼らは疲れ切っているようだったが、士魂号の姿を認めると初めは茫然とし、次《つ》いで歓声《かんせい》をあげて手を振ってきた。

その都度、善行は敬礼を返し、各機は速度を落とさぬ範囲《はんい》で思い思いのパフォーマンスを演じてみせた。敬礼してみせる三番機をみつけ、後続の滝川が通信を送ってきた。

「へっへっへ、見たぜ、見たぜ。おまえってけっこう目立ちたがり屋なのなー」

「そんなことは……ただ、こうすると皆、喜んでくれるから」

柄《がら》じゃなかったかなと厚志は顔を赤らめた。ただ三番機は左手が空《あ》いているし、敬礼自体はそんなに難しい動作ではなかったからやってみせただけだ。

前線がしだいに近づいてきた。

県道の両側では長距離砲、自走砲《じそうほう》が展開して、最前線に向け砲弾を撃ち込んでいる。軽快な音を響かせ多連装《たれんそう》ミサイルを発射するロケット部隊も展開していた。

善行は全機に一旦停止《いったんていし》を命じた。

「……それでは作戦を説明します。現在、戦線は極めて流動《りゅうどう》的な状態にあり、敵味方が入り乱れている状況です。右手の方角、平野に張り出した尾根《おね》の突端《とったん》に注目してください。白い建物が見えますね。小学校です。朝方《あさがた》からの戦闘で急速に戦線が下がった結果、現在、およそ百人の教員、生徒が取り残されています。戦車随伴歩兵の小隊が護衛《ごえい》についていますが、敵中を突破するには心許《こころもと》ない状況です。全機、ただちに小学校に向かい、救出をお願いします」

「なんだと……？　それは戦区司令部の失態《しったい》ではないか？」

舞が愕然《がくぜん》として口を開いた。

前線近くの小学校が授業を続けていたことが信じられなかったし、何故もっと早く救出できなかったのか、疑問が残る。戦区司令部のスタッフすべてが更迭《こうてつ》されかねぬ大失態だった。なんという状況認識《にんしき》の甘さか、と舞は眉をひそめた。

「ええ……。精神衛生《せいしんえいせい》のためにあと少し説明しましょう。今しがた司令部付きの将校《しょうこう》を問い詰めたところ、戦区司令部は、中央からの視察団を小学校に案内する予定だったそうで。安全は保障《ほしょう》しますからと強引《ごういん》に学校を再開させたらしいのです」

「くっ……！」

舞は歯嚙みしてコンソールに拳をたたきつけた。

「わたしが最も嫌いな筋書《すじが》きだ」

「同感《どうかん》です。しかし、今はとにかく生徒たちの救出を急いでください。小学校までのルートには有力な敵はいませんが、残念ながら校内の状況は不明のため、今回は指揮車からのオペレーションはありません」

　通信が切れた。ふたりのやりとりを聞いていた厚志は、小学校までの距離を弾《はじ》き出した。距離にして五百メートルというところ。このあたりでは敵と味方が一進一退《いっしんいったい》の攻防《こうぼう》を繰り返している。支援射撃が突発《とっぱつ》的に行われ、味方の砲弾にも注意が必要だ。

「県道を二百メートル南へ。それから村道《そんどう》に入るよ。そこからは上り坂になっている」

「ふむ。壬生屋、滝川、聞いての通りだ。我々《われわれ》が背後を警戒する。先頭は軽装甲。とにかく小学校まで駆け抜けろ」

　舞が通信を送ると、壬生屋が返事をよこした。

「あの……わたくしが先頭《せんとう》を切った方がよろしいのでは？　待ち伏せ攻撃があった場合、軽装甲では大損害を受ける危険があります」

　壬生屋は盾《たて》の役目を引き受けると言っている。

「待ってくれよ。俺だったら大丈夫だぜ。その代わり、壬生屋はすぐ後ろについていてくれ。へへっ、壬生屋が目を光らせていると思うと安心だしな。んで、学校が見えてきたら得意の足で全力《ぜんりょく》ダッシュするから」

　滝川が珍しく殊勝《しゅしょう》なことを言った。

「本当に、それでよろしいのですか？」壬生屋は念を押すように言った。

「ああ。けど、敵が攻撃してきたら守ってくれよ。頼りにしているからな」

「はいっ！　頼りにしてくださってけっこうです！」

壬生屋の嬉しげな、甲高い声が鼓膜に響いた。厚志は耳を押さえて通信を切ろうとした。と、来須の低い声が割り込んできた。

「来須だ。俺と若宮も小学校に向かう」

「ふむ。今のやりとりは聞いていたか？　意見を」舞は短く言った。

「特にはないが。まず、俺と若宮を運んで欲しい。小学校に到着したら、俺たちは生徒の避難《ひなん》誘導に専念《せんねん》する」

「わかった。それでは両名《りょうめい》は三番機が運ぼう。速水、姿勢を低く。ああ、重量増加になるが、大丈夫だな？」

「全然《ぜんぜん》、余裕だよ」厚志はそう言って、請《う》け合った。

こうして三機の士魂号は小学校へと向かった。

午前中に激しい戦闘が行われたらしく、県道のまわりには放棄《ほうき》された重火器《じゅうかき》が散乱し、擱《かく》座《ざ》した装輪式戦車が数両、煙を上げて燃えていた。例によって業者《ぎょうしゃ》がすばやく回収《かいしゅう》したらしく、死体は残されていなかった。

途中、出合った敵は偵察《ていさつ》隊とおぼしき小型幻獣ばかりで、問題なく倒すことができた。

「こちら5121独立駆逐戦車小隊、芝村百翼長《ひゃくよくちょう》である。責任者はいるか？」

舞が小学校の部隊に通信を送ると、すぐに受信器から男の声が聞こえた。

「水俣《みなまた》082独立機関銃小隊、橋爪十翼長《はしづめじゅうよくちょう》だ。といっても、ここには俺のほか、三人しか生き残っていねえけどなー」

隊長は戦死したのだろう、自衛軍では軍曹《ぐんそう》にあたる十翼長が応答《おうとう》してきた。

「これより救出に向かう。どうだ、そこから我々が見えるか？」

「おう、見える見える！　でけーよなあ。にしても、まるでアニメから抜け出してきたみてえだな。現実感ってやつが希薄《きはく》なんだよなー」

「……うむ」

どうやら十翼長は元気なようだ。

「あー、橋爪とかいうの、アニメ好きなのか？」滝川の声が絡《から》んできた。

「ああ、けっこう見るぜ。好みとしちゃ戦隊ものとか。あれには時代劇《じだいげき》に似た美学《びがく》がある」

「戦隊ものもいいんだけど。実写《じっしゃ》だとやっぱメカが弱いんだよな」

滝川は何やら嬉しそうに会話している。

「たわけ！　この猿《さる》以上類人猿《るいじんえん》以下め、今は作戦中だぞっ！」

舞が一喝《いっかつ》すると、滝川はぷつりと通信を切った。

「それで、そなたらは小学校のどこにいる？　生徒たちは無事《ぶじ》なのか？」

「今は講堂《こうどう》に全員収容《しゅうよう》している。校舎三階、東の隅にある一画だ。どうやらゴブのやつらが校内をうろうろしているらしくて、とてもじゃねえが外には出られねえ。……すまんが迎えに来てくれ」

「了解した」

舞は通信を切った。士魂号は上り坂にかかっていた。小学校に通じる道の両側は鬱蒼《うっそう》と茂る常緑樹《じょうりょくじゅ》の藪だった。舞はサーモセンサーの熱源反応《ねつげんはんのう》に注意せよと先行する壬生屋の一番機に念を押し、道を急ぐことにした。サーモセンサーをONにすると、視認性《しにん》が著《いちじる》しく損《そこ》なわれ戦闘には不利となるため、残りの二機は視認に頼ることにした。

厚志の視界に白い建物が映った。

勾配《こうばい》の急な村道は片側一車線の隘路《あいろ》だった。道の両側は藪だ。九メートルの高さから見下ろすかたちとなるが地上の様子はよくわからない。

気になることがあった。先ほどから鳥の姿が見当たらず、鳴き声すらも聞こえない。聴覚《ちょうかく》に関しては厚志は敏感《びんかん》だ。他のことに集中しながらも周囲《しゅうい》の音に反応することができる。

「ねえ芝村さん、鳥の鳴き声が聞こえないんだけど」

「ふむ。壬生屋よ、サーモセンサーの様子はどうか？」

ほどなく壬生屋から通信が返ってきた。

「反応はありません。けれど、なんだか変な感じです。熱源反応はないんですけど、なんだか肌がざわざわします。鳥肌が立つような」

「待て。念のためだ。速水、三番機のサーモセンサーを起動してくれ！」

舞は叫ぶように厚志に言った。

「左右《さゆう》に無数の熱源反応！　こちらに迫っているよ！」厚志の声がコックピットにこだました。

「くっ、壬生屋、そなたの機のセンサーは故障《こしょう》している。通常《つうじょう》モードに戻ってくれ」

「ど、どうしますか？　わたくし、どうすれば……？」壬生屋の声が切迫《せっぱく》したものになった。

「落ち着け、壬生屋。一番機は我らとともに敵を引きつけ、撃破《げきは》する。滝川は来須、若宮とともに小学校へ駆け込め」

「わ、わかった……」滝川の声。緊張している。

「了解しました。目にもの見せてやります」壬生屋は凛とした声で言った。

二番機はすばやく来須、若宮を拾い上げるとダッシュした。同時に、両側の藪から無数の小型幻獣が涌《わ》いて出た。

「許しませんっ！」壬生屋の叫び声。

一番機は二番機を追おうとする敵を瞬時《しゅんじ》に両断していた。超硬度大太刀の一閃《いっせん》に、密集《みっしゅう》していた幻獣が数体、まとめて粉砕《ふんさい》された。

「十五、十六……ミサイルを発射する」火器管制用プロセッサと同化した舞が超人的な速さで敵をロックした。三番機は停止すると、身を屈めてミサイル発射体勢に入った。二十四発のジャベリン改《かい》ミサイルが発射され、その周辺でオレンジ色の閃光が明滅《めいめつ》する。殺到《さっとう》してきた小型幻獣は瞬時のうちに粉砕され、消え去ってゆく。

一番機は、なおも群《むら》がる敵を蹴散らしながら、二番機のあとを追った。

「けっこう、あっけなかったね」

厚志は砲手席の舞に声をかけた。身長一メートルに過ぎぬゴブリンや二メートル程度のゴブリンリーダーなど、小型幻獣は士魂号の敵ではなかった。戦車の前に徒手空拳《としゅくうけん》で立ち塞がる歩《ほ》兵《へい》にも似て、進路妨害《ぼうがい》ほどの意味しかなかった。

「気を緩《ゆる》めるな。敵はすでに士魂号の存在に気づいた。となれば、士魂号に対抗するに足る増《ぞう》援《えん》を呼び寄せるだろう」

舞は不機嫌に応えた。こんなものが戦いだと思ったら大間違いだ。小型幻獣と戦車随伴歩兵だけの戦場に、士魂号が現れたので一時的にパワーバランスが崩れただけだ。いずれ敵はミノタウロス、ゴルゴーン級の強力な敵をこの方面に向かわせるはずだ。

「……だったら急がないと」

厚志は前方に立ち塞がるゴブリンの群れを足にかけた。小型幻獣を踏み潰す時のなんともいえない不気味《ぶきみ》な感触《かんしょく》。そういうことか。小型幻獣の群れは士魂号を足留《あしど》めして、増援が来るまでの時間を稼《かせ》ごうとしている。

「全速で駆け抜ける」

舞の言葉に厚志はすばやく反応した。追いすがる敵にかまわず、アクセルを踏み込んでいっきに坂を駆け上った。

校庭では来須と若宮が侵入《しんにゅう》した敵を掃討《そうとう》していた。二番機はジャイアントアサルトを乱射《らんしゃ》し、一番機は大太刀で次々と幻獣を血祭《ちまつ》りに上げていた。

「戦闘は適当に切り上げろ。これより救出を開始する」

舞は苦い顔で全員に通信を送った。

「けど、まだ敵がたくさんいるじゃん。こいつらを全滅させれば大勝利だぜ」

滝川が興奮《こうふん》した声で応答してきた。

「たわけ！　雑魚《ざこ》をいくら潰したところでなんの意味もない。急げ、時間がないのだ。このまだとじきにミノタウロス級の敵が来るぞ」

「……了解した」

来須は瞬時に意味を悟《さと》ったらしく、校舎へと駆け去った。これに若宮も追随《ついずい》する。

「あの……ミノタウロスって、ご覧《らん》になったのですか？」

壬生屋がおずおずと尋ねてきた。実は小型幻獣相手の戦いに違和感《いわかん》を覚えていた。これでは一方的な虐殺《ぎゃくさつ》だった。こんなに楽《らく》なはずはない。敵は何か作戦を用意しているはず——。

「もっと先を読め。今、そなたが追いかけている雑魚どもは足留め以上の意味はないのだぞ！」

舞の切迫《せっぱく》した口調に、壬生屋はやっと意味を悟ったようだ。

「わたくしったら……いい気になって」

「話はあとだ。……来須、講堂にはたどり着いたか？」舞の切迫した声はなお続く。

「一階で敵と遭遇《そうぐう》した。ただ今、戦闘中だ」

「あとどれくらいかかる？」

「わからん。幻獣はおそらく校舎裏から侵入しているのだろう。数が増えている。このままだと講堂も危ない」

来須は淡々とした口調で応えてきた。受信器から切れ目なしに機銃の音が聞こえてきた。

「くっ、なんということだ……！」

舞の歯噛みする音が操縦席の厚志にも聞こえた。

厚志は寄ってくる敵を追い散らすにとどめ、必死に頭を働かせた。芝村さんだけに頼っていてはだめだ！　芝村さんは疲れ果て、あげく僕たちは全滅するだろう。

考えないと、と思った。子供たちは死ぬべきじゃない。馬鹿な大人の身勝手《みがって》で、こんな危険
なところに連れてこられて、死ぬなんて。絶対に助けるからね。だからもう少しだけ頑張《がんば》って。

厚志は見も知らぬ子供たちに心の中で語りかけていた。

……校内に入った来須さんたちは敵の妨害を受け講堂にたどり着けずにいる。中からじゃだ
めなんだ。と——厚志の脳裏《のうり》に漠然《ばくぜん》としたイメージが浮かんだ。

「ねえ、芝村さん。中がだめなら外から助けられないかな？」

沈黙があった。舞のことが心配になって、もう一度声をかけようと思った時、舞がぽそりと
口を開いた。

「今、なんと言った？」

「だから、外から助けられないかなって。士魂号の掌《てのひら》に子供なら十人は乗れるよ。けっこう動
きもすばやいから、校庭に降ろすまで十分はかからないと思うけど」

「正解だっ！　厚志、まず講堂の壁を破壊しろ」

「その前に、通信を送らないと」

「むろんだ。さすがはわたしの……友だ」舞の最後の言葉は厚志の耳には聞き取れなかった。

その三分後。校内から射撃音が響き渡る中、三番機は校舎の壁を破壊した。

二番機に見張りを任せ、一番機と三番機は破壊した壁の隙間《すきま》から次々と子供たち、そして教

職員を校庭に降ろした。作業は五分足らずで終わった。最後に地面に降り立った三人の戦車随伴歩兵は、挨拶する間もなく警戒態勢《けいかいたいせい》に入った。

「責任者は誰だ？　十翼長ごときじゃ話にならん。責任者だ、責任者を出せ！」

厚志と舞の眼下《がんか》で、しきりにわめきたてる中年の男がいた。082小隊の戦車随伴歩兵は無視を決め込んで子供たちを守ることに専念《せんねん》している。

「責任者はわたしということになるが。芝村だ」

舞は拡声器で男に呼びかけた。

「わたしはこの学校の校長だ。何をしている？　早く敵を追っぱらってくれ。一刻《いっこく》も早く授業を再開せねばならん！」

校長と名乗った男は、不安げに見守る生徒、教師にかまわず、三番機を見上げて言い募《つの》った。

「授業再開だと？　そなたは馬鹿か？」

舞はあきれて言い放った。なるほど、この校長、状況をまったく認識していない。頭の中は視察団とやらを迎えることでいっぱいなのに違いない。

「馬鹿とはなんだ、馬鹿とは？　わたしは戦区司令部とはいささかのつながりがある。このことは報告させてもらうからな！」

「勝手にせよ」

舞は不快《ふかい》げに言い捨てた。子供たちの命を玩《もてあそ》んだあげく、なお状況を認識せず、現実に背を向けふんぞり返るか？

「授業を再開するまでわたしはここを動かんぞ！」

校長はなだめる部下の教師の手を振り払って、校庭に座り込んだ。舞は拡声器のスイッチを再びONにすると、082小隊の兵に呼びかけた。

「082の、かまわぬからその男を黙らせろ。責任はこの芝村が……」

言い終わらぬうちに、橋爪とか名乗った十翼長が校長の側に歩み寄って、ひと言ふた言何やらささやいた。校長は、狼狽《ろうばい》して立ち上がった。

「説得完了《せっとくかんりょう》」橋爪が通信を送ってきた。

「ふむ。して、どのように説得したのか？」

「ああ、簡単《かんたん》なことさ。ここは戦場だから何が起こるかわからねえってな、礼儀《れいぎ》正しく内緒話をしてあげたのさ。餓鬼《がき》どもの手前、怒《ど》鳴《な》りつけるわけにもいかねえだろ？」

「……協力、感謝する」

舞はため息をつくと通信を切った。

「これからどうするの？」

厚志は怯《おび》え、縮《ちぢ》こまって体育座りをしている子供たちに心を痛め、舞に尋ねた。

「撤収《てっしゅう》を急ぐ。……来須、若宮、082小隊の者は生徒を護衛《ごえい》し、退《しりぞ》く。壬生屋機も護衛につけてやろう。我らと滝川は道の両側を警戒する」

舞はよどみなく言ったあと、今度は滝川に通信を送った。

「……我らは道の左手の藪、そなたには右手の藪を受け持ってもらう。敵がいようがいまいがかまわぬ。ジャイアントアサルトで敵を寄せつけぬよう弾幕《だんまく》を張るぞ」

「えっ？　ただ、ぶっ放すだけ？」滝川には舞の意図がわからないようだ。

「とにかく藪をまんべんなく撃て。ただし、生徒には絶対に当てるなよ」

「ちょっと待て。だめだよ、俺。そんなことできないよ！　もしミスって子供を撃ったらどうするんだよ？　俺、俺……」

滝川はパニックに陥ったようだ。舞は忌々《いまいま》しげに舌打ちした。

「わたくしがやります。大太刀では弾幕は張れないけれど、道沿いに藪をかき分け下っていけば同じ効果があるはずです」

壬生屋から通信が入った。舞は、「よし」と瞬時にして決断した。

「ならば滝川機にはサーモセンサーをONにしての索敵《さくてき》を頼む。壬生屋機は念のために若宮を肩に乗せていけ。何かあったら若宮が弾幕を張ってくれる。あー、聞いているか、若宮。機体から落ちるなよ」

「わはは、俺なら大丈夫だ。時間がないんだろう、さっさとやろうぜ！」

若宮は呵々《かか》と笑って、頼もしげに言った。

「滝川、生徒たちを先導《せんどう》しろ。来須は後方を警戒。それと082の者には生徒の面倒を頼む」

ほどなく三番機は道の左手の斜面《しゃめん》を下りながらジャイアントアサルトの引き金《トリガー》を引き続けていた。それと呼応《こおう》して、一番機も漆黒の機体を右手の藪に乗り入れた。鬱蒼と茂る木々を大太刀で斬り倒し、あるいは足で蹴倒しながら斜面を下った。

山肌は無惨《むざん》に傷つけられた。あまりに強引な作戦に、校長他、四人の教師は足がすくんで動けぬようだったが、082小隊の戦車随伴歩兵が「説得」をして、無理にでも歩かせていた。

とはいえ、問題は子供たちだった。意外なことに教師よりはましだったが、それでも轟音《ごうおん》と閃光にすくみ、泣き出して座り込む子供が続出した。子供たちの反応を計算していなかった。

舞はおのれの迂闊《うかつ》さを悔《く》やんだ。

「ねえ滝川、アニメの主題歌《しゅだいか》を歌ったら？」厚志は自分の判断で滝川に通信を送った。

「アニメの……？」

「歌えば子供たち、少しは落ち着くんじゃない？　とにかく拡声器をONにしてよ。僕もつき合うからさ。歌は子供向けのやつね。たそがれのポンチッチなんてどう？」

言いながら厚志も拡声器のスイッチをONにした。

ほどなく滝川の自棄《やけ》になった声があたり一帯《いったい》に響き渡った。

「そ、それじゃあ、そこでめそめそしているボーイズ・アンド・ギャルズ。アニソン大王《だいおう》の兄ちゃんが特別に一曲、歌ってやるからな。元気出して歩くんだぞ」

滝川は見かけによらず低い声で、歌い出した。言い出した手前、厚志も引くに引けず顔を赤らめながら唱和《しょうわ》する。

「ポンチー、ポンチー、ポンチッチー、みんなで仲良くポンチッチー♪」

厚志は歌っているうちに知らず夢中になって声が大きくなり、後部座席の舞から思いっきり蹴られた。しかし、歌を止めるわけにはいかなかった。見れば、子供たちを護衛している歩兵たちも能天気《のうてんき》な歌詞《かし》を大真面目で歌っている。

教師のひとりが唱和した。ジャージ姿の若い女教師だった。子供の手を握って、楽しげに歌っていた。むろん内心はそれどころではないだろう。ただ、生徒の危機《きき》に直面《ちょくめん》して、教師の本分《ほんぶん》に立ち返ったようだ。

その教師を中心として、子供たちの中からも歌声が起こりはじめた。

「それゆけ強いぞポンチッチー♪」

滝川は子供の頃に戻ったかのように、夢中で歌っていた。

藪が途切れ、坂道が終わった。幸運にも敵の襲撃はなかった。舞は憮然《ぶぜん》として厚志と滝川の歌を聞いていた。まったく、なんというやつらだ。その歌ならわたしも知っているが。恥ずかしげもなく歌えるそなたらにはあきれる。

「滝川よ、防衛ラインに駆け込むまでずっと歌い続けろ。壬生屋、ご苦労だった。列の後尾《こうび》を頼む。来須、若宮、子供たちを守ってくれ」

舞は息を吸い込むと、ひと息に言った。

「了解しました。芝村さんたちはどうなさるんです？」

歌で忙《いそが》しい滝川に代わって、壬生屋が通信を送ってきた。

「我らはあと少しここに残る。そなたらの無事を見届《みとど》けたのち、帰還《きかん》する」

「けれど……」壬生屋は口ごもった。まさかオトリになるわけじゃないですよね？

壬生屋の言葉を遮《さえぎ》るように、来須の低い声が割り込んだ。

「芝村に従え。今は救出が優先だ」

「……わかりました」

「じきに瀬戸口が撤収《てっしゅう》ルートをナビゲーションしてくれる。とにかく……」

舞が言いかけたところで、厚志が声をあげた。

「十一時の方角に敵二体。あと小学校の方角からもミノタウロス二体が追ってくる！」

「遭遇《そうぐう》までどれくらいだ？」

「それぞれ三分に五分ってところかな。ちなみに敵はミノタウロス二、ゴルゴーン二だ。飛行タイプじゃなくて幸運だったな」

瀬戸口の声がコックピット内に響き渡った。厚志と舞は同時に息を吐いた。

「本来ならおまえさんたちを誘導すべきだったが、現場の状況がわからず、おまえさんたちに任せることとなった。けど、よくやったな。俺の予《よ》測《そく》じゃあと二十分は時間がかかると出たが、二十分どころか、あと五分遅れていたらどうなったと思う？」

瀬戸口に、よくやったなと言われると、どうしてだか安心できる。厚志と舞はなんだか兄に誉《ほ》められたような懐《なつ》かしい気分すら感じていた。

「無駄口をたたくな。我らは敵を引きつけるゆえ、そなたは生徒たちを……」

舞はそんな気分を振り払うように、ことさら冷静な声を出した。

「そのことならもう大丈夫。友軍の砲兵隊が弾幕を張ってくれることになった。それも、戦車小隊の出迎え付きって豪華版《ごうかばん》だぞ。おまえさんたちも安心して帰ってきてくれ」

「まって、ののみもはなすよ」

東原の戦場には場違いな声がふたりの受信器に飛び込んだ。

「えへへ、いいんちょもたかちゃんも、ずっと舞ちゃんたちのつうしん、きいていたのよ。なんというふれ、ふれ、ふれ、ふれ……？」

「フレキシビリティ」瀬戸口が補足《ほそく》した。

「の、たかさかって。よくわかんないけど、舞ちゃんとあっちゃんのことほめていたのよ」

「そ、そうか……」

舞は顔を赤らめた。臨機応変《りんきおうへん》を誉められることはパイロットにとっては嬉しいことだ。

「芝村さん、大手柄《おおてがら》だね。それじゃ、帰ろうよ」

厚志は弾んだ声で言った。


間一髪《かんいっぱつ》のところで子供たちは救われた。

距離にすれば五百メートルという長さだったが、５１２１小隊のパイロットたちにとってはこれまでの人生《じんせい》で最も緊張を強い《し》られた時間であった。

善行はパイロットたちの疲労《ひろう》を思いやって、機体から降りて休憩《きゅうけい》するようにと命じた。整備員が点検、補給をしている間、四人のパイロットは駐車場の隅で固まって休んだ。

滝川がアスファルトの上に大の字になって寝そべると、厚志も倣《なら》った。舞は背筋を伸ばしてあぐらをかき、壬生屋はそれに対抗でもするように正座《せいざ》をしている。

「ふひー、歌い過ぎで喉が痛《いて》え。けどよ、ポンチッチはねえだろ、ポンチッチは」

滝川は隣で寝そべる厚志にパンチを食らわすまねをした。

「……なんとなくね。ほら、滝川の好きなロボットアニメって小学校高学年以上じゃない？小さな子にはポンチッチがいいと思ったんだ。あれだったらみんな、知っているしさ」

「いきなり滝川さんが歌い出した時には驚きました。どうかしちゃったんじゃないかと。けれど、楽しそうでしたね」

壬生屋はくすくすと笑いながら言った。

「あれは、仕事だって……」滝川は憮然となった。

「そなたも役に立つことがある。発見であった」

舞は大真面目に言った。

滝川に助けられた。あれは滝川でなければだめであった、と思う。速水にも似たようなことはできるだろうが、子供の心を惹《ひ》きつけるほど楽しげには歌えまい。なんにせよ、子供たちが救われて良かった——。

「けど僕たちは運が良かったね」

厚志がしみじみと舞に声をかけた。

「僕たちの教官は、あんな風じゃないから」

厚志の言わんとするところを察して、舞はうなずいた。

「そうだな。本田は口が悪くすぐ暴力に訴えるたわけだし、坂上は何を考えているかわからんし、芳野にいたっては校内で酒を飲む酔っぱらい教師だが、やつらは心から生徒のことを考えてくれている。それだけは信じることができる」

本当にそうだ、と舞は再度うなずいた。第62戦車学校の教官に共通するのは無私《むし》であることだ。誰もがおのれのちっぽけな利益《りえき》のことなど念頭《ねんとう》にも置かず、生徒たちを支えてくれている。彼らと出会えたのは運が良かった。そういうことだ。

「ああ、こんなところにいたのですか」

顔を上げると、善行が笑いかけていた。傍らには先刻の小学校の校長とジャージ姿の女教師を連れている。

「こちらの先生方が是非《ぜひ》お礼を言いたいとのことでしてね」

「それが我らの仕事だからな。礼を言われる筋合《すじあ》いはなかろう」

舞はそっけなく言った。校長が、パイロットに向かって深々と頭を下げた。若い教師もそれに倣う。面倒な。舞は不機嫌に顔をしかめると立ち上がり、軽くうなずいた。三人も舞に続いて立ち上がると頭を下げた。

「ああ、先ほどは大変な失礼を。まさかとは思いましたが、芝村の方がこのような前線で戦っているとは思いもよりませんでしたので」

「ふむ」

舞は目を細めて校長を眺めやった。脂《あぶら》ぎった卑《いや》しげな顔になっている。なるほど、追い詰められると人は本性《ほんしょう》を現すというが、これはもはや教師の顔ではないな。

「ええ、ええ、感謝してもし過ぎることはないと思いましてね。あなたが来てくれなければ、生徒たちの命は絶望的でした。あなたの功績《こうせき》は大きい。将来の日本はあなたのような優秀な人材が背負うことになるんでしょうな。これを機会にお近づきになれたらと……」

校長の、掌を返したような物言いが舞の癇《かん》に障った。あの時、ふんぞり返っていたのはどこのどいつだ？　それに——。舞は咳払いをすると、静かに口を開いた。

「それで、そなたの責任はどうなる？」

誰もが、はっとして舞を見つめた。舞は冷静なまなざしで校長の反応を見守っている。

「責任と申しますと……？」

校長は怪訝な顔を繕《つくろ》って、逆に問《と》い返した。

「ならば言ってやろう。あのような状況下で授業を行うなど言語道断《ごんごどうだん》。調べたところによれば、そなたは安全だからと無理矢理《やり》生徒を登校させたというではないか。さらに言えば本日《ほんじつ》は中央《ちゅうおう》の視察団が来る予定だったそうな」

舞が淡々と話すうちに、校長の顔色が変わってきた。

「わたしはただ、戦区司令部に言われたままでで！　安全は保障するから、戦地の子供たちの元気な様子を視察団に見せてやって欲しいと……」

「そなたには教師の資格がない。即刻辞表《そっこくじひょう》を提出《ていしゅつ》せよ。せぬならわたしにも考えがあるぞ」

舞は無表情に校長を見つめた。

「そのことならご心配なく。告発《こくはつ》は済んでます。全員憲兵に拘束されます。野心《やしん》のために子供の命を危険にさらした罪は黙視《もくし》できません。校長先生、残念ながらあなたの政界《せいかい》へのデビューは取りやめとなりますね」

　善行は苦笑いを浮かべて言った。

　舞は、ふっと笑って善行に向き直った。

「仕事が速いな」

「ははは、それだけが取り柄《とえ》ですからね」

「あの、どうかなさったんですか？」

　壬生屋は女教師に声をかけていた。この女教師は来た時から様子がおかしかった。真っ青《まさお》な顔をして、小刻《こきざ》みに体を震わせていた。

「わたし……」

　教師は思い詰めた目で舞と善行を見た。

「どうかしたのか？」舞が怪訝な面もちで尋ねる。

「ごめんなさい。ごめんなさいっ！　子供たちを置き去りにしてしまいました！」

　教師はうつむくと、いっきに言った。嗚咽し、涙をひっきりなしに流し、アスファルトの地面を黒く濡《ぬ》らした。

「何をたわけたことを。置き去りにされた子供は救った。そうであろ？」

　舞はなだめるように言った。しかし、教師は首がどうにかなるかというほど、強くかぶりを振った。

「いえ、そうじゃないんです！　子供がまだ三人、体育館に残っているんです！　ここに到着するまでずっと忘れていて。わたし、助けに行こうと思ったんですけど、黙っていろって校長に止められたんです——こんなことで教師を辞めさせられていいのかって。わたし、わたし、取り返しのつかないことを！　どうしよう……」

混乱し、泣き、叫ぶ教師にそれまで悄然《しょうぜん》としていた校長が何ごとか言おうとした。が、善行は制止して、いつのまにか到着していた憲兵に合図した。

「何故、憲兵なんかに。民間人《みんかんじん》を逮捕《たいほ》する権利が……」

「まあまあ、事情を聞くだけですから、ご協力を願います」

憲兵になだめられつつ、校長は半《なか》ば強引《ごういん》に連れ去られていった。

「さあ、泣きやんで。きちんと説明してください」

善行にうながされ、教師はぽつりぽつりと語《かた》りはじめた。

朝から不吉な予感がしていたのだと教師は言った。子供たちも落ち着かなかったらしく、クラスの男の子が喧嘩を始めた。教師は半ば八つ当たりをするように、罰《ばつ》として三人の子供に体育館の掃除《そうじ》を言いつけたのだという。

幻獣が校内に侵入し、救援の小隊と戦闘になって、教師、生徒たちは慌《あわ》ただしく講堂へと避《ひ》難《なん》した。その間、不覚《ふかく》にも子供のことを忘れていた。生徒のことを思い出したのは士魂号のパイロットに助けられ、防衛ラインに駆け込んでからだ。

「……わたしが子供たちを殺してしまったんです」

そう言うと教師は、わぁっと泣き崩れた。

泣けば許されるのか？　舞は教師の胸ぐらを摑もうとしたが、横合いからそっと手が伸びて舞の掌に触れた。速水厚志だった。厚志は、だめだよというように首を振った。

「この人も苦しんでいるんだよ」

「たわけ。苦しんだからどうだというのだ？　三人だぞ！　三人の子供が……」

「まだ生きてるかもしれないよ」

厚志の言葉に、舞は、はっとなった。その通りだ。死んだと決めつけてどうする？　わたしが、この芝村舞が死んだと決めつけ、あきらめてどうするというのだ？

舞は奥歯《おくば》を嚙み鳴らした。激情を抑えたあと、精悍《せいかん》な笑みを浮かべ、厚志を見つめた。

「そなたの言う通りだ。行こう」

舞は厚志をうながすと、その場を去ろうとした。

「待ちなさい。今、あなたたちを失うわけにはいきません」

善行が前に立ちはだかった。眼鏡を光らせ、真剣な面もちになっている。

「じきに友軍の反攻《はんこう》が始まります。それまで待ちなさい。……どうあっても理性を働かせられぬというのなら、司令権限として待機を命じます」

「断る」

舞はあっさりと言い放った。善行は啞然《あぜん》として舞を眺めやった。断るだと？　まるで新聞の勧誘員《かんゆういん》を一蹴《いっしゅう》するような口調ではないか。芝村舞は軍隊組織をなんと思っているのだ？

「断ると言われても困ります。若宮君、芝村、速水の両名を拘束《こうそく》しなさい！」

「何があったのですか？」呼びつけられて、若宮がどこからかのっそりと姿を現した。若宮は善行の身辺《しんぺん》を護衛する役目も担《にな》っていた。

「わたしはふたりを失いたくないのです。とにかく拘束を——」

命じられて若宮はふたりの前に立った。罰《ばつ》の悪そうな顔である。

「……俺、ちょっとトイレに」

不意に滝川はペコリと頭を下げると、駆け出していった。善行と若宮は出端《では》をくじかれ、一瞬顔を見合わせた。

「あの、司令……わたくし、その」壬生屋が顔を真《ま》っ赤《か》にして口ごもった。申し訳なさそうに善行をちらちらと上目遣《うわめづか》いで見ている。

「あとにしてください、壬生屋さん」

「ですから、その……ごめんなさい。わたくし、芝村さんたちの味方をします」

壬生屋はつかつかと歩み寄ると、厚志と舞を守るように若宮の前に立った。覚悟を決めたらしく、凜とした表情で若宮をにらみつけた。若宮はたじろいだ。お嬢《じょう》さん、やる気か？　どう値踏《ねぶ》みしても、本気で壬生屋とやり合えば、凄惨《せいさん》な相討《あいう》ちとなるだろう。それに女子を殴《なぐ》るような事態《じたい》は避《さ》けたかった。

「そんな、壬生屋さんまで。無理しないで……」

厚志は茫然とし、次《つ》いで懇願《こんがん》するように壬生屋に言った。壬生屋はくすりと笑った。

「ええ、無理したくないですけど。わたくしが無理をしないと、芝村さんと速水さん、子供を助けに行けないでしょう？　さあ、早く行ってください」

「待て。本気か、壬生屋？」若宮はぞっとした。三人とも自衛軍だったら極刑《きょっけい》だ。

「なるほどねえ、意外なところに恋の花が咲くもんだな。壬生屋と若宮か。なかなかバイオレンスな組み合わせだな。うん、けっこう似合《にあ》っているかもしれんぞ」

瀬戸口の声に全員が顔を向けた。右手に停まっている指揮車の方角から滝川が瀬戸口と東原を連れて、戻ってきていた。東原は今にも泣きそうだ。

「瀬戸口君、君は——」

「それで作戦はどうします、司令？」瀬戸口はにやりと善行に笑いかけた。

「だからわたしは……」

「ええ、わかっていますよ。5121小隊の意地《いじ》を見せてやりましょう。なあ、若宮」

善行と瀬戸口を見比べ、そして三人のパイロットの表情を見て、若宮は忌々しげに「馬鹿野郎」とつぶやいた。

「こいつらはもはや軍隊ではありません。ならず者の集団であります。わたしは断固《だんこ》として——」

言いながらも、若宮は困惑《こんわく》して口をつぐんだ。断固としてこいつらを拘束し処罰《しょばつ》するのか？　隊の規律《きりつ》を維持《いじ》するためにはそれが正しい。正しいことなのだが。

不意に若宮の肩を摑む者があった。いつのまに近づいていたか、来須が隣に立っていた。困惑する若宮に来須は、しょうがないというようにかぶりを振ると、口許をほころばせた。若宮も知らず苦笑を浮かべていた。

「……しかたがない」

善行はつぶやいた。空気が和《やわ》らいだ。若宮はほっと安堵《あんど》の息をつき、壬生屋も肩の力を抜いた。

「それじゃ、俺は指揮車で状況を分析《ぶんせき》しますから」

瀬戸口は東原と手をつないだまま、背を見せた。東原が日向《ひなた》のような笑顔で手を振った。

「戻ったら懲罰《ちょうばつ》を覚悟してください」

善行は無表情に眼鏡を押し上げた。

「ふっ、むろんだ。フルマラソンでも懸垂百回でもなんでもやってやる」

舞は不敵に笑って言った。

「覚えておいてくださいよ。それではパイロットの諸君《しょくん》は士魂号に搭乗してください」

そう言うと、善行も指揮車へと向かった。

「現在、小学校から半径五百メートルの付近には八体の中型幻獣が確認されている。具体的には、村道入り口に一、小学校校庭に二、そして……」

瀬戸口は簡潔《かんけつ》にブリーフィングをした。先の戦闘で士魂号が出撃したため、それに対抗するように中型幻獣が出現し、状況は一時間前と比べ悪化《あっか》していた。

作戦の基本は陽動《ようどう》によって一体でも多くの中型幻獣を小学校から引き離すことだ。壬生屋の一番機をオトリとして村道入り口付近で戦わせ、随時、防衛ラインの方角へ引きつける。滝川の二番機は遠距離《えんきより》攻撃用のジャイアントバズーカで、防衛ラインの二百メートル圏内《けんない》で一番機の支援《しえん》を行う。

その間隙《かんげき》を縫《ぬ》って三番機は小学校に突入、来須、若宮の両名と協力して体育館にいる生徒を救出する。校内に敵が多い場合は三番機が第二のオトリとなって、来須、若宮の脱出を助けるというのが善行が立てた作戦だった。

「他の戦車小隊には善行司令が話をつけた。頭痛《ずつう》の種《たね》の中型幻獣を葬《ほうむ》る絶好《ぜっこう》の機会だってな。支援射撃は期待してくれてけっこうだ」

瀬戸口からの通信が切れると、各機とも逸《はや》る気持ちを抑えつつ行動を開始した。

「ミノタウロス発見！　参りますっ！」

一番機は猛然と村道入り口のミノタウロスに襲いかかった。敵の体勢が整《ととの》わぬうちに大太刀をたたきつけ、手傷《てきず》を負わせる。傷つきながらも距離を詰め突進の機をうかがう敵を挑発《ちょうはつ》するように、戦いながらじりじりと防衛ラインへあとずさる。

「よしっ、小学校まで駆け抜ける！」

舞の合図に、厚志はアクセルを全開にして三番機をダッシュさせた。肩には来須、若宮が掴まっている。

「校庭にミノタウロス二を確認したよ」厚志の報告に舞はうなずいた。

「我らはこれより戦闘に入る。来須と若宮は校門前で降りろ。救出を頼むぞ」と舞。

「ああ」

来須は短く言って、若宮とともに機体から飛び降りた。三番機の目の前に二体のミノタウロスが立ち塞がった。どうやら戦車随伴歩兵には気づいていないようだ。

「派手《はで》にやるぞ」

舞はそう言ってすばやく敵をロックした。ジャイアントアサルトのガトリング機構が回転を始めた。どん、どん、と腹に響く射撃音を発して二〇㎜機関砲弾が二体のミノタウロスに吸い込まれてゆく。

「ミノタウロスの腹が痙攣《けいれん》を始めたら腹を狙《ねら》って一連射する。しかるのち、そなたは機体を横っ飛びにジャンプさせ、敵の生体ミサイルを避けよ」

舞の言葉に、厚志は我を忘れてうなずいていた。そんな動きができるものかどうか、考える余裕すらなかった。

ミノタウロスの腹が痙攣を始めた。その体内で有機《ゆうき》的に生成《せいせい》される生体ミサイルが発射準備を整えつつあった。

絶妙《ぜつみよう》のタイミングで機関砲弾が腹に吸い込まれていった。「今だっ!」。舞が言い終わるより先、Gがかかって、三番機は横っ飛びにジャンプしていた。爆発が起こり、コックピットの内部にいても、すさまじい熱風《ねっぷう》を感じたような気がした。

着地と同時に粉砕された敵の肉片《にくへん》が豪雨《ごうう》のように三番機に降り注いだ。体勢を立て直し、敵を視野《しや》に収める。ミノタウロスは一体になっていた。

突進してくる。厚志はすばやく体育館と自機の位置関係を探った。

再び横に飛んだ。ミノタウロスは鼻先を急転回《きゅうてんかい》。よし、これで体育館は無事だ。思うまもなくジャイアントアサルト連射。敵は体液を流しながらも、屈《くっ》せず突進してくる。

「頼んだぞ！」

わかった、頼まれたよ。舞の声に厚志は精神の高揚《こうよう》を覚え、目を光らせて敵の突進を待ち受けた。まだだ、まだ——。敵の量感《りょうかん》のある体軀《たいく》が迫ったと思った瞬間、三番機はすばらしい体さばきで突進を避け、前のめりになったミノタウロスを校舎にたたきつけていた。

瓦礫に埋もれ、起き上がろうともがく敵の背に至近《しきん》距離からジャイアントアサルトの機関砲弾をたたき込む。ほどなく敵は、ぐったりと動かなくなった。

「子供を救出した」

来須から通信が入った。

「三人とも無事か？」舞は切迫《せっぱく》した口調で尋ねた。

「ああ、体育マットをかぶったまま震えていたよ」来須の声は心なしかやさしかった。

「良かった……」厚志がぽつりと言った。

「速水よ、安心するのはまだ早いぞ。しばらく時間を稼いだのち、坂を下り防衛ラインに駆け込まねばならん。そうだな、十分は見ておこう。校庭隅から下の状況が見渡せるはずだ」

厚志は三番機を移動させた。

眼下には一面の平野が望め、県道付近では漆黒の一番機が四体のミノタウロスを相手に苦戦を強いられていた。二番機のバズーカが火を噴き、一体が燃え上がった。防衛ラインからも旺《おう》盛《せい》な射撃が行われている。

しかし、なお三体のミノタウロスが、一番機に迫っていた。

「距離は六百五十か。よし、壬生屋を楽にしてやろう」

三番機のジャイアントアサルトが火を噴いた。頭上からの攻撃に、二体のミノタウロスが方向を転換し、坂道を駆け上ってきた。

「あっ、来須さんたち……」厚志が声をあげた。

「案ずるな。あのふたりなら切り抜ける。さあ、歓迎《かんげい》の支度《したく》をするがよい。校舎を盾《たて》として敵を迎え撃とう」

「了解。現在、校舎裏には敵影《てきえい》はなし」

厚志は器用《きよう》な足さばきで三番機を校舎裏の空き地に押し込めた。すぐ後ろは切り立った急斜面になっており、雑木林《ぞうきばやし》が続いている。

「敵接近。どうやら僕たちを見失ったみたいだ」

二体のミノタウロスは校庭内をうろうろとさまよっている。三番機の姿は校舎の陰に隠れている。彼我《ひが》の距離は二十メートルもないだろう、三番機は校舎の陰からそろそろとジャイアントアサルトの銃身を突き出し、敵の背をねらった。この距離なら一撃で敵を倒せる。舞は冷静に敵をロックオンすると、射撃指示を下した。

が、引き金を引いてもいっこうに弾は発射されない。ジャイアントアサルトのガトリング機構は空転《くうてん》を続けていた。しまった、弾《ジャ》づまり《ミング》か？　舞は唇を噛んだ。士魂号用の装備は滅多《めった》に発注《はっちゅう》が行われず、利益《りえき》が見込めないためどのメーカーも生産に及《およ》び腰《ごし》になっている。以前、不《ふ》良品《りょうひん》発生率の高さに愕然《がくぜん》としたことを思い出した。

舞は茫然と空転を続けるジャイアントアサルトの銃身を見た。よりによってこんなところでジャムるとは。最悪だ——。

ミノタウロスが三番機に向き直った。さらに一体も迫ってくる。残る武器はといえば、多目的ミサイルくらいしかない。しかし……だめだ。この距離では間に合わぬ。正面からミノタウロスが突進を始めた。どうすれば？　どうすればよいのだ？　舞は一瞬、パニックに陥った。

その時、胃を圧迫する不快な感触がして、舞の体は激しいGを感じ、座席に押しつけられた。三番機はとっさに横へとジャンプし、ミノタウロスの突進をかわしていた。どうやら厚志は敵を引きつけ、かわす呼吸を覚えたらしい。ミノタウロスは頭から校舎に突っ込んだが、三番機もバランスを失って斜面を転がり落ちた。

「体勢を立て直せ。すぐにミサイルだっ！」

めまいを感じたが、舞は屈せず指示を下した。三番機は転落を止めようと、とっさに大木の幹《みき》を摑んだ。めりめりと不吉な音がして巨大な根が半ば地中から露出《ろしゅつ》したが、辛《かろ》うじて転落を止め、三番機は斜面上で体勢を立て直した。

頭上には二体のミノタウロス。一体が斜面を下って三番機に肉薄《にくはく》してくる。五十、三十、目《もく》前《ぜん》に迫った敵を、かっとにらみつけ、舞はミサイルを発射した。

小型ミサイルが次々とミノタウロスに突き刺さる。閃光と爆風、そして巻《ま》き添《ぞ》えを食って砕《くだ》け散った木々の破片《はへん》が大量に降り注ぐ。敵はオレンジ色の業火《ごうか》に包まれたかと思うと、がくりと膝を折った。

やったか……？　厚志と舞は固唾《かたず》を呑んで成《な》り行《ゆ》きを見守った。この時、ふたりは一種の視《し》野狭窄《やきょうさく》に陥っていたのだろう、周囲《しゅうい》で生体ミサイルが爆発し、一発が三番機をとらえた。撒き散らされた強酸《きょうさん》が装甲板《そうこうばん》を溶かす。

「右肩装甲板被弾《ひだん》！」

厚志の声に、舞はくっとうつむいた。忘れていた！　信じられぬことにあと一体の存在を忘れていた！

凍りついた舞をよそに、どういう判断でそうしたのか厚志は何かに取《と》り憑《つ》かれたように、三番機に斜面を駆け上がらせると、体ごとミノタウロスに激突した。校舎が二体の巨人を支え切れず、あっけなく崩壊《ほうかい》する。

厚志は絶叫《ぜっきょう》していた。舞も知らず絶叫をあげ、自らの生存と敵の死を祈念《きねん》した。おびただしい破片と粉塵《ふんじん》にまみれながら、三番機はミノタウロスの上にまたがって何度も何度も拳で相手を打ち据《す》えていた。

不意に背筋をぞっとするものが駆け抜けた。舞はとっさに状況を確認、瀕死《ひんし》のミノタウロスの捨て身の反撃を感じ取った。

「生体ミサイルを撃つ気だ！　離れろっ！」

厚志も同じ危険を感じ取ったか、舞が言い終わらぬうちに機体を敵から離脱《りだつ》させた。が、離れたところでなんの解決にもならなかった。ただ、敵の道連《みちづ》れにされるのを逃れただけだ。ミノタウロスの腹が痙攣し、敵はわずか十メートルの距離からミサイルを放とうとしていた。舞はごくりと喉を鳴らし、なんでもよいから頭に浮かんだ指示を下そうとした。

その時、舞の視界にミノタウロスの醜怪《しゅうかい》な頭部が大映しになった。

爆発が起こった。三番機は吹き飛ばされ、舞の意識は暗転《あんてん》した。

……厚志がとっさにミノタウロスのボディにたたき込んだパンチが生体ミサイルの誘爆を誘ったのだ。爆発に巻き込まれた結果、三番機の右腕は吹き飛ばされ、足まわりにも重大な損傷を被《こうむ》った。三番機は半死半生《はんしはんしょう》の状態となっていた。

「……芝村さん、芝村さん？」

厚志の声が聞こえた。うっすらと目を開けると、舞の網膜《もうまく》に広大《こうだい》な空が映った。西日を受け茜《あかね》色に染まった雲がゆっくりと流れてゆく。

きれいだ。こんなにも空がきれいだったとは。舞は少しの間、ぼんやりと雲の流れを目で追っていた。

「僕も今、気がついたところ。すぐに機体を起こすからね」

「あ、ああ……」

舞は我に返ると、動揺を悟られぬよう静かに息を吐いた。生きていた。生き残った。いつ死んでも不思議ではない状況だったが、幸運に幸運が重《かさ》なった。

しばらくして、三番機は傷ついた体を防衛ラインへ運んでいた。今はわずかに時速十キロで這《は》うようにして動いているに過ぎなかった。

最後に放った捨て身のパンチを、厚志は覚えていないという。

「まさか生体ミサイルが詰まっているミノタウロスの腹にパンチをたたき込むとは。だが、そなたはおそらく最良《さいりょう》の判断を下したのだろう。生も死も紙一重《かみひとえ》だったがな」

「殺《や》られる、と思ったら、体が勝手に動いたんだ。それとも士魂号が自分を守るために勝手に動いたのかな？　危険な目に遭《あ》わせてごめんね」

厚志は申し訳なさそうに謝った。もっと自信をもって操縦できるようにならないと、芝村さんの足手《あしで》まといになる、と本気で信じていた。

ごめんねと言われて、舞はふっと口許を吊り上げて笑った。たわけめ。そなたは信じられぬ働きをしたのだぞ。なのに結論は、ごめんね、か？　舞はかぶりを振ると、ことさらに冷静な声で厚志に語《かた》りかけた。

「速水厚志」

「なに、芝村さん？」

「これからはわたしのことを舞と呼ぶがよい。手下も卒業だ。そなたはわたしの友だ。わたしはそなたを守ることにする。そなたもわたしを……守ってくれるか？」

「もちろんさ」

厚志は弾んだ声で応えた。芝村舞といると、精神が浄化《じょうか》される。むろん、こうした言葉は厚志の辞書《じしょ》にはなかったが、それが最も近い表現だろう。気持ち良いとか心地好《ここちよ》いと表現するだけでは飽《あ》き足らない何かがあった。

芝村舞は僕のことを友と呼んでくれた。厚志は胸に何か温かいものを感じた。

傷つき倒れ込むように防衛ラインに到着した三番機を、隊員が総出《そうで》で出迎えた。

補給車の横にうずくまった三番機に、わっと整備員が群がってきた。

帰ってきた。厚志と舞は、ぐったりと座席にもたれかかった。

「まったく……普通、ここまでやる？」

原が三番機を見上げてかぶりを振った。三番機は右腕を失い、全身に無数の損傷を受け、煤《すす》と泥《どろ》にまみれていた。ノオオオオ！　岩田が大げさな身ぶりで、びっくりして地面にパタッと倒れちゃいますパターンを演じてみせた。他の整備員たちは機体に取りつくと、「すごい」、「あらら、装甲板がへこんでるー」、「右腕なんてばっさりぞ。こぎゃん生々《なまなま》しか傷、初めて見るばい」などと口やかましく騒ぎたてた。

咎《とが》められているのか？　だろうな、と舞は拡声器のスイッチをＯＮにした。

「すまん。わたしが未熟ゆえ」

「……すみません。僕がめちゃくちゃなことしちゃったから」

舞と厚志は同時に声を出して謝った。

しかし原はゆっくりと首を横に振った。

「ほほ、そうじゃないのよ。わたしたちが整備した士魂号が、本当に人様《ひとさま》の役に立ったところを目撃できたんだもの。皆、嬉しくてしかたがないのよ」

原はレーダードームを見上げ、満足げに笑いかけた。

「さあ、さっさと並んで並んで。新井木ィ、岩田の陰に隠れて見えんばい。背伸びしろ、背伸び。原さん、主役は真ん中に入ってくれんと締まりませんばい。おおお、ナイス！　その悩殺《のうさつ》ポーズ、ぐぐっと胸に来るばい」

中村がデジカメを構え、整備の面々はいつのまにか傷ついた三番機を背景《はいけい》として、まるで修学旅行の記念写真のように思い思いのポーズを取っていた。

後部座席から舞のため息が聞こえた。

厚志が何気《なにげ》なく駐車場隅に目をやると、女教師が泣きながら三人の子供を抱きしめていた。

「あれ……？」

その瞬間、厚志の瞼《まぶた》に熱いものが込み上げてきた。視界《みち》が急に曇って目から涙がこぼれ落ちる。僕が、この僕が。夢だ。きっと夢を見ているんだ。厚志は未知の感情に戸惑った。

「どうした速水……？」

「僕なんかにも人の命が救えたんだね。はは、僕なんかにさ……」

厚志はやっとの思いで言葉を絞り出した。

「そなただからできたのだ」

「……少し泣くよ」

厚志は目許を拭おうともせず、涙があふれ、流れ出るに任せた。嗚咽を堪えたが、堪え切れず、やがて大泣きに泣きはじめた。

「速水、そなたは……」

言いかけて舞は口をつぐんだ。嬉しいのだろうか、と舞は厚志の心を思いやった。悲しい涙は側にいる者をいたたまれなくさせるが、今の厚志はそれとは違う。側にいると、何故だかやさしい気持ちになる。

我が友よ、気の済むまで泣くがよい、と舞は心の中で厚志に語りかけた。

ソックスハンターは永遠にＥＸ　ソックスロボ発進！

　ソックスロボはおのれの呪《のろ》われた宿命《しゅくめい》に苦しんでいた。

目の前には芝村舞《しばむらまい》。傲然《ごうぜん》と腕組みをして、まるで冒険者の前に立ち塞《ふさ》がるドラゴンのように、らんらんと光る目でこちらを見つめていた。グラウンドで黙々《もくもく》とランニングをする舞に並んで
「一緒《いっしょ》に走ろうぜ」と接触《せっしょく》に成功《せいこう》したまではよかった。だが焦《あせ》っていたためか次の段階で、やおら土下座《どげざ》をして靴下《くつした》を要求するという失態《しったい》を演じてしまった。土下座は早過ぎた。要求も性急《せいきゅう》に過ぎた。案《あん》の定《じょう》、舞は困惑《こんわく》し警戒《けいかい》し、戦況《せんきょう》は膠着《こうちゃく》状態に陥《おちい》っていた。

「頼む。靴下をくれ。でないと俺は……！」

　ロボは何度めかの攻撃《こうげき》を試《こころ》みたが、舞の反応は相変《あいか》わらず断固《だんこ》としたものだった。

「その言葉は聞き飽《あ》きた。なにゆえわたしの靴下を欲《ほっ》するのか、まず理由を明らかにせよ。再度《さいど》訊《き》く。なにゆえわたしの靴下を欲するのか？」

「だ、だから……」

　言葉を探しながら、ロボはふっと仲間たちの顔を思い浮かべた。……彼は主として女子学兵《がくへい》の靴下を収集《しゅうしゅう》し、愛好《あいこう》するソックスハンターの一員《いちいん》であった。この世に数ある趣味《しゅみ》の中でもソックスハンティングを趣味とする者たち、すなわちソックスハンターはその特殊《とくしゅ》な性格ゆえに世間《せけん》から忌《い》み嫌われ、時には石もて逐《お》われ、具体的には生徒会連合《れんごう》の女子学兵による迫害《はくがい》と

受難《じゅなん》の歴史を送ってきた。それゆえ組織《そしき》は秘密結社《ひみつけっしゃ》化の色彩《しきさい》を強め、メンバーはコードネームで互《たが》いを呼び合い、鉄《てつ》の団結《だんけつ》を誇ってきた。

ハンター、バット、タイガー、おまえらならこの危機《きき》をどう乗り越えるんだ？　絶体絶命《ぜったいぜつめい》の窮地《きゅうち》に陥ったロボの脳裏《のうり》に、ふと同志《どうし》タイガーの甘美《かんび》なささやきがよみがえった。

靴下一トンの価値は金塊《きんかい》一トンに優《まさ》ります。その気になれば士魂号を買い取って、通勤通学用に乗りまわすことも夢ではありませんよ、と。

靴下一トンは金塊一トンに優る価値がある、か？　だめだ。そのまんま言ったら、芝村は俺を白く燃え尽《つ》きた灰になるまで質問責めにするだろう。ならば、そうだ、ハンターの得意技《とくいわざ》『足指占《うらな》い』なんてどうだろう？　手相では正確に占えんばい、これからは足指だなんて靴下を脱がせてそのどさくさに――これもだめだ。芝村は占いなんて一蹴《いっしゅう》するだろう。

「……ええと、芝村ってランニングがすげー得意《とくい》じゃん。だから」

その瞬間《しゅんかん》、ロボのシナプス結合《けつごう》が劇的《げきてき》なひらめきをもたらした。ロボは天から啓示《けいじ》を受けたかのように身を震わせるといっきに言葉を迸《ほとばし》らせていた。

「だから、だから芝村の靴下を履《は》けば、俺もランニングが得意になるんじゃないかって、そう思ったんだっ！　俺、ランニング不得意だから！」

「なんと……！」舞は目を見開いて、その場に立ち尽くした。そういうことだったのか……。

「俺、芝村みたいに速く走りたいんだ。だから、だから、頼むよ、なあ！」ロボの言葉が舞に追い打ちをかけるように響いた。

「……たわけめ」舞は眉をひそめると、ロボの襟首《えりくび》を摑《つか》んで立たせた。

「結論を言おう。物に頼っておのれの能力を高めようとする心は気に食わぬが、そなたの素朴《そぼく》な向上心《こうじょうしん》は理解できる。今日は替えの靴下がないゆえ、明日、洗濯《せんたく》したものを届けよう」

　こやつの発想は文化人類学的《ぶんかじんるいがく》に考えれば宗教《しゅうきょう》の原始形態《けいたい》、すなわち物には神霊《しんれい》が宿《やど》るとするアニミズムである。たとえば、古木《こぼく》や岩に注連縄《しめなわ》を張ったり、お守りを持ち歩けば神仏《しんぶつ》に護《まも》られるとする風習《ふうしゅう》がそうだ。あるいはヒイキのプロ野球チームのユニフォームを着てチームと一体化したように感じ、その勝利を祈念《きねん》するファン心理《しんり》がそうだろう。してみるとわたしの靴下はこやつにとっては古木であり岩でありお守りであり、ユニフォームであったのだな。そのピュアな信仰心《しんこうしん》もとい向上心に免《めん》じて望みを叶《かな》えてやろう、と舞は思った。

「けど、俺はその靴下でも……」

　ロボはじっと舞の足下に視線を注いだ。舞は落ち着かなげに身じろぎした。

「無茶《むちゃ》を言うな。汚れた靴下をそなたに与えることなどできぬ」

「だって、それって芝村がたった今までランニングしていた靴下じゃん！」

　なんというやつかと舞はあきれる思いで地面にあぐらをかくと、憮然《ぶぜん》とした表情《ひょうじょう》で左右《さゆう》の運動靴を脱ぎ捨て、靴下に手をかけた。芝村の靴下ゲットォ！　ロボの表情がぱっと輝いた。この時、ソックスロボには一瞬、勝利の女神《めがみ》が微笑《ほほえ》んだのである。が、しかし——。

「そこまで、そこまでよ！　滝川陽平《たきがわようへい》、生徒会会則《かいそく》第百八条補則《ほそく》十七号により逮捕《たいほ》します」

拡声器《かくせいき》から声が響《ひび》き、生徒会連合の肩章《かたしょう》を付けた女子学兵の一団がグラウンド土手《どて》から雪崩《なだれ》込んできた。舞は女子学兵に囲まれ、『被害者《ひがいしゃ》』を保護《ほご》するためか毛布《もうふ》を全身に巻きつけられ、滝川の上には十人以上の女子学兵が覆《おお》い被《かぶ》さった。滝川の腕が救いを求めるように天に伸ばされ、やがて力なく地面に垂《た》れた。

「待て、なんだこれは……？」舞は訳がわからず抗議《こうぎ》をするが、女子学兵は口々に「もう大丈夫だから」、「けだものは逮捕したから」などと話しかけてくる。舞は大勢《おおぜい》の女子学兵に守られながら、校舎へと連れ去られていった。

「これまでだな。ソックスロボは死んだ」

プレハブ校舎の屋上でハンターは双眼鏡《そうがんきょう》を下ろすと、ふっと自嘲《じちょう》の笑みを浮かべた。MY士《し》魂号《こんごう》を夢見る狂戦士《きょうせんし》・滝川ならば奇跡《きせき》を招《よ》び起こすことができるかもしれぬと考えた。だがその認識《にんしき》は甘かった。結果として同志をひとり失った。

「惜《お》しかった。あともう少しで芝村さんの靴下を……」夢にまで見る凜々《りり》しい女性の靴下を拝《おが》むことができたのにとタイガーは悔《くや》しげに言葉を呑《の》み込んだ。

「彼はこれからどうなるのでしょうね？」オペラグラスを下ろして、タイガーはふと尋《たず》ねた。

「市中《しちゅう》引きまわしの上、陰惨《いんさん》な『踏み靴下』を強制《きょうせい》されるっぞ。以後《いご》、やつは忠実《ちゅうじつ》な生徒会連合の手先として働くことになる」ハンターは苦々《にがにが》しげに言った。

「それは嫌過《いやす》ぎる。あたら才能を潰《つぶ》してしまいました」タイガーは深々とため息をついた。

「言うな。俺らは戦友《せんゆう》の屍《しかばね》を踏み越えて前に進まねばならんとたい。一組女子制覇《せいは》計画は同志ロボの崇高《すうこう》なる犠牲《ぎせい》の上に着々《ちゃくちゃく》と進みつつある」

「えっ、進んでいるんですか？　知らなかったなあ」タイガーの意外そうな声。

「……だからぁ、そうでも言わんとソックスハンターの立場というものがなくなっとぞ。ロボの後継者《こうけいしゃ》を早いとこ選んで一人前《いちにんまえ》に仕立てあげんと」

「ならば……速水厚志《はやみあつし》はどうです？　親友《しんゆう》・滝川陽平の志《こころざし》を継いでハンター界にデビューというのは。ストーリー的には正統《せいとう》だと思いますが」タイガーはにこやかに提案した。

「ふっ、やつならまさに羊《ひつじ》の皮をかぶったオオカミ。あのぽややんとした笑顔で女子を油断《ゆだん》させ、靴下をかっさらっていきそうばい。コードネームはソックスステルスにしよう」

「じゃっ、そういうことで」ふたりはハイタッチし合うと、軽《かろ》やかなスキップで校舎屋上をあとにしかけた。と、そこに滝川陽平の断末魔《だんまつま》の絶叫《ぜっきょう》が響き渡った。

「助けて、助けてくれー、中村《なかむら》、遠坂《とおさか》ぁ――」

名前を呼ばれ、グラウンド上にたむろしている生徒会連合の女子たちの目が一斉《いっせい》にこちらを向いたような気がした。あの馬鹿たれ、実名で呼ぶなとあれほど言ったのに。中村と遠坂は恐怖《きょうふ》におののき、今度は脇目《わき》もふらずあたふたと逃げ出した。以後、ソックスハンターは、これまでにもまして長い受難の時代を迎えることになるのであった――。

第三話　茜事件

その日、速水《はやみ》厚志《あつし》は早々《そうそう》に訓練を終えると、自宅《じたく》に戻った。ここ数日の戦闘《せんとう》でどうやら相当《そうとう》に消耗《しょうもう》していたらしかった。体がやけに重たく感じられて、食事を摂《と》っても身になった気がしない。風邪《かぜ》でも引いたかなと、家に帰ってゆっくりすることにした。

部屋《へや》は軍が呈示《ていじ》したリストから適当《てきとう》に選んだもので、疎開《そかい》が進んでいるため、がら空《あ》きとなった公団《こうだん》の独身《どくしん》者用住宅《じゅうたく》の一室だった。1Kとか1DKとかなんのことかわからなかったが部屋は厚志ひとりで使うには広々として、初めて部屋に入った時、運がいいやと喜んだものだ。

暇《ひま》を見つけてはちょくちょく裏《うら》マーケットに出かけ、身のまわりのものを揃《そろ》えてきた。電化製品や家具は備え付けのものがあり、あとはまな板や包丁《ほうちょう》、食器《しょっき》類など生活必需《ひつじゅ》品を買い揃えればよかった。厚志は性格的に几帳面《きちょうめん》なところがあるため、主《あるじ》のなかった部屋はまたたくまに生活感を取り戻していった。

だが、こうしてひとりでリビングに座っていると、なんだか落ち着かなくなってくる。以前《いぜん》の自分だったら、自分の隠《かく》れ家《が》に籠《こ》もる時が最も安心できる時間だった。

やっと人並みの生活を手に入れたのだから、それを楽しみたい気持ちはあった。マーケットを散々《さんざん》歩きまわったあげく、これと決めたティーカップに、格安《かくやす》で手に入れたダージリン・ジャポニカを淹《い》れ、香りを楽しみながら、アニメでも見ようとテレビのスイッチを入れた。

威勢《いせい》の良い行進曲《こうしんきょく》がいきなり耳に飛び込んで、数台の士魂号《しこんごう》Lが大きく映し出された。車長《しゃちょう》がハッチから身を乗り出して、合図《あいず》をすると同時に砲身《ほうしん》が火を噴き、次《つ》いで炎《ほのお》に包まれるミノタウロスの姿が映し出された。

最悪《さいあく》、と厚志はため息をついた。

合図なら無線《むせん》で行えばいいじゃないか。視認《しにん》しないと戦えないようなら、その戦車は終わりだ。それにミノタウロス相手に、あんな勇《いさ》ましく車体をさらけ出して戦えないよ。士魂号Lがミノタウロスを撃破《げきは》するのは大変なことなんだ。突進《とっしん》を受ければ潰《つぶ》されるし。だから普通は車体を隠蔽《いんぺい》し、敵をぎりぎりまで引きつけ、待《ま》ち伏《ぶ》せをするよな。坂上《さかうえ》先生が言っていたことだから間違いない。

テレビでは映像が切り替わって、女子校の戦車兵《せんしゃへい》たちが小学生に囲《かこ》まれ、満面《まんめん》の笑顔で映っていた。女子アナの声が画面に重なった。

『熊本要塞《くまもとようさい》は本日《ほんじつ》も敵を撃退《げきたい》しつつあり、九州中部域戦線《きゅうしゅうちゅうぶいきせんせん》における人類《じんるい》側の勝利《しょうり》は目前《もくぜん》に迫《せま》っております。勝利への祈《いの》りを込めて、市内の練成《れんせい》小学校の生徒児童の皆《みな》さんが近くの紅陵《こうりょう》女子高等学校の戦車兵に心を込めて折った千羽鶴《せんばづる》を贈《おく》りました。お姉さんたち、わたしたちを守ってくれてありがとう、と作文を読みあげたのは五年二組の河田真美《かわだまみ》さんです――』

もう少し工夫《くふう》をすればよいのに、若い女子アナの口調は一本調子《いっぽんじょうし》で、まったく感情が籠もっていない。戦車兵の子たち、かわいそうに。無理して笑っている。嘘《うそ》ばっかりの映像に、仕事と割り切り過ぎの女子アナ。なんだかなあ、と厚志はため息をついた。

ああ、なんだか随分理屈《ずいぶんりくつ》っぽくなっている。芝村舞《しばむらまい》の影響《えいきょう》かな、と厚志は複座型《ふくざがた》のパートナーの凜々《りり》しい面影《おもかげ》を思い浮かべた。

初めは何をやっても格好良い人だと思って憧《あこが》れたけど、今は少し違う。舞は変人《へんじん》だけど誰《だれ》よりも豊かな感情を持っている。他の人間と違うのは、その感情を泣いたり、笑ったりすることに使わずに、行動力に換えていることだ。

ずっと一緒《いっしょ》にいて、なんとなくそれがわかった。決して他の人間には理解されないだろうけど、僕だけが理解している。けっこう嬉《うれ》しいことだ。舞はどうしているだろう？　図書館に寄って帰ると言っていたけど。一度、電話してみようかな？　けど、そういう馴《な》れ馴《な》れしいのは舞は嫌いだろう。そうだ、今度《こんど》聞いてみようか。電話してもいいかなって。

ここまで延々《えんえん》と考えて、厚志は苦笑《にがわら》いを浮かべた。今夜《こんや》は体を休めようと思ってたのに。なんだかとりとめもないことばかり考えている。

「このまま、ずっとみんなと一緒にいられればいいのにな……」

厚志は、脈絡《みゃくらく》なくつぶやくと、わびしげに紅茶《こうちゃ》をすすった。その横顔は物憂《ものう》げで、到底《とうてい》十代の少年には見えなかった。

玄関《げんかん》のチャイムが鳴った。厚志がドアを開けると、滝川陽平《たきがわようへい》がにっと笑いかけてきた。手には紙袋《かみぶくろ》を提《さ》げている。

「どうしたの、滝川?」厚志は驚《おどろ》いて滝川を見つめた。

「へっへっへ、けっこういいところに住んでるじゃねえか。たまにはおまえとゆっくり語《かた》り合おうと思ってよ」

なんだかな、と厚志はちらと紙袋を見た。家庭用ゲーム機と、ゲームソフトがぎっしりと詰まっていた。

「まあ、いいけどさ。語り合おうって言われても困っちゃうよ」

と言いながらも、厚志の頬《ほお》は緩《ゆる》んでいた。滝川を部屋に上げると、いそいそとクッキーを用意して、湯を沸《わ》かし紅茶を淹れる支度《したく》をした。

「そんな気を遣《つか》うなって。俺はただおまえとの生温《なまぬる》い友情を深めんとだな……」

あ、またアニメのセリフだ、と厚志は微笑《ほほえ》んだ。滝川が妙《みょう》な言葉を遣う時は、必ずアニメから引っ張ってきている。

「適当《てきとう》にくつろいでよ。そのテレビ、端子《たんし》は後《うし》ろにしかないけど」

「へへっ、大丈夫《だいじょうぶ》。今日《きょう》はさ、おまえの好《この》みわかんねえからいろいろと持ってきたぜ。あ、これなんてどうだ?『どきどきメモリーズ』。対戦型学園恋愛シミュレーションなんだけどけっこう面白《おもしろ》いぜ。なんたってAボタン連打《れんだ》で期末試験トップ取れるところなんて最高。あとはデリシャスな出会いがウハウハさ」

「ウハウハ……」

滝川はいいな、と厚志は思った。もちろん、滝川にだって複雑な事情があることくらいは厚志も薄々《うすうす》感じている。だが、滝川にはなんというか天性《てんせい》の子供っぽさがある。今は暗い時代だが、決して時代にスポイルされない明るさがあった。

「まあ、適当にやっててよ。僕は見ているから」

「あっ、またそんなこと言って！　だめだ。だからおまえはだめなのだ。つべこべ言わずにコントローラを取れ。ほら、とっととキャラを作れよ。あ、番長属性《ばんちょうぞくせい》は俺の得意《とくい》キャラだからダメだかんな。これにしろ、これに。理系秀才《しゅうさい》属性で得意技《わざ》は眼鏡《めがね》プレッシャー」

「わ、わかった」

滝川にああだこうだと世話《せわ》を焼かれ、厚志もしぶしぶと画面に向かった。

——深夜《しんや》一時。滝川の口数はしだいに少なくなった。ただ画面に向かって、機械的にコマンドを打ち込んでいる。

厚志はそっと滝川の横顔をうかがった。

「……話があるんだろ、滝川？」

滝川はコントローラを下ろした。心なしかうつむき加減《かげん》になっている。

「茜《あかね》のことでな。ちょっと……」

「え、彼がどうかしたの？」

厚志が尋《たず》ねると、滝川は途方《とほう》に暮《く》れた表情になって、「くぅっ」と拳《こぶし》を床にたたきつけた。

「茜から話を聞いちまったんだ。あいつ、芝村準竜師《じゅんりゅうし》を殺すんだってよ。それで、俺に手伝《てつだ》ってくれって。くそっ、なんて返事すりゃいいんだよっ！」

「ちょっと待って。どうして茜が準竜師を殺さないといけないの？」

厚志は困惑《こんわく》して、滝川に再度《さいど》、尋ねた。

芝村準竜師は自衛軍《じえいぐん》でいえば中佐《ちゅうさ》の階級《かいきゅう》で千翼長《せんよくちょう》である善行《ぜんぎょう》の直属《ちょくぞく》の上官《じょうかん》にあたる。本来なら準竜師と千翼長の間にはいくつかの指揮《しき》系統《けいとう》が存在するが、5121小隊《しょうたい》は独立駆逐戦《どくりつくちくせん》車小隊《しゃしょうたい》として芝村準竜師に直接指揮を受ける立場にあった。むろん、その関係は名目上《めいもくじょう》のことで、実質《じっしつ》的には隊の運営《うんえい》は善行に大幅《おおはば》な裁量権《さいりょうけん》が認められていた。

厚志ら末端《まったん》の兵にとっては、雲の上の人で、日常《にちじょう》レベルでは意識の外にある存在だ。だから厚志には話が今ひとつピンとこない。

「あいつの母ちゃん、フランソワーズ茜っていうんだけど、士魂号開発《しこんごうかいはつ》の責任者《せきにんしゃ》だったんだって。けど、士魂号の秘密《ひみつ》が洩《も》れるのを恐れた芝村一族《いちぞく》に殺されたって言ってた。それで母ちゃんの仇《かたき》を取るって。……俺さ、聞いたことがあるんだよ、あいつのあの妙《みょう》な半ズボン。あれは母ちゃんが生きていた頃《ころ》のあいつの服装《ふくそう》だったんだ」

放課後《ほうかご》、整備《せいび》テントで二番機の調整《ちょうせい》をしているところに、茜がやってきてグラウンド土手《どて》に連れ出したという。

茜は思い詰めた顔をして、話があると言った。僕のママンは芝村一族に事故に見せかけて殺された。だから芝村の準竜師を殺して仇を取ってやりたい、と。

「けど、どうして準竜師なの？」厚志は首を傾《かし》げ、尋ねた。

「よくわからないけど、茜の母ちゃんと準竜師は知り合いだったみたいなんだ。だからきっと準竜師が殺したに違いないって茜は言い張っていた」

「そんな馬鹿な……」

「俺もそう思うんだけどよ」

滝川の表情《ひょうじょう》から、内心《ないしん》の葛藤《かっとう》がわかった。普段《ふだん》は小ざっぱりした滝川の顔に翳《かげ》りが見える。こんな大切なことを自分に打ち明けてよいものか？　このことが洩《も》れれば茜はもとより滝川も自分も無事《ぶじ》ではいられないだろう。

厚志は敢《あ》えて険《けわ》しい表情をつくった。ほっそりとした腕《うで》を伸《の》ばして、ぐっと滝川の胸《むな》ぐらを摑《つか》む。滝川の顔に怯《おび》えの色が走った。

「このこと、誰《だれ》にも言ってないだろうね？」

「あ、ああ、おまえが初めてだ」

「ねえ、わかってる？　こういうことに関しては誰も信用しちゃいけないんだよ。もし僕が茜に思いとどまらせようとして委員長や先生に打ち明けたらどうなると思う？」

厚志は半《なか》ば安堵《あんど》を覚えながら、敢えて表情を引きしめた。良かった、僕が最初だ。滝川が自分を信用してくれたことが嬉しかったが、喜んでいる余裕《よゆう》はなかった。

「えっ、委員長もだめなの？」

「だめさ。甘えちゃいけないよ。僕たちは委員長や先生のほんの一部を知っているだけだ。好《こう》意《い》を持ってくれているのはありがたいと思うけど……あの人たちに打ち明けて、最悪《さいあく》の事態《じたい》にならないという保証《ほしょう》はないんだよ。それにさ……」

厚志は言葉を切って、滝川の表情を確かめた。理解の色を認めて、言葉を続けた。

「君は思ってもいないだろうけど、打ち明けて楽《らく》になろうとするのは卑怯《ひきょう》な態度《たいど》だよ。秘密を多くの人間と共有《きょうゆう》すれば、ひとりで抱《かか》え込む苦しさから逃げられるだろうからね」

「ば、ばっきゃろ！　俺のどこが卑怯なんだ？」

「僕に打ち明けた」厚志は憂鬱《ゆううつ》な表情で断定《だんてい》的に言った。

滝川は茫然《ぼうぜん》として言葉を失っている。速水もだめなのか？　初めて見る厚志の厳《きび》しい態度《たいど》に滝川は圧倒《あっとう》され、すくんだ。

「まさか、おまえ……」

「大丈夫《だいじょうぶ》だよ。それくらいの覚悟《かくご》をしないと、ということさ。けど、茜のやつ……」

どうしてこんなことを友人に話すんだ？　自分ひとりで抱えていればよいものを、友達を巻き込んで恥《は》ずかしくないのか？　茜の意図《いと》はなんだ？

（待てよ……）

厚志は、思い当たることがあった。覚悟した大人《おとな》なら、打ち明けないだろう。打ち明けるにしても、それにはきちんとした計算があってのことだ。

滝川と同じく、茜は事態《じたい》の深刻《しんこく》さをさほど考えていないのかもしれない。失敗《しっぱい》すれば、反省《はんせい》してごめんなさいで許されると考えているのか？　きっとそうだ、と厚志はあまりに無邪気《むじゃき》な

「暗殺《あんさつ》ごっこ」に鼻白《はなじろ》む思いだった。

「それで、決行日《けっこうび》はいつ？」

「明後日《あさって》。尚敬校《しょうけいこう》で。芝村準竜師が勲章授与式《くんしょうじゅよしき》に来るだろ。その時、俺たちと一緒に、茜も生徒会特別徽章《きしょう》をもらうじゃん。その時にやるんだと。けどよ……」

どうやら滝川にもやっとことの深刻さが飲み込めてきたらしい。茜にしろ、滝川にしろ、ごく普通《ふつう》の人間だ。たとえ憎んでいたとしても、ひとりの人間をその場で駆け寄って殺すなどということはあまりに非現実《ひげんじつ》的だ。

「どうすりゃいいんだ、俺？」滝川は怯えた目で厚志をうかがった。

「僕に任《まか》せて。明日《あした》の朝、茜と話をしよう。……今日《きょう》は滝川、泊《と》まっていきなよ」

滝川から一瞬《いっしゅん》たりとも目を離すわけにはゆかなかった。

プレッシャーに負けて、自分以外の誰かに打ち明けてしまうことは十分にあり得《え》る。信頼《しんらい》は美しいことだが、場合によっては自殺行為《じさつこうい》ともなる。今はあらゆるものを疑うことだ。

わたしはそなたを守るだろう、と舞は言った。

そう、その言葉を口にするには覚悟がいる。何かを守るということは、そんなにきれいごとばっかりじゃない、と厚志は思った。感情に惑《まど》わされず、災《わざわ》いの芽《め》は丹念《たんねん》に、時には冷酷《れいこく》に摘《つ》んでいかなければならない。

「なあ、さっきのおまえ、なんか迫力《はくりょく》あったぜ」

電気を消し、真《ま》っ暗《くら》になった部屋で、滝川はぽつりと話しかけてきた。厚志は天井《てんじょう》に視線を向けたまま、ため息をついた。

「ごめん。滝川があんまり暢気《のんき》だから、つい……」

「……謝ることねえよ。その通りだから。俺、おまえに悪いことしちゃったんだろうな。こんなことに巻き込んじゃって」

「そんなことはいいんだ。けど、これだけは約束《やくそく》して欲しいんだ。絶対に茜を手伝わないってさ。君は茜を人殺しにしたくはないだろ？」

厚志は静かに念《ねん》を押した。滝川が身じろぎする気配《けはい》がした。

「わかった。約束するよ」

滝川はぼそりと言った。


翌朝《よくあさ》、厚志はグラウンドはずれで滝川と茜を待っていた。ほどなく滝川が茜を引っ張ってやってきた。

「話ってのは教室じゃ言えないことなのか？」

低血圧気味《ていけつあつぎみ》の茜は、朝っぱらから歩かされて不服《ふふく》そうだ。待っている厚志を見ると不機嫌《ふきげん》に
「どういうことだ？」と滝川をにらみつけた。

「滝川から聞いたよ。本気なの？」

厚志は茜の不機嫌を察して、穏やかな口調で尋ねた。しばらくの間、茜は警戒《けいかい》するように厚志を見つめていたが、やがて、ふっと口許《くちもと》を歪《ゆが》めた。

「まあ、速水なら知られてもいいかな。もちろん本気さ。決行のための準備もしてある」

茜は自信たっぷりに言った。

「準備って……？」厚志がさらに尋ねると、茜は秘密《ひみつ》めかしてささやいた。

「実はナイフを用意してある」

「……それだけ？」嘘《うそ》だろ？　と厚志は困惑《こんわく》して茜を見た。

「ふ。作戦《さくせん》は常《つね》にシンプルであるべきだ。その方が柔軟性《じゅうなんせい》があってアクシンデントにも対処《たいしょ》しやすいだろ？」

「そうかもしれないけど」

作戦はシンプルであるべきだ。それはもちろん、そうだろう。しかし、茜のそれは単なる言葉遊びにしか過ぎない、と厚志は悟《さと》った。シンプルなのはいいが、問題は実行する人間の資質《ししつ》だ。どんな状況《じょうきょう》にも柔軟《じゅうなん》に対応できるだけのスキルがあるのか？　そもそも茜は人を冷静に殺せるほど資質と訓練を備えているのか？

素人《しろうと》が人を殺すのだったら、まずメンタル面で一線《いっせん》を越える必要《ひつよう》がある。それと一分、一秒に意味を持たせるような緻密《ちみつ》な計画。柔軟性とか臨機応変《りんきおうへん》と言うのは玄人《くろうと》のセリフだ。むろん、厚志はそう言葉にして考えたわけではなかったが、そう感じた。

「なあ茜。おまえの悔《くや》しさはわかるけどよ、芝村はやばいぜ」

滝川がおずおずと口を開いた。なんとしても茜に思いとどまらせようと考えていた。無理だ。俺に喧嘩《けんか》であっさり負けるようなやつが人なんて殺せるわけないぜと思った。そんな滝川の態度が茜の癇《かん》に障《さわ》ったようだ。茜は滝川をにらみつけると、地団駄《じだんだ》を踏むように叫《さけ》んだ。

「くそっ、どうしてそんな顔するんだ？　僕を侮《あなど》るな！

「僕はその気になればなんだってできるんだ！　芝村を殺すくらいわけはないさ！」

茜の剣幕《けんまく》に滝川は驚いてあとずさった。朝のトレーニングをしていた尚敬校の女生徒が一斉《いっせい》に三人に注目した。

「こ、声が大きいぜ」滝川はあたりをはばかるようにささやいた。

「ふん。気が小さいんだよ、滝川は。君たちがなんと言おうと、僕は決行するからな。友情なんてしょせんは幻想《げんそう》に過ぎなかったのさ」

茜は唇《くちびる》を震《ふる》わせて言い捨てると、ふたりに背を向けようとした。

「待ってよ。誰も手伝わないとは言ってないだろ」

厚志の声だった。滝川は本気か？　というように厚志をもの問いたげに見つめた。しかし厚志はにっこりと茜に笑いかけた。

「僕たちは親友《しんゆう》だろ？　だから君を応援《おうえん》する。けど、絶対、他の人にこのこと言わないでね。そうじゃないと親友としての立場がなくなる」

「ま、待てよ、速水……」急に態度を豹変《ひょうへん》させた厚志に、滝川は当惑《とうわく》して言った。

「茜は覚悟しているんだ。僕たちは茜を応援するしかないよ」

厚志はにこやかに滝川に言った。茜の顔がぱあっと輝いた。

「わかってくれたのか？」

「うん。だから僕たち以外の人には絶対打ち明けちゃだめだよ」

厚志が念を押すと、茜は気取《きど》った仕草で髪を掻《か》き上げた。

「ふ。もちろんさ。三人で力を合わせれば、なんだってできる。それじゃ、僕は行くよ」

茜を見送ってから、厚志と滝川はグラウンド土手《どて》に寝そべった。午前の授業はさぼってしまおう。厚志はしばらくの間、黙って空を流れる雲を目で追っていた。

「どうしてあんなこと言ったんだ？」

滝川は不機嫌《ふきげん》を露《あらわ》にして、厚志に尋ねた。

「ああでも言わなきゃ、大騒ぎになっていた。どこに耳があるかわからないしね」

「え、じゃあ……？」

「まさか。応援なんてできるわけないだろ？　嘘だよ。茜には悪いけど、人殺しの手伝《てつだ》いなんてできるわけない。僕は茜も君も人殺しにはしないよ」

厚志は平然《へいぜん》と言った。厚志の落ち着いた様子《ようす》に、滝川も安心したようだ。昨夜《ゆうべ》は眠れなかったのか、すぐに寝息をたてはじめた。

厚志も空を見ているうち、いつのまにか眠りに落ちていた。

体を揺り動かされ、厚志は、はっと目を開いた。舞が傍《かたわ》らにしゃがみ込んでじっとのぞき込んでいた。

「夜更《よふ》かしか？　そなたらしくもないな。もう昼休みだぞ」

あわてて身を起こすと、舞は隣《となり》に座った。

「あれ、滝川は……？」

「わたしの顔を見ると狼狽《ろうばい》して逃げていった。まったく、失敬《しっけい》なやつだ」

舞は憮然《ぶぜん》として言うと、鞄《かばん》から紙パックの牛乳と焼きそばパンを取り出して頬張《ほおば》りはじめた。何やら考えながら、不機嫌そうに食事をするのが舞の流儀《りゅうぎ》だ。

厚志もしかたなく鞄《かばん》から弁当《べんとう》と紅茶入りのジャーを取り出した。舞の昼食とは違って、こちらは手作り弁当である。

「あ……、よかったらこのハンバーグ、食べてみて。中にチーズを入れてみたんだ。あと、鶏《とり》の唐揚《からあ》げも食べていいから」

厚志は弁当箱を差し出した。舞は何事か考えていたが、やがて口を開いた。

「弁当には作った本人の個性が表れるという。そなたの几帳面な性格がわかるというものだ」

「……じゃあさ、ひと口食べてみて感想を聞かせて欲しいんだ。いろいろと言ってもらった方が料理《りょうり》の勉強になるからさ」

舞は厚志から箸《はし》を受け取るとハンバーグを口に運んだ。

「ふむ。なかなかのものだ」

「そうかな？　感想はそれだけ？」もっと言ってよ、という目で厚志は舞を見た。舞は今度は唐揚げをひとつ箸でつまむと、口に放り込んだ。

「……大したものだ。わたしは味のことはわからぬが、これなら誰にも負けぬだろう」

「これはね、鶏肉を醤油《しょうゆ》ベースのタレに漬《つ》け込んで、ほんの少しだけニンニクを利《き》かせているんだ。味付《あじ》け濃《こ》いかなと思ったんだけど、うまくできたみたい」

厚志は嬉しげに解説《かいせつ》した。舞は、うむとうなずくと、厚志に向き直った。

「それで……滝川はどうしたのだ？」

「なんのこと？」

「挙動不審《きょどうふしん》だ。そなたも少しおかしいぞ」

舞に不審の目で見られ、厚志はひやりとした。態度の端々《はしばし》に出てしまうのか？

「ある話題《わだい》から遠ざかろうとする時、どうしても態度が不自然《ふしぜん》になる。幼《おさな》い頃《ころ》、ある人から教わったことだ」

「だから……」厚志は口ごもった。

「滝川が関係あるか知らぬが、そなたは何か隠しているな。すぐにわかった」

淡々《たんたん》とした口調だった。舞の冷静な表情が怖かった。厚志は笑《え》みを消すと、ため息をつき真《ま》顔《がお》になって舞を正面から見つめた。

「まったく……芝村さんは妙なところで鋭いんだから。実は、話したいけど――、話して楽になりたいけど話せないんだ。ごめん」

「ふむ。またひとりで抱《かか》え込むか？」

静かな口調の中に、微《かす》かな懸念《けねん》が交《ま》じっていた。これが芝村舞だ、互《たが》いに互いを守ると誓《ちか》い合った相手だ、と厚志はぐっと感情を抑《おさ》え、深々と息を吸い込んだ。

「僕を信じて欲しいんだ」

笑おうとするのだが、込み上げてくるものに邪魔《じゃま》されて笑えなかった。厚志は泣き笑いの表情を浮かべ、かぶりを振った。同時に、あらためて薄氷《はくひょう》を踏むような自分の生の危《あや》うさを感じ、滝川や茜の生の危うさを感じた。なんというはかなさ。こうして弁当を食べていながら、その一瞬《いっしゅん》あとには死がぽっかりと口を開けて待っている。

茜はむろんのこと、滝川はその恐ろしさを実感してはいないだろう。他の人間のところに行く前に、たまたま僕のところに来た。その意味がわかっていないだろう。

舞の表情が変わった。様子がおかしいから、かまをかけてみただけなのに、ひと皮剝《む》くと切羽《せっぱ》詰まった厚志の素顔があった。話したいけど話せないこと——舞にはその意味はわからなかったが、厚志が何かを決意していることだけはわかった。

ならば戦ってみるがよかろう。これはそなただけの戦いなのであろう?

舞は口の端《はっ》を吊り上げて、ふっと笑った。

「わたしはそなたを信じている」

舞の言葉に、厚志はうつむき、黙々《もくもく》と弁当を頰張《ほおば》った。ああ、僕は芝村舞に惹《ひ》かれているんだなと思った。

翌日《よくじつ》、5121小隊の学兵たちは職員室前の廊下《ろうか》にたむろしていた。本来なら講堂《こうどう》を使い、幔幕《まんまく》を張って行われる式典《しきてん》だった。が、戦時下《せんじか》ということもあり、芝村準竜師の性格もあってすべてが簡略化《かんりゃくか》されていた。

職員室の奥に陣取《じんど》った準竜師が、組ごとに廊下に並ばせた生徒をひとりひとり部屋に呼び入れ、勲章を与えるというかたちだ。勲章なるものが乱発《らんぱつ》される昨今《さっこん》だった。一組、二組の生徒たちもそれぞれなんらかの勲章を与えられることとなっており、そっけない効率重視《こうりつじゅうし》の儀式《ぎしき》となっていた。

茜は誰とも視線を合わせようとせず、列の隅《すみ》でじっと窓の外に目を向けていた。肩には通学用のショルダー・バッグをかけている。森精華《もりせいか》はそんな義理《ぎり》の弟の様子を怪訝《けげん》な目で見ていた。鞄なんて教室に置いてくればいいのに。それに茜は今朝《けさ》から変だった。姉さんにはけっこう世話になった、なんて――。なんでもないことを大げさに言うのは弟の習性《しゅうせい》だが、いつもだったらもっとひねくれた表現をしている。

具合《ぐあい》でも悪いのかしら、と森は弟に近づき肩をたたいた。茜は体を震わせて飛び上がった。

「ど、どうしちゃったの？」

「なんだ姉さんか。脅《おど》かすなよ！　僕は普通だ」

茜は、憤然《ふんぜん》として森をにらみつけた。あれ？　と森は目を疑った。どうして？　弟の瞳孔《どうこう》は開きっ放しで、しかも小刻《こきざ》みに震えている。

「ねえ大介。具合が悪いなら保健室で休ませてもらえば？　先生に事情を話せば許してくれると思うわよ。きっと」

「うるさいな！　僕は具合なんか悪くないっ！　姉さんこそよけいな世話を焼くな！」

茜の声は職員室まで響いたようだ。本田節子《ほんだせつこ》が顔を出すと、ふたりの襟首《えりくび》を掴《つか》んで一喝《いっかつ》した。

「おめーら、これ以上騒ぐとマジ保健室送りにしてやっからな！」

「け、けど先生、大介が……」森は苦しげにもがきながら、訴えた。

「僕は平気だって言ってる。この馬鹿姉がしつこくて」

「それ以上ぬかすと、おめー、本気で後悔《こうかい》することになるぞ！」本田は茜をぐっと引き寄せると、険しい顔でにらみつけた。

一組の生徒も二組の生徒も、唖然《あぜん》として成《な》り行《ゆ》きを見守っている。

厚志は、しまったという表情で滝川と顔を見合わせた。予定外のアクシデント。ナイフを隠し持っているだろうバッグを不審に思われて検査《けんさ》でもされたら終わりだ。

「先生、準竜師があきれていますよ。そろそろ授与式を始めるとのことです。呼び出し役、お願いしますよ」

善行が顔を出して、苦々《にがにが》しげに言った。

「あー、すまん。こいつらのわめき声は頭に響いてしょうがねえ」本田は頭を掻《か》いて謝った。

「二日酔《ふつかよ》いの頭にでしょう？　さあ、部屋に戻ってください」

善行は本田の腕を摑むと、強引《ごういん》に職員室に引き戻した。しばらく本田のわめき声が続いたかと思うと、男の哄笑《こうしょう》が廊下まで聞こえてきた。

厚志はまわりに悟《さと》られぬよう深呼吸《しんこきゅう》をひとつした。そろそろか？　滝川はと見れば、茜と同じく小刻みに体を震わせている。

「滝川」

厚志は怖気《おじけ》づいた様子の滝川にささやきかけるとうなずいてみせた。大丈夫だから。君がうまくやれなくても僕がなんとかするから。

　それで滝川の覚悟は決まったようだった。滝川はつかのま下を向くと、すぐに顔を上げ、こわばった表情で一組の列から抜け出すと茜の前に立った。

「ああ、滝川──」

　茜が言いかけたとたん、滝川のパンチが茜の顔面を襲《おそ》った。支え切れずバランスを失って、茜は森を巻き込んで廊下に転がった。森の悲鳴。二組の者たちがあわてて滝川を押さえようとする。しかし滝川は目から涙をこぼしながら、

「触《さわ》るんじゃねえ！」

　と叫んだ。整備員の手には負えぬと取り押さえようとする若宮《わかみや》の肩を、来須《くるす》が掴んだ。若宮が出てくれれば、今度は僕の番だと想定《そうてい》していた厚志は肩透《かたす》かしを食らった格好《かっこう》となった。

「あ、あなたたち、何をしているかわかってるの？」

　原素子《はらもとこ》が森を抱え起こして叱《しか》りつける。しかし滝川は二組の面々に取り囲まれながらも、なおも茫然とする茜に掴みかかって精一杯《せいいっぱい》わめきたてた。

「誰が無能《むのう》パイロットだっていうんだ！　ちっくしょう、馬鹿にしやがって！」

「ま、待て。君は何を言っているんだ……」

　狂ったか、滝川？　茜は身を起こすと、バッグをひしと抱え、怯えた目で滝川を見た。滝川は嗚咽《おえつ》しながら、ちっくしょう、ちっくしょうと繰り返している。

「今は授与式だよ。話なら外でしようよ。僕も茜には腹をたてている」

厚志も二組の面々を押しのけ、強引に茜の腕を取った。滝川も鳴咽しながら、茜の腕を掴んだ。

舞は警戒《けいかい》するように各人《かくじん》の反応を探った。若宮は来須に押さえられ、その場に立ち尽くしている。森は原の腕の中で泣きじゃくり、この種の暴力沙汰《ぼうりょくざた》に慣れていない二組の面々は茫然と凍《こお》りついたままだ。東原《ひがしはら》ののみの泣き声が聞こえた。瀬戸口隆之《せとぐちたかゆき》はと見ると、東原の背をさすってやりながら、真剣な表情で厚志と滝川に視線を注いでいる。

「なんてことを……」壬生屋未央《みぶやみお》が一組の列の前を通り過ぎる厚志たちの前に立ち塞《ふさ》がろうとしたが、舞はすばやく胴衣《どうぎ》の袖《そで》を掴んで止めた。そして黙って首を振った。

「けれど……」

「頼む」とだけ舞は言った。

わめきたてる茜を、厚志と滝川は文字通り拉致《らち》するように引っ立てていく。

原は三人を引き留めようと声をかけようとしたが、田代香織《たしろかおり》の視線に気づき、思い直した。田代はにやりと原に笑いかけた。

「なんなのよ、あれ」

「さあ。けど、あれは喧嘩じゃないっすよ。そんなにおいはしなかったし。犬っころのじゃれ合いに近い、かな。だから心配ありませんって」

自信たっぷりに言う田代に、二組の面々は安心した。自称《じしょう》・喧嘩屋《けんかや》の田代が言うんだから、まちがいじゃないだろう。

「あいつら、仲良かったとに。よーわからんばい」中村光弘《なかむらみつひろ》があきれた口調でつぶやいた。

「だからあれは喧嘩じゃねえって」田代はそう言うと、廊下の壁にもたれた。

「それにしてもこっぱずかしいやつらだな。なあ東原、あの怖いお姉さんが言っているようにあれは喧嘩じゃないって。だから泣くな」

瀬戸口の柔《やわ》らかな声は、不思議と全員に落ち着きをもたらした。が、不意に職員室のドアが開くと、再び本田が血相《けっそう》を変えて飛び出してきた。

「だから騒ぐなと言ってんだろ！　おっ、どこへ行くんだ、おめーら」

本田は校庭への出入り口付近で揉《も》み合っている三人を認めると、連れ戻そうとした。その前に舞が立った。

「放っておくがよい。あれは……」

言い終わらぬうちに、本田は舞を突き飛ばし、なおも三人を追おうとした。

「まあまあ、あいつら青春真《ま》っ盛《さか》りってやつですよ。頭を冷やしたら、芝村が責任をもって連れ戻すと言っています」今度は瀬戸口が本田の前に立った。本田はこれも突き飛ばして通り抜けようとするが、瀬戸口は巧妙《こうみょう》に本田の手を逃れつつ前を塞ぎ続けた。

そうこうするうちに三人の姿は廊下から消え、校庭から茜の怒鳴り声が聞こえてきた。

本田は、ちっと舌打ちすると、瀬戸口をにらみつけた。

「それで、喧嘩の原因はなんだ？」

「茜は口が悪いですからね、それが速水と滝川の癇に障っていたんでしょう。あのふたり、我《が》慢《まん》強い方だから、ストレスが蓄《た》まっていたんでしょうね」

「にしてもだな、授与式の日に、よりによって……」

爆発するなんて。本田は絶句《ぜっく》した。芝村準竜師が来ている日に、よりによって隊の恥《はじ》をさらすとは。

「ここはわたしに任せてくれぬか？　これは百 翼長《ひゃくよくちょう》たるわたしの役目と思うが」

舞は痛みに顔をしかめながらも、冷静に本田に言った。

「あ、ああ、すまん。怪我はないか、芝村？」本田は我《われ》に返ると、謝罪《しゃざい》した。

「こちらこそ邪魔をした。我《わ》が従兄殿《いとこどの》にも伝えてくれ。授与式を続けた方がよいのでは、と」

舞の言葉を聞いて、瀬戸口は考え込んだ。芝村もおかしい？　いつもなら階級を云々《うんぬん》したり、準竜師とのつながりを口にする芝村舞ではなかった。難しい顔をしている瀬戸口の袖を東原が引っ張った。泣き腫《は》らした目で不安げにこちらを見上げている。

瀬戸口は屈《かが》むと、東原に目線を合わせて尋ねた。

「なあ、東原。あいつらから嫌なものを感じたか？」

瀬戸口の問いに東原は一瞬きょとんとしたが、すぐにううんと首を振った。

「なんにも。だけど大ちゃん、なんだかすごくおこっていたの。こわがっていたの。あっちゃんと陽平ちゃんはいっしょうけんめいだった」

「安心していいよな？」

「うん。だいじょうぶだよ。ののみ、はずかしいよ。大ちゃんがぶたれたとき、こわくなってないちゃった」

東原は瀬戸口に、にこっと笑ってみせた。

「……だそうですよ。だから先生は職員室に戻ってくれませんかね」

瀬戸口に言われ、本田は忌々《いまいま》しげに舌打ちした。背後に視線を感じ、振り向くと、善行がドアの陰から部屋に入れと無言の合図を送っていた。

「あー、ならば、まず、芝村舞。入れ」

本田はドアを開けっ放しにすると、舞を導《みちび》き入れた。

芝村準竜師は職員室の奥の本田の席に窮屈《きゅうくつ》そうに座っていた。その傍《かたわ》らには副官《ふくかん》らしき美《び》貌《ぼう》の将校《しょうこう》が勲章を載《の》せたトレーを持って控《ひか》えている。

舞が出入り口付近に立つ三人の教官と善行の間を擦《す》り抜けるようにして歩み寄ると、準竜師はにやっと笑った。

「ずいぶんと元気が良いな」

「……謝罪する。学兵《がくへい》の、十代の世界なのだ。どうやら大人の軍隊とはコミュニケーション手《しゅ》法《ほう》が異《こと》なるようだ」

舞は準竜師の前に立って、静かに言った。準竜師は冷《ひ》やかすように舞に視線を注いだ。舞も平然とその視線を受け止める。

やがて準竜師は、トレーから勲章をつまむと舞に手渡した。

「勲章だ。受け取っておけ」

「ああ」舞は勲章を受け取ると、無造作《むぞうさ》にキュロットのポケットに入れた。

「知っていたのか？」

準竜師の問いかけに舞はしばらく考えていたが、やがて吹っ切れたように言い放った。

「わたしはやつらを信じている。それだけで十分だ」

「わたしからも謝罪します。彼らはまだ子供ですから。三人への懲罰《ちょうばつ》は、小隊の懲罰委員会に任せて欲しいのですが」

善行の言葉に、本田と坂上、そして芳野《よしの》は安堵したように顔を見合わせた。善行はどちらかといえば信賞必罰《しんしょうひつばつ》を明らかにする指揮官《しきかん》だった。たとえ変則《へんそく》的な編制《へんせい》がなされた５１２１小隊とはいえ、もっと厳しい罰が適当と判断するはずだ。

「お言葉ですが、すでに茜大介に関する情報は……」

美貌の副官が口を開きかけたとたん、準竜師は制した。

「言葉に出すとただでは済まなくなる。それくらいにしておけ」

「感謝を」舞が礼を言うと、準竜師はそっけなくうなずいた。

「おまえも興味《きょうみ》深い学友をもったものだな」

「わたしもそう思う」

その日、夕方まで厚志と滝川は戻ってこなかった。連れ戻されるのを恐れるように、学校を去って、ほとぼりの冷めるまでどこかに隠れたらしかった。

厚志が三番機のコックピットの前に立つと、中から舞が姿を現した。厚志は悄然《しょうぜん》とした様子で、「ごめん」とうなだれた。

舞はためらったあげく、手を伸ばすとその肩に触れた。厚志はぴくっと身を震わせたが、すぐに肩の力を抜いた。

「……何も言えないんだけど、僕は友達を助けたかった」

「ならばよい。わたしは何も聞かぬ」

「委員長や、その……準竜師はどうだった？　僕たち、どうなるんだろう？」

「授与式で騒いだことは問題となった。小隊懲罰委員会にかける、と善行は言っていたな」

こともなげに話す舞を厚志は驚いて見つめた。そんなものでいいのか？

「そんな顔をするな。あの騒ぎは第三者《だいさんしゃ》の目から見ると、子供同士の喧嘩だ。他の判断をするに足《た》る証拠《しょうこ》はないしな。だからそなたらは三人でトイレ掃除《そうじ》なり、懲罰ランニングなりを覚悟しておくのだな。それと……」

舞は強い視線で厚志を見据《みす》えた。

「わたしは何も知らぬ。何も知らぬが、誤解《ごかい》を与えるような物があれば処分《しょぶん》した方がよいだろう。準竜師はともかく、副官のウィチタ更紗《さらさ》が動くかもしれぬ。あの女は個人の事情や例外は一切《いっさい》認めぬ。やつにつけ入られると厄介《やっかい》だぞ」

「戻ってきたのか」

「……わかった」

厚志はうなずくと、ペタリと床にへたり込んだ。そんな厚志の姿を見て、舞は念を押すように続けた。

「まだあるぞ。茜大介の名をウィチタが口にしていた。茜が妙なことを口走らねばよいが。そなたはこんなところにいる場合ではないだろう」

厚志は、はっと顔を上げた。そうだった！　滝川とふたりで茜を拉致したあと、代わる代わる説得に努《つと》めた。茜はひとしきり泣き、叫んだかと思うと、急にぐったりとして何を言っても反応しなくなった。持てあまして、自宅に送り届けたが、そのあとのことは考えてなかった。

あれは絶望《ぜつぼう》の目だった。投げやりになった茜が、何を口走ったとしてもおかしくはない。対《たい》策《さく》を考えないと——。

「……茜のやつ、最近、変なことばかり口走るんだ。なんというか、その」

「ふむ。どうやらやつは精神《せいしん》的に追い詰められていたようだな。担当を解《と》かれて無職にされ、悩んだあげくのノイローゼというわけだ。やつのプライドの高さから考えて不思議《ふしぎ》はなかろう。わたしでよければ準竜師に言っておくことはできるが、どうだ？」

「君を巻き込みたくないんだよ。そう決めたんだ」

「たわけたことを。わたしは巻き込まれてなどおらぬ。隊に病人が出れば対策《たいさく》を講《こう》じるのはごく自然なことだ。厚志よ、そのくらいはわたしに任せるがよい」

故意《こい》にか無意識《むいしき》にか、舞は速水の名を口にした。厚志はしばらく考えていたかと思うと、ため息をついた。

「はは、ひとりで抱え込むって楽じゃないよね。いろんなところから襤褸《ぼろ》が出てくる」

「なんの。そなたはよくやっている」

「茜の様子を見てくるよ。森さんにもよく頼んでおくよ。茜のやつ、この世の終わりみたいな顔をしていたから、支えてくれる人が必要だと思うんだ」

「森を巻き込んではならぬぞ」

「わかっている」

厚志はそう言うと、立ち上がり、駆け去った。厚志の背を見送りながら、舞はふっと苦笑《くしょう》を浮かべた。さて我が従兄にどのように説明してよいものやら、と思案《しあん》をめぐらしはじめた。

森家《もりけ》に来るのはこれで二度目だった。厚志が呼《よ》び鈴《りん》を押すと、ドアが少しだけ開き、中から森が顔をのぞかせた。厚志の姿を認めると、森はドアを閉めようとした。

「待って！　話したいことがあるんだ」

森はドアを開くと、敵意の籠もった表情で厚志を見つめた。

「大介に何をしたの？　ずっと部屋に籠もって泣いているんだから！」

森の目も赤かった。厚志がうつむくと、森はたたきつけるように言った。

「せっかく大介に友達ができたって喜んでいたのに！　仲良くしておいて、あんな風に傷つけるなんて！　速水君も滝川君も残酷《ざんこく》だわ。あんたたち、恨んでやるから！」

ぐすぐすと嗚咽を洩《も》らしながら、それでも森は気丈《きじょう》に厚志をにらみつけた。

「森さん、僕と滝川のこと、信じられない？」

不意に厚志は寂しげに言った。森が答えに詰まると、厚志は重《かさ》ねて言った。

「あ、これ質問じゃないんだ。僕と滝川はいつだって茜の友達だよ。だから……信じてもらわないと困るんだ。森さんにはショックだったかもしれないけど、お願いだから僕と滝川を信じて欲しい。それだけ。……言うまでもないけど、茜のことも」

厚志はそれ以上何も言わずに背を向けた。一瞬《いっしゅん》、事情を説明しようかと思ったが、そんな自分の心の弱さを抑えつけた。

「待って……」

森の声に厚志は足を止めた。

「訳があるなら言ってくれないと」怒りの表情は消え、代わって森の顔にはもの問《と》いたげな表情が浮かんでいる。厚志は憂鬱《ゆううつ》そうにかぶりを振った。

「言えないんだ。僕や滝川の口からは。茜にも聞かないであげて欲しいんだ。それが茜を助けることになると思うから」

厚志の言葉に、森は立ち竦《すく》んだ。そんな馬鹿なことってある？　と茫然としている。

「……訳を聞かずに、君は茜を支えてあげられるかい？」

森の顔が怒りに赤らんだ。

「わたしは大介の姉ですっ！　理由を聞かないでも支えるのは当然よ。速水君なんかに言われることじゃないんだから！」

厚志の様子を見て、森は自分の迂闊《うかつ》さを悔《く》やんだ。厚志は相当に苦しんでいる。本来ならその役目は自分が負《お》うべきものだった。

「本当にごめん。僕と滝川のことはなんと思ってくれてもかまわないから」

厚志はもう一度謝ると、今度こそ背を向けて立ち去った。


「どうだった、茜のやつ？」

厚志が振り向くと滝川が物陰から姿を現した。どうやらずっと森家の様子をうかがっていたらしい。厚志は、滝川を安心させるように微笑《ほほえ》んだ。

「茜にはいい姉さんがいるね。きっと大丈夫だよ」

「悪《わり》ィ。何から何までおまえに任せちまって。俺、だめなやつだ……」

滝川は浮かぬ顔で謝った。

「どうしちゃったのさ、滝川。謝るなんて変だよ。僕は僕にできることをやっただけ。あとは君の出番なんだよ。君にしかできないことがある」

厚志は滝川を励《はげ》ますように言った。滝川は物問いたげに厚志を見たが、しだいにその目に生き生きとした光を取り戻した。

「へっへっへ、そうだよな。俺、頑張《がんば》るから。きっと茜を学校に連れてくるから」

「じゃあ、バトンタッチだ。滝川なら、きっとできるよ」

森は散々《さんざん》ためらったのち、もう一度、茜の部屋のドアをノックした。泣き声はやんで、部屋は静まり返っている。

「大介、ねえ、大介?」

茜の部屋には鍵はついていない。森は迷った末、ドアを開けた。目に飛び込んできたのは、部屋の隅にうずくまり、小声《こごえ》で歌を口ずさんでいる茜の姿だった。たった一日で頬は痩《こ》け、目元は赤く腫《は》れている。

森はショックを受け、茜に駆け寄った。

「大介……?」

肩を摑んで揺さぶった。が、茜は放心《ほうしん》したように反応しない。ただ、何度も何度も歌の同じフレーズを繰り返している。

森はぞっとして、茜を見つめた。ひとつ違いの義理の姉と弟だった。小さい頃から茜は頭が良く、きれいな子で、茜のいないところでは森は弟の自慢《じまん》をしていたものだ。飛び級《と きゅう》で入学した大学を辞《や》めて整備学校に入学すると言い出した時には、森は猛反対《もうはんたい》した。整備の現場《げんば》の人間に交じって弟がやっていけるとは思えなかった。

茜にはそれだけ繊細《せんさい》で脆《もろ》いところがあった。慣れない暮らしに投げ込まれて、知らずストレスが蓄まっていたのか? 理由を尋ねたかったが、厚志に言われた手前、意地《いじ》でも理由を聞くまいと思った。弟が話してくれるまで待ってやろう。

森は茜の隣に座って、膝《ひざ》に顔を埋《うず》めた。嗚咽を必死で堪《こら》え、いつまでもそうしていた。

「……姉さん」

茜がぼそりと呼びかけてきた。森は顔を上げると、茜と向き合った。目に光が戻っている。が、そのまなざしの暗さは別人のようだった。

「ああ、大介。ごめんね、こんなところで泣いちゃって」

森は努力してやっと笑顔をつくった。

「ふ。まったく姉さんは泣き虫なんだから。僕のことなら大丈夫だよ。理由は言えないけど、心配しなくていいから」

茜もこわばった顔で、微かに唇を歪めてみせた。

「うん」

うなずきながら、森の目からまたぼろぼろと涙がこぼれ落ちた。

「僕は姉さんと違って強い人間だから。大丈夫だよ。それと、速水と滝川のこと、責めないで。あいつらとはもう友達じゃなくなったけど、責めないでやって欲しいんだ」

言いながらまた胸に込み上げるものがあったのか、茜の目からも涙がこぼれた。姉弟《きょうだい》はそのまま夜が更《ふ》けるまで、ぐすぐすと泣き続けた。

翌朝、森はパジャマ姿のまま朝刊《ちょうかん》を取りに外へ出た。

門扉《もんぴ》のところで何かが動いたような気がした。首を傾げ、森はおそるおそる近くに忍《しの》び寄った。滝川がその横に座り込んでいた。

「滝川君」

声をかけられると、滝川はびくっと体を震わせ、逃げようとした。が、すぐに観念《かんねん》したらしく座り込んだまま、塀《へい》から顔をのぞかせる森を見上げた。顔が緊張でこわばっていた。

「あ、あの……」

「大丈夫です。あなたを責めることはしないわ」

森は硬い表情で言った。滝川は森から視線をそらすとうつむいてしまった。

「そんなところで何をしているの？　まだ七時じゃない」

「……ちょっと近くまで来たもんだから。茜と一緒に学校に行こうと思ってさ」

それだけ言うと、滝川は体育座りをしたまま黙り込んでしまった。森はあきれてそんな滝川を見守った。近くまでって……この家、学校から一番遠いはずなのに。あまりに見え透《す》いた嘘に森はため息をついていた。

「大介に言ってくる。滝川君が来たって」

森は家に消えると、すぐに戻ってきた。

「誰にも会いたくないって。だから滝川君、学校に行って」

森の言葉にも拘《かか》わらず、滝川は動かなかった。森は、むっとして滝川を叱《しか》りつけた。

「そんなところにいられると迷惑。早く学校に行って！」

「けど……気が変わるかもしれないから。迷惑かもしんねえけど、俺、もう少し待つよ」

結局、滝川は森が家を出るまで門の前で待っていた。森は放っておいて先に行こうと思ったが、寂しげに座り込む滝川を見て無視できなくなった。

「ねえ、滝川君。大介のことと、学校をさぼることは別よ。一緒に行きましょう」

滝川の顔に動揺の色が浮かんだ。

「俺、だからもう少し……」しどろもどろに言葉を探す滝川に、森は硬い表情で言った。

「滝川君、聞きたいことはたくさんあるけど、わたし、聞かないことにしたの。あなたの様子を見ていると、弟をいじめたんじゃないってことくらいわかるしね」

結局、森に引きずられるかたちで滝川は一緒に登校することとなった。並んで歩きながら、滝川はちらちらと森の顔をうかがっている。

「……俺のこと、責めてもいいんだぜ」

「馬鹿！　わたしと弟を見損《みそこ》なわないで。昨日《きのう》、弟は一晩中《ひとばんじゅう》泣いていたけど、それでも滝川君を責めないでって言ったんだから」

森は憤然《ふんぜん》として言った。

「そうか……茜が」滝川は下を向いたまま、森と並んで歩き続けた。

翌日も、その翌日も同じことの繰り返しだった。その間、出撃《しゅつげき》があり、滝川も森も忙《いそが》しい中で時間を過ごしたが、滝川は変わらず朝になると森家の門前に座り続けた。

四日目の朝。森は見かねて、滝川を家に上げた。弟の部屋をノックし、滝川とともに部屋に入ると、滝川の姿にぎょっとして茜はベッドに潜り込んだ。

「姉さん！　なんでこんなやつを家に入れるんだよ？　とっとと帰らせてくれっ！」

滝川はがくりと肩を落とすと、黙って茜の部屋を出た。

「それだけ？　それでいいの？　弟と一緒に学校に行ってくれるんじゃなかったの？」

森は滝川の背に言葉を浴びせた。滝川は足を止め、しぶしぶと振り返った。

「俺、口下手《くちべた》だから、うまく話せねえんだ。だから、ずっと、茜がその気になるまで門の前で待っているから」

そう言うとあっけに取られる森を残して、再び外に出て森が学校に出る時間まで茜を待ち続けた。

「挙動不審。近所の人に通報《つうほう》されなかった？」

森は滝川と並んで歩きながら、何気《なにげ》なく口にした。四日目ともなると、森も慣れて滝川にあれこれ話しかけるようになっていた。

「一度だけ。けど善行司令の名前を出して解放された。な、なあ、茜、どうしている？」

「ずっと部屋に引き籠もったまま。食事も残すし、ドア越しに話をするだけなの」

森は深々とため息をついた。初めの日に姉弟で泣いて以来、ほとんど会話がなくなっていた。話しかけてもドアの向こうから返ってくる声は、調子こそ普通だが、よそ行きで他人行儀《たにんぎょうぎ》なものだった。それがかえって森を悲しませた。

「きっと裏切られたと思ってるんだろうな。……そう思われても無理はないんだけどよ。たぶん茜にはそれが一番ショックだったんだ」

滝川は憂鬱《ゆううつ》そうに言った。森はそんな滝川の顔をのぞき込んで尋《たず》ねた。

「裏切ったんじゃないのならどうしてそう言わないんですか？　口下手は理由になりません」

森の視線を受け、滝川は顔を赤らめた。

「……悪《わり》ィ。もうちょっと待ってくれ。森には悪いんだけどよ、こういうことって言葉にしても意味ないんだよな。俺、そんな風に思うんだ」

森は少しだけ滝川を見直した。そうかもしれない。たとえは違うけれど自分と原先輩が石津《いしづ》萌《もえ》をいじめた時も言葉だけの謝罪は意味を持たないと思った。

あの時、わたしは保健室でつきっきりになって石津の看病《かんびょう》をしようと思った。言葉では謝ったけれど、わたしも原先輩もいまだにそのことを引きずっている。

森の心に滝川を思いやる余裕が生まれた。森は、ため息をつくと滝川に笑いかけた。

「わかりました。わたし、もうつべこべ言わないから。大介ね、部屋に引き籠もっているのは相変わらずだけど、昨日の夜、部屋からテレビゲームの音が聞こえてきたわ」

「え、本当に……？」

「なんだか変な声が聞こえてきて。鉄拳《てっけん》フレンドシップとか眼鏡プレッシャーとか。近所に洩れないかと思って、恥ずかしいったら」

滝川の顔がぱっと輝いた。

「最近、ふたりで盛りあがっているゲーム！　俺んちでよく対戦してるんだ」

「そ、そう……。じゃあ、滝川君のこと、気になっているのかもしれないわね。今日も朝ご飯食べずにずっと遊んでいるみたいなの」

森が滝川を見ると、心なしか表情が晴れているように見えた。


その朝は土砂降《どしゃぶ》りの雨が降っていた。

森が窓から門前をうかがうと、軍用レインコートに身を包んだ滝川が立ち尽くしていた。パイロットに風邪《かぜ》を引かせるわけにはゆかない。森は玄関のドアを開けて滝川に声をかけた。

「そんなところにいないで。中に入って」

滝川はしばらくためらったのち、再度うながされると、しぶしぶと家の中に入った。レインコートを脱《ぬ》ぎ、リビングの椅子《いす》に窮屈《きゅうくつ》そうに座った。

森が淹れた熱い茶を滝川は生き返った心地ですすった。朝食の用意をしていたのか、味噌汁《みそしる》のにおいが立ち込めている。テーブルには佃煮《つくだに》だの、お新香《しんこう》などの皿が並んでいた。飯《めし》の邪魔をしちゃ悪いよな、と滝川は玄関の方に移動しようとして立ち上がった。

と、茜の部屋からテレビゲームの効果音《こうかおん》が聞こえてきた。滝川はふらふらとドアの前に立つと、ノブに手をかけ、顔を出した。パジャマ姿の茜が気難《きむずか》しげにテレビ画面に見入っていた。

滝川の姿を認め、茜は腰を浮かしかけたが、すぐに滝川を無視するように画面に目を戻した。鉄拳フレンドシップの気恥ずかしい決めゼリフが部屋中に響き、ほどなく茜の口から舌打《したう》ちが洩れた。

「くそっ！　使えないやつめ。これだからインテリジェンスの低いキャラはだめなんだ」

茜はぼそっとつぶやいた。滝川は一瞬、気後《きおく》れしたようにあとずさったが、やがて息を吸うとテレビ画面をのぞき込んだ。

「だせー、純情《じゅんじょう》ボーイズにたこ殴りにされてやんの」

「ふ。どこに目をつけている。こいつらは超絶《ちょうぜつ》純情ボーイズだ。マイ・デフォルトじゃないキャラでも僕だったら数時間でここまでクリアできるってことさ。残念ながらデフォルトキャラで一流《いちりゅう》にもなれない誰かとは違うね」

茜はテレビ画面に目を据《す》えたまま、皮肉《ひにく》に笑った。

「それは違うんじゃねえのか。確か誰かさんとの対戦成績は十一勝八敗だったはずだぜ」

滝川は硬さの取れない顔で天井《てんじょう》を見上げながら言った。

「確かにね。しかし僕がこのゲームを始めたのは、誰かさんより相当あとのはずだ。にも拘わらずルーキーをカモにし切れない誰かさんは負け犬の極致《きょくち》というべきだな」

茜も硬い表情を崩さずに、独《ひと》り言《ごと》を言うようにつぶやいた。しばらく沈黙《ちんもく》があった。滝川はそわそわと落ち着かなく身じろぎした。

「……俺、おまえに生きていて欲しかった」

滝川はぽつりと言った。

「よけいなお節介《せっかい》なんだよ。しかし今度のことは僕にも責任がある。君と速水を巻き込んでしまったことは大変遺憾《いかん》だったと……」

茜はことさらに気取《きど》った口調で言いかけて、急に黙り込んでしまった。ためらったあげくコントローラーを放り出し、横を向いて言い直した。

「僕はパーフェクトな人間だからこれまで謝ったことはなかったけど、今回だけは例外だ。本当に……悪かったよ」

茜の言葉は真剣で、そして心からのものだった。

「な、なあ、そろそろ顔を出していいんじゃねえのか。みんな、寂しがってる」

「君に言われるまでもないね」

と言うや、茜は滝川を押しのけて部屋を出た。

「これからシャワーを浴びて、着替える。のぞくんじゃないぞ」

「誰がんなもんのぞくかよ！　時間がねえんだ。さっさと支度をしろ！」

喧嘩腰になってやり合うふたりを、森がこわごわとのぞき込んだ。


「無職ノイローゼは大失敗であった。今朝メールを見たら、準竜師からメッセージが届いていた。たわけ、とな」

舞は不機嫌に厚志をにらみつけた。このところ、ふたりは校門前の芝生《しばふ》に立って、滝川の登校を見守っていた。その朝も、傘をさしてたたずんでいた。

「それで……茜は？」

厚志がおそるおそる尋ねると、舞はこともなげに言った。

「茜がどうしただと？　今、石津が茜への懲罰分を計算しているところだ」

「……そういうことじゃなくて」

「ウィチタはターゲットから茜をはずしたようだ。むろん、油断《ゆだん》はならぬがな」

「良かった」

厚志は、ほっとして心からそうつぶやいていた。

「そなたは友を守り切った。わたしに打ち明けもせず、にな」

「あはは。そのことだったら、何十回でも責《せ》めていいよ。同じことがまた起こっても、僕は同じように絶対に打ち明けない。それが大切な人を守ることだって確信があるから」

「ふむ。そなたも言うようになったな」

舞は満足げにうなずいた。

ふたりの横を滝川と茜が、豪雨《ごうう》にめげもせず、騒々《そうぞう》しく言い合いをしながら通り過ぎていった。

芝村舞の野望Ⅲ　舞の愉快な仲間たち

「へえ、芝村《しばむら》さんの部屋《へや》ってきれいに片づいているんだね。よけいなもの置いてなくて、なんだかすごく頭良さそうな部屋って感じ。格好《かっこう》いいなー」

速水厚志《はやみあつし》は感心して芝村舞《まい》の部屋を見まわした。厚志の隣《となり》には舞の盟友《めいゆう》の東原《ひがしはら》ののみが感心にも正座《せいざ》をして、にこにことジュースを飲んでいる。厚志の反応に、舞は密《ひそ》かにほくそ笑《え》んだ。

厚志を招待《しょうたい》するために半日かけて部屋を片づけた甲斐《かい》があった。むろん盟友の東原の助けがあってこそだが。ぬいぐるみを冷蔵庫に隠すわたしを東原は怪訝《けげん》な顔で見たが、東原よ、それはそういうものなのだ。大人《おとな》になればそなたにもわかる。

「……ねえ、ののみ、ジュースお代わりしていい？」

東原が遠慮《えんりょ》がちに舞を見た。そのまなざしに舞は胸を痛めた。なんだ、その年頃《としごろ》で遠慮《えんりょ》するか？　東原よ、子供らしく堂々《どうどう》とジュースを要求するがよい。何杯でも飲め。

「あ、じゃあ僕が持ってきてあげる」厚志がすばやく座を立つと冷蔵庫へ向かった。

「ふむ。頼んだぞ……」と言いかけて、舞は、はっと腰《こし》を浮かした。いかん、そこは……！

「あれ？　こんなところにぬいぐるみが。猫にあらいぐま。あとアザラシ？　牙《きば》があるアザラシなんだね。珍《めずら》しいなー」厚志は首を傾《かし》げた。

「それ、舞ちゃんがね……」にこにこと言いかける東原の口を舞はあわてて塞《ふさ》いだ。

「東原よ、ジェリービーンズはどうだ?」すばやく手元の缶《かん》に手を突っ込みジェリービーンズを東原の口に押し込む。

「可愛《かわい》いよねー、これ。けど、どうして冷蔵庫なんかに?」厚志は両腕《りょううで》にぬいぐるみを抱《かか》え、不審《ふしん》げな顔で舞を見つめた。舞の顔が、かぁっと赤らんだ。

「そ、それは……そうだ! ぬいぐるみというのはハウスダスト、とりわけダニの温床《おんしょう》なのだぞ。健康にとっても悪いものだ。これらは東原のぬいぐるみで、わたしは預かったぬいぐるみを冷凍殺菌《れいとうさっきん》している最中《さいちゅう》であったのだ」

「そうか、ののみちゃんの……」厚志は、ふうんという顔になった。

「それに、アザラシではない。それは……トドだ」舞は小さな声で訂正《ていせい》した。

「舞ちゃんはね、どうぶつに——」再《ふたた》び口を開きかけた東原の首に、舞はヘッドロックをかけると一緒《いっしょ》に床に倒れ込んだ。プロレスごっこを仕掛けられたと思い込んだ東原は、きゃーと嬉《うれ》しげな悲鳴をあげて、「こんどはののみがすーぷれっくすかけていい?」と舞に抱きついた。そんなふたりを厚志は微笑《ほほえ》ましげに見ていたが、ふと思い出したように紙袋《かみぶくろ》を取り出した。

「そうだ、お土産《みやげ》にクッキー持ってきたんだ。みんなで食べようよ。お皿とか、ない?」

「だったら流しの横を適当《てきとう》に探してくれ……」と言いかけ、舞はまたしても失策《しっさく》を悟《さと》った。待て、待ってくれと立ち上がろうとしたとたん、東原に腰にむしゃぶりつかれ転倒《てんとう》した。

「あー、なんだかすごく可愛いお皿発見。あはは、フクロウの顔をかたどった皿だね。へぇえ、芝村さんってこういう趣味《しゅみ》していたんだ」

厚志がにこやかに舞に一枚の皿を示した。舞は必死に言葉を探した。

「……それは東原からもらったものだ。友から贈《おく》られたものはありがたく使わせてもらうことにしている。よいか、断じて他の意味はないのだぞ」

「ののみ、舞ちゃんにおさらあげたりしてない……きゃー」

舞にくすぐられて、東原はきゃっきゃと部屋中を転げまわった。東原をくすぐりながら舞は後悔《こうかい》していた。こんなことなら証拠物件《しょうこぶっけん》はすべて何処《どこ》かに預《あず》けておくべきだった。

「あはは。なんだかふたりとも仲がいいよね。あれ……」

プロレスごっことくすぐり攻撃に疲れたか、東原は眠たげにあくびをした。それでも健気《けなげ》にふるふると首を振って、目を覚《さ》ましていようとする。

「ののみちゃん、少し眠ったら。僕たち、ずっとここにいるから」

「わたしのベッドを使うがよい」舞は東原の手を取ってベッドに案内《あんない》した。

「じゃあ、僕は毛布《もうふ》を」厚志は押入《おしいれ》の戸を開けようとした。

「だめだっ！　その戸を開けてはならん！」舞の切羽《せっぱ》詰《つ》まった声が響き渡った。

「え、けど……」厚志は思いっきり押入の戸を開けていた。次の瞬間《しゅんかん》、雪崩《なだれ》のごとく大量の何かが降ってきて、厚志は悲鳴《ひめい》をあげて突《つ》っ伏《ぷ》した。しばらくして、おそるおそる顔を上げた厚志がまず目撃《もくげき》したものは、二、三十はあるだろう散乱《さんらん》した大量のぬいぐるみだった。さらに全長二メートルほどもある巨大《きょだい》なイルカのプールグッズを発見して、厚志は息を呑《の》んだ。

「イルカ……」茫然《ぼうぜん》とつぶやく厚志に、舞は弁明《べんめい》する言葉も見つからず凍《こお》りついていた。

破滅《はめつ》だ――。イルカだけは、あのイルカだけは見られたくなかった。くっ、どうしてきちんと空気を抜いて仕舞《しま》っておかなかったのか？　我《われ》ながら初歩的《しょほてき》な失策《しっさく》だ。わかっている。明日《あした》からわたしは「イルカ」呼ばわりされることだろう。さもなくば、「イルカ」という単語に怯《おび》えながら日々を過ごさねばならぬだろう。そんなの、わたしは嫌だ。

「あは――」厚志はこわばった微笑《びしょう》を浮かべた。さすがにイルカは強烈《きょうれつ》だった。

「笑ったな……」舞は蒼白《そうはく》になって唇《くちびる》を震わせた。

「笑ってなんか……」厚志はしまったというように口をつぐんだ。

「……いいや、笑った。確かにわたしは動物が好きだっ！　愛らしい動物グッズを見れば衝動《しょうどう》買いしてしまう！　なれどそれがそんなにおかしいか？　イルカがそんなにおかしいか？」

次の瞬間、暴風《ぼうふう》が吹き荒れた。ありとあらゆるぬいぐるみが投げつけられ、厚志は寝ぼけ眼《まなこ》の東原を抱えると、ほうほうの態《てい》で舞の部屋を逃げ出していた。

夜道《よみち》を駆けながら厚志は、明日から舞にイルカは禁句《きんく》だ、と深く胸に刻《きざ》み込むのであった。

原日記——monologue

そよ風がやさしく頰《ほお》を撫《な》で、日を追って瑞々《みずみず》しさを増す街路樹《がいろじゅ》の緑が目にまぶしい。春の明るい陽射《ひざ》しの下《もと》、わたしはお気に入りのカフェテラスでダージリン・ロイヤルの香りを楽しみながら、午後のひと時を過ごしている。時折《ときおり》、視線が飛んできて、うっとうしい思いをすることもあるけど、女性に目が行ってしまうのは殿方一般《とのがたいっぱん》の習性《しゅうせい》だしね。むしろ見られるのは光《こう》栄《えい》なことだと思って許してあげることにしている。それにしても——あら、どうして森《もり》がこんなところにいるのかしら？

先輩《せんぱい》、中村《なかむら》君と岩田《いわた》君が摑《つか》み合いの喧嘩《けんか》を始めちゃったんです、どうすればいいでしょうですって？　一番機のまわりに靴下《くつした》が散乱《さんらん》して、とてもじゃないけど女子には近づけませんって？　靴下ってなんなのよ、靴下って。どうして燦々《さんさん》と陽が降り注《そそ》ぐカフェテラスで中村と岩田が靴下まみれになって喧嘩をしなきゃならないの？　そんなのって不条理《ふじょうり》。

…………わかっているわよ。先輩、現実逃避《とうひ》はやめてくださいってそのセリフ聞き飽《あ》きたわよ。認めるわ。ここはカフェテラスなんかじゃありません。薄暗くて黴《かび》と埃《ほこり》とたんぱく燃料《ねんりょう》のにおいがする整備《せいび》テントの片隅《かたすみ》です。わたしは主任《しゅにん》席に座ってペットボトルのオレンジデリシヤスティーをじか飲みしながら書類の山に埋《うず》もれていて、殿方の視線なんか微塵《みじん》も感じず、一番機の方角《ほうがく》からは怪鳥《かいちょう》のような叫び声と、「嗅《か》ぐな、伝説《でんせつ》の一年靴下が減るじゃにゃあや！」なんて意味不明の怒鳴《どな》り声が聞こえてくるわよ。

　わかった。じゃあ森さん、ふたりに伝えて。静かにしないとレーザーメスを持ってそちらへ行くと…………ああ、今度《こんど》は田辺《たなべ》さん？　そんな離れたところに突っ立ってないで、近くに来て話しなさい。茜《あかね》大介《だいすけ》と田代《たしろ》香織《かおり》が指揮《しき》車《しゃ》の側《そば》で口喧嘩を始めたって？　了解《りょうかい》。面倒《めんどう》くさいから、このシグ・ザウエルを持って喧嘩やめなきゃこれで撃つって脅《おど》して。……泣くことないでしょ、泣くこと。ほら、元々弾《たま》を込めてないんだから。とにかく三分で片《かた》をつけなさいね。

　……今度は何？　ええっ、この花束《はなたば》をわたしに？　ありがとう遠坂《とおさか》君。わたしの辛《つら》さをわかってくれるのはあなただけだわ。実は許可《きょか》してもらいたいことがありますって。何？　許可できることとならなんでも叶《かな》えてあげる。…………ねえ、遠坂君、そんな許可をもらうためにわざわざわたしの大切な時間を取らせたの？

　だいたいなんなのよ、遠坂財閥《ざいばつ》がN・E・Pを提供《ていきょう》しますって。それを全機体に標準装備《ひょうじゅんそうび》しますって。あのねえ、N・E・Pっていうのはね、時間軸《じく》を操作《そうさ》する危険な兵器なの。時間を遡《さかのぼ》って敵の存在そのものを否定し、消滅《しょうめつ》させる兵器なの。わたしが配備を陳情《ちんじょう》しないのは理由があるの。芝村《しばむら》さんなんかに持たせたら嬉々《きき》として戦場を駆けまわって、整備が追いつかなくなるだろうし、滝川《たきがわ》君なんかに持たせたらそれこそ街ひとつ消し去りそうで危なっかしくて持たせられないわ。だったらせめてこれをって？　これ何？　てるてる坊主《ぼうず》なのは知っているけど。これを士魂号《しこんごう》のコックピットに吊り下げたい。悪天候だと士魂号の機動性《きどうせい》が損なわれ、パイロットの身が危険になるからお守り代わりのてるてる坊主ですって？　もしかしてわたしを馬鹿にしてない？　とんでもない自分は真剣《しんけん》だ、と。なるほどね。真剣だとしたらなおさら悪いっていうのよ、このロン毛のへなへな坊《ぼっ》ちゃん！　ああ、むしゃくしゃする。

あ、善行《ぜんぎょう》さん。まさかあなたまで――。これ、くれるの？　DIARYね。日記でもつけてみたらどうかって？　けど、何を書けばいいのかしら？　もしかして自分のこと書いてくれるんじゃないかって期待してる目、それは？

……何ですって。日記をつけるとストレス解消《かいしょう》になって、精神が安定しますよ、ですって？ねえ、善行さん、喧嘩売ってるの？　ご心配なく。わたしはいつだって安定しています。ストレスなんて蓄《た》まっていません。それは、たまには爆発《ばくはつ》することだってあるけど、そもそもわたしがこんなことになったのもあなたのせいなんだから。こんなくそ忙《いそが》しい隊に引っ張ってきて、こきつかえるだけこきつかって、それで「精神が安定しますよ」はあまりに残酷《ざんこく》というものでしょ。

　ああ、こんな生活、もう嫌《いや》っ！　善行の馬鹿！　日記に書いてやるから書いてやるから――。

第四話　銀剣突撃勲章

一番機整備士《せいびし》・新井木《あらいぎ》勇美《ゆうみ》は尚敬《しょうけい》校の体育館でバスケットゴールを真剣《しんけん》な表情で見つめていた。手にしたボールは小柄《こがら》な新井木にはやけに大きく見える。新井木は何度も何度も深呼吸《しんこきゅう》してフープとの距離《きょり》を目測《もくそく》した。

新井木の細く締まった体が伸び上がる。手から離れたボールがきれいな弧《こ》を描《えが》き、フープへと吸い込まれてゆく。ぱさ、と微《かす》かな音。続いて、ボールがバウンドする音が深閑《しんかん》とした体育館にこだまする。ナイスシュート。新井木は満足《まんぞく》げに微笑《ほほえ》んだ。普段《ふだん》のテンションをアップしているときとはまったく異質《いしつ》の笑顔だった。

「けっこうやるね。僕も現役《げんえき》時代はスリーポイントが武器《ぶき》だった」

声が誰もいないはずの館内に響いた。苦手《にがて》な声だ。新井木は振り返ると、二番機整備士の狩《かり》谷《や》夏樹《なつき》をにらみつけた。

「車椅子《くるまいす》でこっそり忍《しの》び寄るのって高等技術《こうとうテク》だね」

新井木の挑発《ちょうはつ》に、狩谷は冷たく笑った。

「物音がしたから普通に近づいただけだよ。一種の視野狭窄《しやきょうさく》というものかな。君は夢中《むちゅう》になっていて気がつかなかった。……バスケ、やっていたのか？」

狩谷の問《と》いに新井木はしぶしぶとうなずいた。

「大好きだった。けど、僕ってこの通りの背だからずっと補欠《ほけつ》のまんまでさ。知ってる？　十センチ身長が違うと、二倍三倍努力したって無駄《むだ》なんだよ」

「あいにくと、そんな理屈《りくつ》は聞いたこともないね」

狩谷はにこりともせず言った。

「僕だって男子では背が低い方だったけど、タクティクスとポジショニングで対等以上に渡り合えた。スリーポイントシュートは僕ぐらいの身長の選手の必須課目《ひっすかもく》みたいなものさ。君が補欠だったのには他に原因があったと考えた方がいいな。たとえば試合中スリーポイントを打つまでの局面《きょくめん》をどうつくり、どう時間を稼《かせ》ぐか？　君にはそこいらへんのセンスがなかったんじゃないかな」

狩谷の言葉は容赦《ようしゃ》なかったが、いつになく多弁《たべん》になっていた。新井木がバスケをやっている姿を見て、つい話し込んでしまった。

「陰険眼鏡《いんけんめがね》。その分《ぶん》じゃ反則上手《ダーティ》なプレイヤーだったろうね」

本当は狩谷の指摘《してき》は正しかった。新井木は身長という隠《かく》れ蓑《みの》で自分をごまかしていた。自分でもそれに気づいていた。反則上手というのは新井木にとっては半分誉《ほ》め言葉だ。この眼鏡、相手にとっては嫌《いや》ったらしい敵だったろうな。

「中学レベルで反則上手はないだろう。君はバスケ漫画《まんが》の読み過ぎだ」

「……そんなことより、僕、君に言いたいことがあるんだよ。祭《まつり》ちゃんのこと。あれ、君がやったんでしょ？」

新井木は狩谷にボールをパスして言った。狩谷は軽いタッチでボールを掴《つか》んだ。腕を伸ばし、ドリブルをしながら器用《きよう》に車椅子を動かす。

「祭ちゃんの顔の痣《あざ》。祭ちゃんは何も言わなかったけど、女の子を殴《なぐ》るなんて最低だよ」

思い切って新井木が責《せ》めると、狩谷はシュート体勢《たいせい》のまま静止《せいし》した。

「コートに入るたびに思うんだ。ゴールがなんて高くなったんだろうってね。それにこの広さときたら。ここに来るたびに無力《むりょく》さを痛感《つうかん》する」

「祭ちゃんのこと！」

「ああ、だから？　君になんの関係があるんだい？　かわいそう？　正義《せいぎ》の味方《みかた》としては許しておけない？」

新井木の真剣な顔を見て、狩谷は嘲笑《あざわら》った。

「祭ちゃんは僕の友達なの。友達を傷つけられたら、誰だって怒るよ」

「じゃあどうするんだ？　僕を車椅子ごと押し倒す？　それはそれで見上げた態度《たいど》だよ。なまじっかな同情《どうじょう》がない分ね。さあ、どうするんだ？」

狩谷はそう言うとボールを宙に浮かした。柔《やわ》らかな弧を描き、音らしい音もたてずボールはフープを通過した。

「……わかったよ。それじゃ言わせてもらおう。君は僕のような立場になったことがないから わからないだろうけど、加藤《かとう》はうっとうしい。まったく、中学の同級生だったたって言われても、僕はあいつのことなんて覚えていないんだよ。……なのにあいつは一方的《いっぽうてき》に近づいてきた。僕と加藤の関係は片道通行《かたみちつうこう》の奉仕《ほうし》と、片道通行の感謝《かんしゃ》だ。加藤に介護《かいご》されて、僕はそのたびに感謝を強《し》いられる。常に弱者《じゃくしゃ》である自分を意識させられるというわけさ。加藤が一生懸命《けんめい》なのは認める。けれど、あいつに尽《つ》くされれば尽くされるほど、僕の心は死んでゆく」

狩谷はボールを拾おうと車椅子をダッシュさせた。新井木には狩谷の言っていることが皆目《かいもく》わからなかったが、要するに陰険眼鏡はいつでも他人を見下《みくだ》していないと気が済まない性格なんだね、と思った。

「馬鹿っ！」

新井木は狩谷の手に収まったボールをはたき落とした。ボールを手にして今の狩谷には夢でしかないスピードあるドリブルでゴール下に迫《せま》った。ジャンプしてシュートを決める。

「よおっしゃあ！」新井木はガッツポーズを決めると、ボールを手に狩谷に向き直った。

「じゃあ僕は君を特別扱いしないから。車椅子なんて言い訳にはならない。そう言ってあげる。悔《くや》しかったらこのボール、取ってみなよ。さあ、カモン、陰険眼鏡」

少し残酷《ざんこく》な気分になっていた。狩谷は悔しげに唇を噛《か》みしめ、新井木をにらみつけた。

「新井木さん、やめて」

声がかかった。新井木が視線を転じると、事務官《じむかん》の加藤祭がしょんぼりと立ち尽くしていた。左目の下にできた青痣が痛々しい。

「どうして？　こいつが変な理屈《りくつ》こねるから、普通《ふつう》に相手してやろうと思っただけだよ。車椅子だから弱者なんじゃないよ」

「それでもやめて。でないと、ウチ、新井木さんのこと嫌いになる」

加藤に懇願《こんがん》されて、新井木は下を向いた。どうして？　狩谷のことがなければ祭ちゃんは楽しくて面倒見《めんどうみ》が良くて、隊の雰囲気《ふんいき》を盛《も》りあげてくれる最高の友達なのに。僕はいくらテンションを上げて明るくしても嫌われてしまう。けれど祭ちゃんは元々具《そな》わっているものが違うのか、誰からも好かれている。

狩谷は祭ちゃんの足を引っ張っている、と新井木は思った。

「普通扱いとか、特別扱いとかわからへんけど、ウチがなんとかやっていけるのはなっちゃんがいるからなんよ。そうでないと張り合いなくなって、元の愚痴《ぐち》っぽい根暗女《ねくらおんな》に逆戻りや。だからこれ以上、なっちゃんを構うのはやめて」

新井木は立場を失って、立ち尽くした。そんなに陰険眼鏡が好きなの？　新井木は怒りの矛《ほこ》先《さき》を失って、気まずげに押し黙った。ふと視界の隅《すみ》に青い髪の少女が映った。新井木は救われたように田辺真紀《たなべまき》に声をかけた。

「マッキー、ほら、パス！」

新井木がボールを投げると、キャッチしようとして田辺は足をもつれさせ、転んだ。ずり落ちた眼鏡を押し上げもせず、田辺は新井木に微笑みかけた。

「あの……中村君《なかむら》が呼んでいますけど。新井木さん、用事の途中じゃなかったんですか？」

「あ、そうだ。補給車《ほきゅうしゃ》からパーツを持ってくるように言われたんだった。まったくあの変態《へんたい》ったら人遣《ひとづか》いが荒いんだから。青春真っただ中っていうのに、今日《きょう》も徹夜《てつや》なの！　マッキー、同情してくれてもいいよ」

新井木の独特《どくとく》な言い方に、田辺はやさしげに微笑んだ。

「え、ええ。わたしでよければお手伝《てつだ》いしますけど」

そのひと言に新井木は救われた思いがして、田辺と一緒に体育館を出て気まずい雰囲気《ふんいき》から逃《のが》れようとした。その時、多目的結晶《たもくてきけっしょう》が鳴って、校内のスピーカーから坂上《さかうえ》教官の声が流れた。

「……全兵員《へいいん》は作業《さぎょう》を中断《ちゅうだん》、すみやかに戦闘態勢《せんとうたいせい》に移行《いこう》せよ。繰り返す、全兵員は作業を中断、すみやかに戦闘態勢に移行せよ」

新井木と田辺、加藤は顔を見合わせた。三人は狩谷の車椅子に取りつくと、抗議《こうぎ》する狩谷にかまわず全速力《ぜんそくりょく》で車椅子を走らせた。


壬生屋未央《みぶやみお》はグラウンドはずれで型《かた》の練習を行っていた。

樫《かし》の木で作られた愛用《あいよう》の木刀《ぼくとう》を持ち、古流剣術《こりゅうけんじゅつ》の型を再現《さいげん》する。九州《きゅうしゅう》は古流、すなわち戦国《せんごく》の頃《ころ》の剣術の型が残っている土地柄《とちがら》だった。戦国時代に盛んであった古流は鎧《よろい》を着た敵を倒すことを想定《そうてい》している。それだけに装甲《そうこう》が硬い幻獣《げんじゅう》相手に応用できるのでは、との期待があった。

思いつく限りの型を再現するが、今ひとつピンとこなかった。

その型でミノタウロスを一刀両断《いっとうりょうだん》できるかといえば、今ひとつ自信が湧《わ》いてこないのだ。

先日の戦闘でも、延々《えんえん》十五分にわたる白兵戦《はくへいせん》の末、やっと一体を撃破《げきは》しただけだ。こんなことではだめだ、と壬生屋は一撃必殺《いちげきひっさつ》の型の発見を急《いそ》ぐことにしていた。

汗がぐっしょりと胴衣《どうぎ》を濡《ぬ》らす。今日もだめか？　壬生屋は動きを止めてため息をついた。

「戦いの日々には慣れたかしら。パイロットさん？」

声をかけられて壬生屋は振り返った。原素子《はらもとこ》がにっこりと笑いかけてきた。警戒《けいかい》してあとずさる壬生屋に、原は両手を上げてワタシ凶器《きょうき》持ッテイマセンの仕草をしてみせた。

「な、なんのことでしょう？」壬生屋はまっすぐに原を見つめた。

「なんでもない。その様子《ようす》じゃ、まだまだ大丈夫《だいじょうぶ》そうね。あ、どうぞ、続けて」

にこやかに言われて、壬生屋はちらちらと原を気にしながらも型の練習を再開した。原は機嫌《きげん》良く腕組《うでぐ》みをして壬生屋の練習を見ていた。

「あら、もう終わりなの？」

木刀を置き、芝生《しばふ》に腰《こし》を下ろし、何やら考え込む壬生屋に原は声をかけた。顔を上げると、原がペットボトルのウーロン茶を差し出した。

「これ、よかったら飲んでね。あ、大丈夫だから。毒《どく》は入ってないわよ」

「す、すみません」

壬生屋は恐縮《きょうしゅく》してウーロン茶に口をつけた。原が隣《となり》に座ったので、こそっと身を遠ざける。

「やあねえ、もうからかったりしないわよ」

「一晩中《ひとばん》、眠れなかったんですから。わたくし、悩《なや》んだんですから！」

士魂号《しこんごう》は限界を超えた動きをすると自爆装置《じばくそうち》が誤作動《ごさどう》し、爆発《ばくはつ》する危険《きけん》がある、と原は壬生屋をきつい冗談《じょうだん》でからかった。

壬生屋は真剣に受け止め、食事も摂《と》れず、一睡《いっすい》もできずに悩んだものだ。

「だから冷静に考えればわかることじゃない？　元々自爆装置というものは機密《きみつ》を守るためのもの。幻獣《げんじゅう》相手に機密を守ったってしょうがないでしょ？」

「けれど、整備主任《しゅにん》が嘘《うそ》を言うなんて思わなかったから……」

壬生屋は口をとがらせて原を責めるようににらみつけた。

「ほほほ。だからあなたは未熟《みじゅく》なの。パイロットっていうのはほんの一瞬《いっしゅん》の油断《ゆだん》が命《いのち》取りになる仕事じゃない？　権威《けんい》とか肩書《かたが》きとか、そんなものを無条件《むじょうけん》に信じるようじゃだめね。もっと自分の目で見て、自分の頭で考えて、自分の体で反応することを覚えなきゃね」

原はぬけぬけともっともらしいことを言った。壬生屋は反論できずにうつむいてしまった。

「それで、修行《しゅぎょう》はうまくいってるの？」

原に尋《たず》ねられ、壬生屋はがっくりと肩を落とした。

「だめなんです。イメージも湧いてこないし。このままでは皆さんにご迷惑《めいわく》をかけると思うとわたくし……」

「なんだかいろいろ試《ため》していたみたいだけど、感想を言っていい？」

「どうぞ……」

「表情《ひょうじょう》に迷いがあるわね。大昔の剣士《けんし》の人って、あんなにいろいろな技《わざ》を持っていたの？　今日はこの技を使おうとか、明日《あした》はどの技にしようか、なんて」

そう言われて、壬生屋ははたと考え込んだ。

「いいえ。ひとつの技……型を使いこなすだけで何年もかかったと思います。竹刀《しない》剣道の時代になってからは多彩《たさい》な型を使う人も増えたでしょうけど、真剣とか木刀を使っていた時代では命が懸《か》かっていますから、自分の命を託《たく》せる得意な型をひとつかふたつ持っていれば大したものだったと思います」

壬生屋は言葉を選んで話した。古流剣術にあるのは抜刀《ばっとう》から納刀《のうとう》までの手順である型だけだ。真剣ないしは木刀を使い、ひとつの型を体が覚え込むまで練習する。

「ねえ、だったら型の練習なんてやめちゃったら？」原は唐突《とうとつ》に言った。壬生屋が驚いて見つめると、原は楽しげに笑った。

「迷って、自分を見失うくらいだったら、練習をやめた方がいいって。そんなことより自信をもって自分をコントロールできるようにした方がいいわよ。ほら、頭って体の隅々に指令《しれい》を下《くだ》しているわけじゃない？　自信がないと筋肉《きんにく》が萎縮《いしゅく》しちゃって、イメージ通りの動きができにくくなるのよね」

「あの……原さんは何か武道のご経験が？」

　壬生屋は素直に感心して言った。士魂号を開発したスタッフであったという噂《うわさ》は聞いている。どんな風に勉強をすればあんな凄《すご》いものが造れるのか、素朴《そぼく》に畏敬《いけい》の念を抱いている。

「まったくなし。けど、これでも一応《いちおう》、人工筋肉《じんこうきんにく》の権威《けんい》だからね。人間の筋肉組織《そしき》についても随分《ずいぶん》研究はした、かな」

「へえ、凄いんですね」

　壬生屋の声に尊敬の響《ひび》きを感じ取って、原は微笑んだ。この素直《すなお》さが好きだけど、戦場では命取りになるかもしれない。ならばわたしが鍛《きた》えねば、と密《ひそ》かに壬生屋ビイキを自認《じにん》する原は自《みずか》らに課題を与えていた。

「なんだか嬉しくなっちゃった。あなたは優秀《ゆうしゅう》なパイロットだし、向上心《こうじょうしん》を持っているしね。だから隠しコマンド、教えちゃおうかな」

「……隠しコマンド、ですか？」壬生屋は首を傾《かし》げた。

「ええ、コンソールの右隅に緑色のボタンがあるでしょ。五秒押して離す。これを三回繰り返すとね、パワーが百二十パーセント増《ぞう》になるの。元々は白兵戦《はくへいせん》用の機能だったんだけどね、パワーアップしたつけが大きいから封印《ふういん》されているのよ。人工筋肉への負荷《ふか》が大きくなって整備に手間《てま》がかかるしね。けど、あなただったら特別に許可《きょか》してあげる」

　原に、にこやかに言われて壬生屋は戸惑《とまど》った。

「そ、そんな、悪いです」

「やあねえ、わたしとあなたの仲じゃない？　わたしは一生懸命なパイロットにはやさしいので有名なんだから。整備畑《ばたけ》じゃホトケの原なんてセンスないネーミングで呼ばれてるけどね」

不意に掌《てのひら》に埋め込まれた多目的結晶が鳴った。校内に出撃《しゅつげき》のアナウンスが流れる。壬生屋と原は表情を引きしめると、凜《りん》とした表情でうなずき合った。


速水厚志《はやみあつし》はコックピットの中で、眼下《がんか》に広がる光景《こうけい》に息を呑《の》んでいた。阿蘇山麓《あそさんろく》の草原地帯。陽光を浴びて輝く緑が目にまぶしかった。三番機は一番機、二番機とともに高地の一画に陣取《じんど》って、待機《たいき》をしていた。

眼下の草原では敵味方がぶつかり合っていた。士魂号Lの一群が群舞《ぐんぶ》のように器用《きよう》にターンして幻獣の群れに狙いを定める。一二〇mm滑腔砲《かっこうほう》の一斉射撃《いっせいしゃげき》で、ゴルゴーン、キメラなどの中型《ちゅうがた》幻獣が次々と炎上《えんじょう》する。草原を埋め尽くした小型《こがた》幻獣の大群《たいぐん》を迎え撃つのは戦車随伴歩兵《スカウト》の役目だった。そこかしこに掘られた塹壕陣地《ざんごうじんち》から、機銃弾《きじゅうだん》が撒《ま》き散らされ、機関砲弾が微かな弧を描き、敵中に吸い込まれてゆく。

「さてと、下の景色《けしき》に注目だ。遮《さえぎ》るもののない広々とした草原ってのは数で押してくる幻獣を相手にするには一番厄介《やっかい》な地形なんだ。連中《れんちゅう》が大群《たいぐん》を投入《とうにゅう》してくるから、こちらもそれに応じた部隊数を動員しなきゃならないってわけ。にしてもどうだ、あの士魂号Lの動き。きれいなものだろ？　精鋭《せいえい》中の精鋭だぞ」

瀬戸口《せとぐち》ののどかな声が通信回線から流れてくる。

「それはわかったが、我《われ》らはいつまで待てばよいのだ？」

舞《まい》の憮然《ぶぜん》とした声。

「そうです。瀬戸口さんは前置きが長過ぎます！」壬生屋も同調《どうちょう》して言った。

「ははは。そうあわてなさんな。今日《きょう》の俺たちの任務《にんむ》は、隠《かく》し駒《ごま》ってやつさ。戦いがもつれてきたらリザーブとしていっきに片《かた》をつける役目だな。司令《しれい》が言うには、士魂号の典型《てんけい》的な使い方のひとつってことだがね」

「あ、戦車がやられた！」滝川《たきがわ》の声だ。眼下では士魂号Lの一群《いちぐん》が新《あら》たに敵の増援《ぞうえん》として到着《とうちゃく》したミノタウロスと激突して三両が炎《ほのお》を上げている。

「わたくし、わたくし……」

焦《じ》れる壬生屋の声がコックピットに響《ひび》き渡る。

「はい、壬生屋さん。落ち着いて。深呼吸《しんこきゅう》を一回、二回。覚えておけよ、今度《こんど》命令なしで出撃したら大変なことになりますよー」瀬戸口の冷《ひ》やかすような声が聞こえた。

「わかっています！」壬生屋は憤然《ふんぜん》として言った。

「まあ、見ていろって。この戦区《せんく》にはちょっとした名物部隊《ぶたい》が張りついていてな。俺たちと同じ士魂号の部隊だ」

「瀬戸口よ、それはまことか」舞の口調には微かな興奮が感じ取れた。

「ああ、３３５２って隊でな。通称《つうしょう》、荒波《あらなみ》隊と呼ばれている。まんま司令の名前を冠《かん》したネーミングだがね。じきに出てくるから、よく見ておくように」

草原の一画で炎が上がった。厚志が目を凝《こ》らすと、深紅《しんく》のカラーリングを施《ほどこ》された一体の単《たん》座型軽装甲《ざがたけいそうこう》が大胆《だいたん》にも敵中を突っ切って戦車隊を攻撃《こうげき》している敵に襲いかかった。ジャイアントアサルトの連射で、一体のミノタウロスが崩れ落ちる。敵が一斉に転回《てんかい》する数秒を利用してさらに一連射。今度はゴルゴーンが炎を噴き上げた。

ミノタウロスの生体ミサイルが軽装甲を襲う、と思われた瞬間、鈍重《どんじゅう》な敵を嘲笑うかのように機体は移動。二度の射撃でさらに二体を葬《ほうむ》った。

凄い。どうしたらあんな動きができるんだ？　厚志は息を呑んだ。深紅の軽装甲の凄さは二度目の射撃にあった。射撃即《そく》移動が士魂号運用の鉄則《てっそく》だが、あの機体は射撃、射撃即移動と攻撃の回数を増やし、ぎりぎりのところで敵の攻撃を見切っている。時間にすれば二、三秒、否《いな》、一秒に満たないかもしれない。そこまで精確《せいかく》に読んで攻撃を行っている。

それに、あの操縦《そうじゅう》のみごとさはどうだ。

深紅の軽装甲が特に複雑な運動をしているわけではないことを、厚志は瞬時《しゅんじ》にして見極めた。転回は最小限。いたずらに機体の向きを右に左に変えていない。さらに小刻《こきざ》みな移動もなし。移動、停止のメリハリをはっきりさせ、その分、時間を稼いでいる。

「凄い。あのパイロット、凄いよ……」厚志は思わず声をうわずらせていた。

「ふむ。特に派手な動きをするわけではないが、すべてが計算し尽くされている。あれがプロフェッショナルというものだな」舞も厚志に同調《どうちょう》する。

「すげー、すげー、すげーっ！」滝川の感極《かんきわ》まった声が、厚志の耳を直撃《ちょくげき》した。あ、滝川がいたんだったと厚志はかぶりを振った。

同じ軽装甲にあんな動きを見せられては、たまったものじゃないだろう。

「滝川には目の毒というものだな」そうと察して舞がつぶやいた。

「瀬戸口さん、あれ、あれ、あれが荒波隊ですか？」滝川の興奮した声が続く。

「ああ、あの深紅の機体に搭乗《とうじょう》しているのが荒波千翼長《せんよくちょう》だ。元は自衛軍《じえいぐん》のエースパイロットでな。善行《ぜんぎょう》司令と前後して、士魂号部隊の創設《そうせつ》を上層部《じょうそうぶ》に具申《ぐしん》している」

「視点《してん》を荒波機から半径百に固定。拡大表示《かくだいひょうじ》してみてください」

不意《ふい》に善行の声が流れてきた。言われるままにズームすると、厚志の視界に中型幻獣の群れを引き連れ、退却《たいきゃく》する荒波機が映った。背中に目がついているのか、追いすがる敵の射撃を巧《こう》妙《みょう》に避けながら退却している。

「逃げてるんですか？」壬生屋が尋ねると、善行は一拍《いっぱく》置いて言った。

「じきにわかります」

荒波機は全速力で逃げていく。五体のミノタウロスが追いすがる。と、荒波機の左右《さゆう》で草原が隆起《りゅうき》した。草を結《ゆ》わえつけた迷彩《めいさい》ネットを機体にかけた二体の複座型だった。派手な荒波機と違って、こちらは完璧《かんぺき》に草原の風景に溶け込んでいた。

ちかちかっと発射光が瞬《また》き、二機の複座型から発射されたミサイルがミノタウロスを捉《とら》えた。

オレンジ色の閃光《せんこう》。ほどなく、五体のミノタウロスは消滅《しょうめつ》していた。

「あれが荒波中尉《ちゅうい》……千翼長の本領《ほんりょう》ですね」

善行は静かに言った。パイロットたちは言葉を失っていた。

「彼が言うには、釣《つ》り野伏《のぶせ》という古典《こてん》的な戦術《せんじゅつ》だそうです。典型的な陽動《ようどう》戦術ですね。さて、それでは瀬戸口君、あとはよろしく」

善行に代わって、瀬戸口の声が再び流れてきた。

「敵が撤退を始めた。行ってくれ」

「参《まい》りますっ！」

瀬戸口が言い終わらぬうちに、壬生屋の一番機は白刃《はくじん》をきらめかせ高地の斜面《しゃめん》を駆け下りていた。これに滝川の二番機、そして速水・芝村の三番機が続く。

壬生屋は宿敵《しゅくてき》ミノタウロスの姿を探し求めていた。目の前であんなものを見せられて興奮していた。超硬度《ちょうこうど》大太刀《おおだち》でミノタウロスを両断《りょうだん》したい。

壬生屋の視界に分厚《ぶあつ》い表皮《ひょうひ》に覆《おお》われた背を見せて逃げるミノタウロスが映った。一撃必殺。今日こそは一撃で葬ってやる、と壬生屋は原に教えられた通り、コンソール隅のスイッチに指を伸ばしていた。

拡声器から、『SWEET DAYS』の甘い歌声が流れ出した。曲は自分の機体から流れている。壬生屋は目をしばたたき、次いでパニックに陥《おちい》った。わたくしは何かまちがったのか？　混乱しながらも、ミノタウロスの背に大太刀をたたきつけていた。

ざっくりと背を割られながらも、敵はなおも逃げてゆく。追いすがり、二度、三度と大太刀をたたきつけて、やっと敵を仕留《しと》めた。

「壬生屋機、ミノタウロス撃破。壬生屋、BGMもいいが、それ、おまえさんの趣味《しゅみ》か？」

瀬戸口が通信を送ってきた。壬生屋は、かぁっと顔を赤らめ、すがるように言った。

「違います違います！　百二十パーセント増するからって、原さんが……」

「なんだそれ？」

「だからパワーアップする隠しコマンドだって聞いたんですけど」

受信器《じゅしんき》の向こうで、爆笑《ばくしょう》が聞こえた。瀬戸口だけでなく、善行の笑い声も交じっていた。

「司令！　司令までわたくしを笑いものにするのですか？」

かっとなって壬生屋が叫ぶと、善行が通信を送ってきた。口調に笑いの余韻《よいん》が残っている。

「失礼《しつれい》。コンソール隅のスイッチですね。もう一度押せば曲は止まります。それにしても原主任は不謹慎《ふきんしん》極まりない。わたしからも言っておきます」

まただまされた！　壬生屋は唇を噛んで曲を止めた。今頃、原さんは涙を流して笑っていることだろう。これはいじめだ。戻ったらどうしてやろう？　果たし合いを申し込むか？

怒りを敵にたたきつけるように、逃げる敵の真っただ中に斬り込むと壬生屋は荒れ狂った。ジャンプ、停止、百二十度転回、斬りつけと、鋭角《えいかく》な動きだけで構成《こうせい》された一番機の動きは、戦場にいる兵士《へいし》たちに強烈《きょうれつ》なインパクトを与えた。火器類は一切《いっさい》使わず、二本の超硬度大太刀だけで幻獣を屠《ほふ》ってゆく狂戦士——。

不意に、機体ががくんと右に傾いた。右足が反応しない？　壬生屋は愕然《がくぜん》として、損傷箇所《かしょ》をチェックした。ダメージ・テーブルに損傷箇所を示す赤いランプが点《とも》った。『Ligament of right knee joint』。右膝関節靭帯損傷《かんせつじんたい》ですって？

一番機の動きが止まった。地面に膝をついたまま、大太刀を振り上げ、群《むら》がる幻獣を威嚇《いかく》し、近づけまいとしている。

「どうした、壬生屋？」瀬戸口の声が真剣味を帯びた。

「右の膝関節、故障です。どうして？　わたくし、何か悪いことしたんですか？」

壬生屋の声は悔しげだった。勇躍《ゆうやく》して敵に向かっているところへ水を注《さ》されたかたちだ。

「落ち着け、壬生屋。おまえさんの責任じゃない。ゆっくりでいいから戻ってこい。三番機、壬生屋の援護《えんご》を頼む」

「了解《りょうかい》した」

三番機は一番機の傍《かたわ》らに立つと、ミサイルを放った。一番機に群がっていた小型幻獣が次々と炎に包まれ、撃破《げきは》されてゆく。一番機は体を起こすと、ゆっくりと陣地まで戻ってゆく。

「どうして？　どうしてわたくしばかり、こんなことになるの？　もう嫌っ！」

子供に戻ったかのように感情を剝《む》き出しにして嘆く壬生屋の声が通信回線を流れ、他のパイロットの心に響いた。待機、そして不意の出撃の繰り返しが続いていた。死を意識しながらの学園生活は、知らず彼らを消耗《しょうもう》させ、情緒《じょうちょ》を不安定なものとしていた。厚志にせよ舞にせよ滝川にせよ、程度の差こそあるがそんな自分を抑え、なんとか踏みとどまっていた。

嘆きながらとぼとぼと戦場をあとにする一番機の巨体はやけに寂しげに映った。

「壬生屋さん、かわいそうに」

厚志がぽつりとつぶやいた。舞と並んで壬生屋はこの隊で最も闘志《とうし》あふれるパイロットだ。それが不慮《ふりよ》の事故で、戦線離脱《せんせんりだつ》を余儀《よぎ》なくされている。

「原の冗談とダブルで壬生屋には堪《こた》えたろうな。脚部《きやくぶ》の損傷はパイロットの責任か整備の責任か微妙《びみよう》な問題だが、整備を責めようなどとはまったく思っていないのが壬生屋らしい気持ちの良いところだ。……そんなことより、厚志よ、そなた、操縦《そうじゆう》が下手《へた》になったか？　なんだか胃《い》がむかむかしてかなわぬ」

「ごめん。あの動きを見てさ、動きにメリハリをつけようと思って」

「……なるほど。Gが増えているわけか」

納得しながらも、火器管制用プロセッサと連動した舞は神業《かみわざ》のような速さで敵をロックし続ける。反撃に転じようとしたゴルゴーンを一体、ジャイアントアサルトの連射で撃破し、さらに小型幻獣が密集《みつしゆう》する一帯《いつたい》に突入《とつにゆう》した。急停止《きゆうていし》。胃のむかつきに耐《た》えながら、すべての敵をロック、ミサイルを発射。敵はことごとく粉砕《ふんさい》され、消滅していった。

ほどなく戦闘は終わった。その日、５１２１小隊は退却する敵を追って、大戦果《せんか》を挙げた。中型幻獣撃破数八、小型幻獣撃破は数知れず。人類《じんるい》側の阿蘇戦区での圧勝《あつしよう》に貢献《こうけん》した。

戦場に静寂《せいじやく》が戻った。戦闘中は何処《どこ》かへ姿を消していた鳥たちが戻って、しきりにさえずり出した。虫の音もそこかしこで聞こえはじめた。

善行は指揮車から外へ出ると、大きく伸びをした。硝煙《しょうえん》のにおいこそ混じっているが、草原の緑のにおいを肺《はい》一杯に吸い込んだ。

「これからどうします？　もう少し友軍につき合いますか？　俺としちゃ早く戻ってパイロットを休ませるべきと思いますけど」

瀬戸口が横に並んだ。善行はしばらく考えたかと思うと、かなたの草原にたたずむ深紅の軽装甲を目で示した。

「そうですね。せっかくですから、同業者に挨拶《あいさつ》してゆきましょう」

「なるほど。一戦一戦に含みを持たせているところが司令らしいですね。俺から連絡を入れましょうか、それとも？」

「彼とは旧知《きゅうち》の間柄《あいだがら》です。わたしから頼んでみましょう」

三機の士魂号は指揮車に先導《せんどう》されて、深紅の軽装甲に近づいてゆく。荒波隊はまだ警戒態勢《けいかいたいせい》にあるようだった。機体のまわりで整備員が忙しく立ち働き、弾倉《マガジン》の交換《こうかん》や燃料《ねんりょう》の補給《ほきゅう》に従事《じゅうじ》していた。

「３３５２の荒波司令からお話があります」

善行の静かな声が通信回線を流れた。厚志らの目の前には、イタリアのスポーツカーのように光沢《こうたく》のあるレッドにカラーリングされたド派手な機体があった。

「善行さん、俺はお話なんて柄《がら》じゃないんだがな」

笑い声が聞こえて、次いで若々しい柔らかな声が回線から流れてきた。

「まあ、なんだ。おまえさんたちが５１２１の精鋭ってわけか。追撃戦の様子、しかと拝見《はいけん》させてもらったよ。猟犬《りょうけん》とまではお世辞《せじ》にも言えないが、牧羊犬《ぼくようけん》のように活《い》きのいい動きをするじゃないか。特にそこの重装甲のパイロット。大太刀引っ提《さ》げ敵に斬り込むなんて、実に痛《つう》快《かい》。楽しませてもらったよ」

同じ千翼長なのに善行司令とは随分雰囲気が違うな、と厚志らは戸惑った。いきなり名指しされ、壬生屋は照れて口ごもった。

「そ、そんな。わたくしは……」

「ははは。時代劇《じだいげき》見ているみたいだった。ま、俺ほどじゃないけど、おまえさんの機体運用もテレビ映《ば》えすると思うよ。なあ、どうせなら決めゼリフを考えてみたらどうだ？」

「決め……ゼリフ」壬生屋はあっけに取られてつぶやいた。

「ああ、星に代わってお仕置《しお》きよ、なんてな」

「あっ、それってセフィーロスターっすね！　俺、大ファンなんです」

滝川の嬉しげな声が割り込んだ。苦々しげな舞の舌打ちが厚志の耳に届いた。

「うんうん。俺も目下《もっか》考え中なんだよな、決めゼリフ。けどな、融通《ゆうずう》の利《き》かない部下どもが反対するんだよなー。隊の恥《はじ》をさらす気ですかって」

荒波千翼長は本気なのか冗談《じょうだん》なのか、とりとめもないことをしゃべり続けた。

「あ、あのっ、俺、雑誌で見ました！　荒波司令のこと」滝川は興奮した口調で言った。

「そうか。なんて書いてあった？」

「対幻獣戦の切り札《ふだ》、九州総軍の赤い旋風《せんぷう》なんて。俺、ずっとこういうのに憧れてたんです。どうすればエースになれるんですか？」

「良い質問だ。それでは特別に君たちに教えてあげよう。エースの条件とは、一に才能、二に才能、三四がなくて九九九まで才能だ。エースパイロットとは、少数の選ばれし天才の世界なのだよ。自分には才能がないからその分、努力をしようなんて考えてはだめだ。そういうやつはパイロットの世界では十中八九《じっちゅうはっく》、死ぬことになる」

「死ぬって、そんな……」滝川は言葉を失った。

不意に刃《やいば》を突きつけられたような気がして、厚志は息を呑んだ。

「……努力しちゃだめなんですか？」厚志は思わず荒波に尋ねていた。

「ははは。そう思い詰めないでくれ。言葉が足りなかった。俺みたいに危険と紙一重《かみひとえ》の動きをするエースパイロットは努力云々《うんぬん》の次元じゃないのさ。努力をしよう、少しでも強くなってみせようなんて頭の中だけで思い詰めると必ず動きが鈍ってくる。才能がないのだったら、エースのまねをするんじゃなく、天才の世界とは袂《たもと》を分かって才能がないなりのスタイルを見つけないといけないんだ。こんなところでいいかな、善行さん？」

「相変《あいか》わらず独特な言いまわしをしますね」善行の声には苦笑が交じっていた。

「それとこれが肝心《かんじん》なことだがな。おまえさんたちにはこれから長丁場《ながちょうば》が待っている。神経を張り詰めたままだと危ないぞ。気を楽にして、普段は馬鹿をやることだな。ムーンロードをうろついてナンパしまくるのもよし、ゲーセンに通い詰めるのもよし。とにかく、機体を離れたら戦闘をシャットアウトすることだ。それができずに神経を消耗させ、死んでいったやつらを俺はたくさん知っている。だからおまえさんたちは馬鹿になれ。以上、アドバイス終了《しゅうりょう》」

あまりに個性的な言いまわしに、厚志らは今ひとつ荒波の話を消化できずにいた。これが本当に善行さんと同じ千翼長なのか？　パイロットたちは言葉もなく、それぞれの思いに沈んだ。

通信回線から拍手《はくしゅ》の音が聞こえた。

「ナイスです、荒波千翼長。言ってくれますね。ちなみに千翼長の気分転換はなんでしょう？」

瀬戸口の楽しげな声が流れた。

「俺か？　卓球《たっきゅう》とアニメだな。部下どもを引き連れてゲーセンにも通っているな。ああ、おまえさんが瀬戸口君か。善行さんは修行僧《しゅぎょうそう》のようなくそ真面目《まじめ》な人だからな、その分、おまえさんがしっかと皆をフォローすることだな」

荒波は善行から瀬戸口のことを聞いているらしい。楽しげに応じた。

「ええ、心がけることにしますよ」

荒波の笑い声が聞こえた。次いで瀬戸口の笑い声。どうやらふたりは似たところがあるようだ。困惑《こんわく》するパイロットを後目《しりめ》に、ふたりはしばらく笑い続けていた。

尚敬校に戻り、パイロットたちはそれぞれ疲れ切った体を休めていた。厚志と舞はグラウンド土手《どて》に腰を下ろして黙々と支給《しきゅう》の板チョコを頬張った。

「甘いな」舞は不機嫌に言った。

「うん」

午後の陽射《ひざ》しを全身に受け、厚志は伸びをした。待機と出撃の日々に体がまだ戸惑っているようだった。突発的《とっぱつ》に来る出撃命令。それを意識しながらの待機、そして日常。この繰り返しに慣れていかなければ燃料ゲージの目盛《めも》りが減るように、ただ心身を消耗するだけだ。荒波のアドバイスが厚志の耳に残っていた。

「けど、ああいう人がいたんだね」

厚志は荒波千翼長のことを言っていた。衝撃だった。これまで手本となるパイロットがいなかったため、それまで我流《がりゅう》で動かしていたものが、それではだめだと思えるようになった。このままではいずれ行き詰まる。厚志は目を閉じて、深紅の軽装甲の動きを思い出していた。

荒波の、メンタル面でのアドバイスを取りあえずスルーして、技術面をまず考えるところが厚志らしいといえばらしかった。

「どうした、厚志？」

舞の声に、はっと目を開いた。舞の鳶色《とびいろ》の瞳が、もの問いたげに厚志の顔をのぞき込んでいた。

「ん、ああ、ちょっとね……」

厚志は無意識のうちに深紅の軽装甲の操縦をなぞっていた。傍目《はため》から見れば、体を小刻みに動かしているようにしか見えなかったろう。厚志にはあの機体の動きのすべてをなぞることは不可能だったが、七十あるいは八十パーセントまでは追体験《ついたいけん》することができた。

「荒波千翼長の動きをなぞっていたんだ」

「ふむ。頼もしいことだ」舞はふっと口の端《は》を吊り上げ、笑った。Gに苛《さいな》まれた胃がまだむかむかしている。とはいえ士魂号は戦闘機械だ。本来、強引なGを繰り返して操縦すべきものだ。厚志のアプローチは正しい。舞はパートナーの成長を予感した。

「データベースを検索してみたのだが、やつは八代会戦《やつしろかいせん》の生き残りらしいな」

「そうなんだ」

「元は士魂号Lに乗っていた。会戦終了後、開発段階の士魂号のテストパイロットとして、士魂号乗りの経歴《けいれき》をスタートした。遺伝子適性も合っていたようだな。早々に熊本《くまもと》に配属され、今日現在まで二百十八の撃墜数を数えている。銀剣突撃勲章《ぎんけんとつげきくんしょう》を授与《じゅよ》されること三回。九州総軍の誇るエースパイロットだ」

舞は淡々と言った。銀剣突撃勲章というのは、一回の戦闘で二十体以上の中型幻獣を撃破すると授与されるもので、パイロットにとってはかなり難易度《なんいど》の高い勲章といえる。よほどの実力と運に恵まれていなければ手の届かない勲章であった。

「しかし、わたしが興味深いと思ったのは、あの戦術だな。釣り野伏というのは戦国時代の薩《さつ》摩《ま》・島津《しまづ》家の陽動戦術だ。敵を罠に誘い込むオトリ役は最も重要な役割で、高いスキルとそれらしい戦い方が要求される。これに対して待ち伏せをする役は比較的安全が保障《ほしょう》され、生還率《せいかんりつ》も高くなる。天才云々の話でもそうだったが、やつはパイロットとしては大胆不敵《だいたんふてき》なエースだが、指揮官としては用心深く慎重《しんちょう》だ。やつの戦術思想がうかがえて興味深いと思わんか？」

パイロットとしての荒波に旺盛《おうせい》な好奇心《こうきしん》を示す厚志と同じく、舞もメンタルなアドバイスはさておき、荒波の戦術家としての一面に注目し、興奮を覚えていた。

「そうだね。部下を大切にしているってことかな」厚志にもそれはわかった。

「しかし、我が隊には無理な戦術だろうな。軽装甲が滝川だからな」

「わたしならあの戦術は採用しませんね」

ふたりの真上から声が降ってきた。同時に振り向くと、善行が笑いかけていた。

「あなたたちは熱心ですね。彼の機体運用、戦術をよく分析《ぶんせき》している」

「何故、あの戦術を採《と》らぬのだ？」舞は瞳を輝かせて尋ねた。

「何故なら、荒波隊は良くも悪くも彼のワンマンチームだからです。残る二機はほとんど待ち伏せ役に徹しています。彼の機が行動不能となった時、荒波隊は戦う術《すべ》を失います。これに対してわたしの隊では、一機一機が独立した動きが取れるようにしたいのです。戦術パターンはこれから模索《もさく》してもらうこととして、その前に個のスタイルを確立して欲しいのです」

「なるほど。そこがやつとそなたの戦術思想の相違点《そういてん》というわけか？」

「ええ。大陸で部下を失ったわたしと同じく、彼は八代で部下を失いました。出発点は同じなんですがね、彼は如何《いか》に部下の負担《ふたん》を減らすかを考え、わたしは負担に耐え、生き残る確率の高いパイロットを揃えようと思いました」

「我らにそんな話をしてよいのか？」

司令がパイロットに手の内を明かしてよいのか、と舞は尋ねている。

「芝村さんとその協力者である速水君にならまた、わたしの言っていることはあくまでも理論ですが、それを実践《じっせん》し、修正《しゅうせい》し、ひとつの戦術に仕上げてゆくのはあなたたちですからね。我が隊も、釣り野伏のような独自の戦術パターンを早く確立《かくりつ》したいものです」

善行はそう言うと、手を挙げて去った。その後ろ姿を見送り、舞は満足げにうなずいた。

「用兵家《ようへいか》としての善行を初めて見た」

「え？　そうなの？」厚志はぽかんとした顔である。

「たわけ。人型戦車の運用にかけてはこの国でも屈指《くっし》の善行が半ば手の内を明かしてくれたのだ。善行でなければ聞けぬ話だぞ。興味深い。非常に興味深い」

「そうか」厚志の反応は今ひとつ鈍かった。

「なんだか疲れが吹き飛んだぞ。厚志よ、懸垂《けんすい》三十七、もとい八回に挑戦する。つき合え」

舞はキュロットについた草を払うと、鉄棒《てつぼう》に向かって駆けていった。

「戦闘中だったのです！　わたくし、あわててしまいました！」

主任用デスク通称《つうしょう》原さんの席の前で、壬生屋は顔を真っ赤《まか》にして原に食ってかかった。

原は澄ました顔でデスクに座っていた。ひとしきり抗議《こうぎ》を聞いてから、にこっと壬生屋に微笑みかけた。

「ちょっときつい冗談だったかもね。けど、視点を変えて考えてみて」

「もうごまかされません！」

「あなたの焦《あせ》りがあのボタンを押させたんじゃなくて？　あなた自身の努力に拠《よ》らず、機体の性能に頼ろうとするのは心の弱さよ。これがひとつ。それと、不意のアクシンデントに簡単にパニくるようじゃ先が思いやられるわ。これがふたつめ。視点を変えて考えれば、あなた自身の問題点が明らかになってよかったじゃない。どう、壬生屋さん？」

原はにこやかに言った。

「わたくし自身の問題点……」壬生屋は勢いをそがれて、考え込んでしまった。

「わたしはね、ただあなたをからかっているわけじゃないの。獅子《しし》は千尋《せんじん》の谷に我が子を突き落とすというけれど、及《およ》ばずながらあなたに課題を与え、成長して欲しいと思っているのよ。あなたには死んで欲しくないのね」

原はもっともらしいことを得々《とくとく》と述べたてた。

「あなたが自分を信じ、そしてものごとに動じない強い性格だったら、どうかしら？　今、ここに立っていることはなかったんじゃない？」

「そ、それはそうですけど……」

原の逆襲《ぎゃくしゅう》に、壬生屋はしどろもどろになって、退散《たいさん》の機を探っていた。

「けど、壬生屋さんはみごとに課題をクリアしたと思う。パニくっていたのはわずかの間で、すぐに立ち直ったし、この経験はこれからの戦闘に絶対に生きてくるわよ。壬生屋さん、あなたは不器用《ぶきよう》で不細工《ぶさいく》だけど、才能のある良いパイロットよ」

「そんなことは」

わたくし、もう嫌だと壬生屋は逃げ出したくなった。ペコリと頭を下げると、ぱたぱたと草履《ぞうり》の音を響かせ、駆け去った。

「あ、まだ話は済んでいないのよ！　肝心《かんじん》の話が……行っちゃった」

原は壬生屋を呼び止めようとして、あきらめた。調子に乗り過ぎたとため息をこぼした。からかうとむきになるのが可愛くて、ついつい無駄口《むだぐち》をたたいてしまった。本当は脚部故障のことで謝りたかったのに。

「どうしたんですか、原先輩？」

報告書《ほうこくしょ》を提出《ていしゅつ》に来た整備班副《ふく》主任の森精華《もりせいか》が怪訝《けげん》な顔で尋ねた。

「一番機のこと。わたしって本当に謝るのが下手よね」

「そうですね……。あとで中村君に事情を聞いてみます。彼らしくないミスですから」


「原さんも相変わらずだな」

二番機の傍らで整備をしていた狩谷がつぶやいた。

「けど、あれにはびっくりしたぜ。なんなんだよ、あれ？」

と滝川。整備用の脚立《きゃたつ》に乗って、機体についた汚れを丹念《たんねん》に拭《ぬぐ》っている。

「さあね。君のところに矛先《ほこさき》が向けられないだけ、ましというものだろ？　少しは僕に感謝した方がいいよ」

狩谷は皮肉っぽく滝川に言った。

「どうしておまえに感謝するんだよ?」

「僕と接するのが苦手なのさ、原さんは。近づくのも避けているみたいだ。だから二番機パイロットの君も安全というわけさ」

「へっへっへ、狩谷クンよ、それって自意識過剰《かじょう》ってやつじゃねえのか?」

滝川が珍しく切り返すと、足まわりをチェックしていた田辺がくすりと笑った。原は狩谷のことなどなんとも思っていない。ただ、仕事を問題なくこなしている限りは信用して、口を出さないだけだ。それを「苦手」と感じているところが自尊心《プライド》の高い狩谷らしかった。

「狩谷さんの仕事は完璧ですから。原さんは何も言わないんだと思います」

田辺は若干《じゃっかん》表現を変えて言った。狩谷の冷静な顔がわずかに崩れた。

「ふん。そんなことは……」

「あっ、その気になってやんの。あー、やだね、自意識過剰の秀才眼鏡は」滝川が囃《はや》すと、狩谷は眼鏡を光らせ、にらみつけてきた。

「君こそ他人のことを冷やかす余裕があったら、自分のメンタル面を管理することだな。この間、君が吐《は》いた後始末《あとしまつ》は田辺がやったんだぞ」

初陣《ういじん》のあと、滝川はストレスからか機体を降りたとたん、吐いてしまった。痛いところを衝《つ》かれ、滝川は顔を赤らめた。

「サンキュな、田辺。礼を言うの忘れてて、ごめん」

「そんな。いいんですよ、わたしこそあの時は余裕がなくて、滝川さんを放っておいてごめんなさい。あの……もう大丈夫なんですか？」

やさしげに微笑む田辺を見て、滝川は思わず下を向いた。実は大丈夫じゃなかった。

「まだ慣れてねえんだ。メンタル面って言うの？　俺、ちょっと弱いみたいだな」

「ふん。だったらさっさとパイロットを辞めろ。整備の下働きくらいになら使ってやるよ」

狩谷は突き放すように言った。

「ちぇっ、おまえって壊滅《かいめつ》的に友達いねえだろ？　俺にはわかるぜ。学校から帰ると部屋に引き籠もって熱帯魚《ねったいぎょ》かなんかの世話《せわ》焼いてるの。どうだ、図星《ずぼし》だろ？　あ、さもなきゃ……」

滝川が狩谷に反撃しようとした時、不吉《ふきつ》な気配《けはい》が背後からした。あわてて振り返ると、新井木が脚立に半ば登って、手にしたものをさっと隠した。

「あれ、馬鹿がいるゥ！」

「てめー、二度と同じ手は食わねえぞ。なんなんだよ、『無芸大食《むげいたいしょく》』って！」

「え、なんのこと？　滝川君って無芸大食なの？　そうなんだ、知らなかったわぁ」

空とぼける新井木の頭を、滝川は手にしたボロ布でぺしりとはたいた。

「わっ、女の子の頭をたたいたね。暴力だぞ。お嫁《よめ》に行けなくなったらどうすんのさ？」

騒ぎたてる新井木をなだめるように、滝川は小声になった。

「こら、声がでけえぞ。わかった、仕事終わったら大判《おおばん》焼き奢《おご》ってやるから、ピーピーわめくんじゃねえ」

「大判焼き天然カスタードクリーム入り百二十円」

「贅沢《ぜいたく》言うな。合成クリーム仕様《しよう》七十円だ」

「まあ、それで手を打ってあげる。マッキー、滝川君がごちそうしてくれるって。あと萌《もえ》りんと祭ちゃんも誘って行こうよ。もちろん、奢ってくれるよね？」

「まあ……」滝川は顔を赤らめて田辺をちらと見た。若干《じゃっかん》一名がよけいなんだけどな。

「ふん。そうやって馴れ合っていればいいさ」狩谷が鼻を鳴らして冷たく言った。

滝川は狩谷を見て何やら考えていたかと思うと、やおら、にかっと笑いかけた。

「へっへっへ、狩谷、おまえも一緒に行きたいんだろ？　素直《すなお》じゃねえんだよなー」

「馬鹿を言うな！　誰が君たちなんかと」

「わかった、皆まで言うな。な、こいつも連れてっていいだろ？　なんたって我が愛機の整備士様だしな。少しは仲良くしとかなきゃな」

滝川は能天気《のうてんき》に言うと、熱心に機体を磨《みが》きはじめた。


舞の懸垂《けんすい》三十八回につき合ったあと、厚志はひとりグラウンド土手に腰を下ろして、雲の流れを目で追っていた。あれは凄かった。意識は自然と深紅の機体へ向かってしまう。

こう、こう、と。爪先《つまさき》が微かに動き、肩が揺れる。厚志の脳裏《のうり》には、敵中を突っ切り、停止し、歯切れ良く動きまわる複座型のイメージがあった。

「一連射、ミノタウロス撃破……」つぶやくと、再び移動のイメージ。几帳面な厚志のこと、複座型と手本の軽装甲との速度差まで計算に入っている。

「そうか、あらかじめ次の射撃ポイントでの機体の向きを決めて……」脳裏に、ジャイアントアサルトの射撃音がこだまする。敵の密集陣の真っただ中に乗り入れ、ミサイル発射で一連《いちれん》の戦闘行動終了だ。

「……やっぱり遅いよな。射撃は一回で我慢してもらおう。複座型を軽装甲化すれば速くなるけど、そんなのって意味ないしな」

などとつぶやきながら、再び複座型の動きをイメージする。

「よお、相棒《あいぼう》はどうしたんだ？」

顔を上げると、瀬戸口と東原が立っていた。

「……芝村さんは図書館に行くって。一緒に行くと疲れるから、今日はいいって」

「それはいいが、おまえさん、ぶつぶつと何をやっているんだ？」

「あ、心配しないでください。頭の中で、士魂号を動かしていただけなんです」

厚志は顔を赤らめた。瀬戸口は腕組みすると、「なるほど」とつぶやいた。東原もまねして腕組みをする。

「そうか、あれはそんなに刺激《しげき》になったか」

「ええ。やっぱり憧れちゃいますよね。同じ士魂号を操縦していて、あんな風に動ける人がいるんだと思うと」

「おまえさんだって、すぐにああなれるさ」瀬戸口は冷やかすように言った。

「まさか！　僕なんて無理ですよ」

「そのまさか……なんだよな。士魂号乗りは経験より才能ってね。どうもおまえさんの動きを見ていると他の二機と違う。なんなのかってずっと考えていたんだが」

瀬戸口は何ごとか思い出すようなまなざしになった。

「なんでしょう？」

「……うん、これだけは言える。おまえさんには才能がある。足りないのは自信だけだ。次の戦闘では判断に迷うことがあったら、必ずゴーサインを出すんだ。自分自身にな」

「ゴーサイン？」

「ああ、おまえさんにはそれくらいでちょうどいいと思う」

瀬戸口は手を上げると、東原を連れて去っていった。なんだか少しずつ状況が動いているなと厚志は思った。出撃する戦場はしだいに難易度《なんいど》の高いものとなり、無我夢中《むがむちゅう》で操縦していたものが、自分の操縦を客観的に考えられるまでになった。

あとは自信……か？　ゴーサインって言われても困るよな。僕が自分に課した役目は舞の命令を全力でこなすことだ。それだけでも大変なのに。

まあ、いい。これ以上考えてもしかたがないやと厚志は立ち上がった。久《ひさ》しぶりに校舎裏のサンドバッグをたたいて、もやもやを吹っ切ろうと思った。

校舎裏に行くと先客《せんきゃく》がいた。壬生屋が一心不乱《いっしんふらん》にサンドバッグに向かっていた。流れるような動作から当て身が繰り出される。厚志は思わず鳩尾《みぞおち》のあたりを押さえた。

「ど、どうも」

厚志は近づくと声をかけた。壬生屋が、はっとして動きを止めた。

「内臓《ないぞう》直撃って感じだね。痛そうだ」

「……速水さん、ご存《ぞん》じなんですか？　普通の当て身と違うって」

驚いた、といった顔で壬生屋は応えた。

「それはわからなかったけど、壬生屋さんの動きって鋭くて容赦がないから。刃物を突きつけられるような感じっていうのかな。一番機の動きも同じだよね」

僕はこんなにも話好きだったのか、と厚志は発見する思いで壬生屋に言った。

「白兵戦を極めようと思っていますから。どうしても敵に近接《きんせつ》してのステップ、ジャンプ、転回が中心になります。操縦は少しずつ慣れてはきたのですけど……」

壬生屋はうつむいた。

「どうすれば大太刀を効果的に使えるか、見えてこなくて。二度、三度と斬りつけないと敵を撃破できないようでは時間がかかり過ぎてだめなんです」

「わかるよ。僕もそうだから。コンマの単位で、一秒の何分の一か速くなるかで、戦いの様子はがらりと変わると思うんだ」

厚志の言葉を聞いて、壬生屋は頬を紅潮《こうちょう》させた。その通りだ！　芝村さんもそうだけど、速水さんも真剣に考えていたんだ、と思うと嬉しくなった。

「わかっていただけますか！」

「うん」厚志はうなずくと、ひと休みしている壬生屋と入れ替わって、サンドバッグにパンチをたたきつけた。何度かやっているうちに、すぐに汗が吹き出した。

「速水さん、それ以上やると拳を傷《いた》めます。それより……わたくしと訓練をしませんか？」

壬生屋は遠慮《えんりょ》がちに提案してきた。

「え、いいけど。訓練って何を？」

「子供の頃によくやった遊びなんですけど」

壬生屋はそう言うと先に立って歩きはじめた。校門脇の芝生を抜け、学校に付属《ふぞく》している記念植物園《きねんしょくぶつえん》に入る。地面には小石が敷き詰められていた。壬生屋は立ち止まると、怪訝な顔をする厚志に笑いかけた。

「小石を手に取ってわたくしに投げてみてください。そうですね、始めは五メートルの距離で」

「そんな。下手すると怪我をするよ」

「大丈夫です。わたくしの動きを予測して」

と言うや、壬生屋は五メートルの距離を取って、すっと静止《せいし》した。静止と言うにふさわしい。動きを読まれないように、体の真ん中に重心《じゅうしん》を置いている。厚志は小さめの石を手に取ると、壬生屋の動きを読もうとした。

だめだ。壬生屋はまったく隙《すき》を見せない。ならば右か左か、真ん中か？　ヤマを張って投げるしかないだろう。左、を選択した。怪我させないよう手加減《てかげん》して投げると、壬生屋は手刀《てがたな》で無造作《むぞうさ》に小石をはたき落とした。

「大丈夫ですから。もっと強く投げてください」

今度は右を選んで思い切り投げた。小石が通り過ぎたあと、壬生屋はピクリとも動かず真ん中でたたずんでいた。もう一度。今度は真ん中に投げると、壬生屋はすっと体をさばいて小石をやり過ごした。三メートルの距離でやっても同じだった。フェイントをかけても無駄《むだ》。厚志はふうっとため息をつくと、その場にへたり込んだ。

「さすがだ。これが遊びだなんて……」

厚志があきれて言うと、壬生屋はくすくすと笑った。

「どうなさいます？　速水さんもやりますか？」

「ええと、そうだね……」

瀬戸口の言葉がよみがえった。ゴー・サイン。厚志は大きくうなずいた。

「お願いします」八メートルの距離を取って、厚志と壬生屋は向かい合った。壬生屋の立ち姿を厚志はイメージする。重心を真ん中に。どこへでも動けるように。

壬生屋の右腕がゆっくりと上がった。まだ。まだ判断をしてはいけない。厚志の瞳孔《どうこう》は投げる直前の壬生屋の腕をとらえた。突風《とっぷう》が吹いた。左っ！　石が放たれると同時に、厚志は体を左へと傾けた。脇腹を小石が直撃した。小指の先ほどの石だったので痛くはなかったが、厚志は衝撃を受け、脇腹を押さえた。

壬生屋はと見れば、真剣な顔でうなずいていた。

「みごとです、速水さん」

「けど……当たったじゃない？」厚志は、ここ、と脇腹を指差した。

「わたくし、元の位置、真ん中を狙ったんです。突風に石が流されてカーブしたんですね。石を投げる瞬間、見えました？」

「少し。けど、僕の判断とは関係ないよ」

厚志が首を傾げると、壬生屋は笑った。

「普通は少しでも見えないんですよ。よっぽど鍛《きた》えないと。続けますか？」

厚志はうなずいた。その日、厚志はいくつもの痣《あざ》と何がしかの自信を得て家路《いえじ》についた。


滝川陽平御用達《ごようたし》の大判焼き屋で、六人の隊員たちはあつあつの大判焼きを頬張っていた。買い食いに関する滝川の情報量は侮《あなど》れないもので、新井木あたりが滝川に絡《から》むのも、もっぱら買い食いつながりが大きかったりする。

「これを天然カスタードクリームと考えれば――、けっこうおいしいよ！　合成クリームって癖《くせ》があるけどね」

新井木は黄色に着色された合成クリーム入りの大判焼きをひと口齧《かじ》ると、うんとうなずいた。

「だから、それは邪道《じゃどう》だって言ってるだろ？　大判焼きの基本は粒あんだって。こしあんもナイスなんだけど、ちょっと食べた感じが上品過ぎるぜ。あ、狩谷、おまえ、それはもしかして伝説の……」

滝川は気難しげに大判焼きを頬張る狩谷を指差し、あわあわとあとずさってみせた。狩谷の大判焼きからは真《ま》っ赤《か》なゼリー状の物質が見え隠れしていた。これってもしかしてイチゴジャム入りか？　こんなもん食うやつが世の中にいたんだ。

「どうかしたか？」狩谷は不機嫌に滝川に尋ねた。

「あ、ああ、なんでもないぜ。おまえのフロンティア精神に感心していたところだ、なんて」

「なっちゃんはジャムが大好きなんよ。それも給食のパンについてくるようなリーズナブルな値段のやつやね。ほんでトーストにバターとジャムとママレードをたっぷり塗《ぬ》るんや」

加藤が楽しげに話題を引き取った。

「トーストだったら、わたしの家ではソースをかけて食べますけど」

田辺がいいな、というように口を開いた。

「魚肉《ぎょにく》ペーストもなかなかいけるぜ。何が入っているのかは謎だけどなー」と滝川。

「けど、祭ちゃん、どうしてそんなこと知ってるの？　ふっふっふ、トーストってさ、普通朝ご飯の代わりだったりするんだよね」新井木は意味深《いみしん》な笑い声をあげた。

「そういやおまえ、登下校はどうしてるんだ？」

滝川が尋ねると、狩谷は不機嫌に口許を引き結んだ。

「僕の話なんてどうでもいいだろ？　そんなことより、ずっと様子を見守っていたんだが、こんなところで油を売っていていいのか、新井木？」

「え、えっ？　僕？　僕が何をしたの？」

新井木は自分を指差すと、なんのことといったように狩谷に詰め寄った。

「胸に手を当てて考えてみたら？　あなたのことは注意してみていたけど、今のあなただったら整備班にはいらない、かな」

　全員が、はっとして声の方向に振り向いた。原素子が腕組みして微笑んでいた。しかし目は笑ってはいない。どことなく冷ややかな笑みだった。

「僕、なんか悪いことしました？」新井木は困惑して、立ち尽くした。

「狩谷君、あなたから説明してあげて」原は冷ややかな笑みを崩さず、狩谷に命じた。

「どうして僕が……わかりましたよ。一番機の脚部損傷のことさ。脚部の損傷・故障は士魂号の最も厄介な問題なんだ。特に脚部筋肉の腱《けん》・靭帯は傷みやすく、消耗品とさえいえるパーツだ。だから脚部は毎回、丁寧《ていねい》に点検し、問題があったらあらかじめパーツを取り替えておくらいのことは当たり前なんだよ。確か、君は中村から点検を任せられたはずだけど」

　狩谷は迷惑そうに、しかし容赦なく切り出した。

「君は点検を怠《おこた》ったね。あるいは適当にやったか、だ」

「そんな。僕、ちゃんと……」

　思い当たるふしがあった。だが、混乱したあげく、心とは裏腹の言い訳を口にしてしまった。

　そんな新井木の様子を見て、原はにっこりと笑った。

「ちゃんとやらなかったから、戦闘中に一番機が故障したのよね。そうでしょ？　ねえ、新井木さん、わたしは仕事さえきちんとやっていれば何も言わない。面倒だしね。たとえば狩谷君は愛想《あいそ》が悪くて性格も最低。仕事が優秀なの。抜けめがなくて完璧なの。わたしにとっては手がかからなくて良い部下だわ。どんなに性格が善《よ》くても、仕事ができなければわたしの整備班ではね、だめなの。だから、あなた、いらないわ」

それだけ言うと、原は背を向けて歩み去った。あとに残された六人は茫然とその場にたたずんだ。原の言葉の辛辣《しんらつ》さに、誰もがショックを受けていた。

「とにかく……」誰も口を開こうとしないので、狩谷が忌々《いまいま》しげに口を開いた。

「とにかく原さんに謝ることだな。それと一番機のパイロットにもね。それができないんだったら転属を覚悟した方がいいな」

「なっちゃん、ちょっと言い過ぎや！」加藤が新井木をかばうように言った。

「馬鹿！　何も知らないくせに口を出すな！　僕たちは整備員だ。戦闘中に自分の担当する機が故障するなんて、最大の屈辱《くつじょく》なんだよ。それを屈辱と感じない整備員は、整備班にいる資格がないということさ」

狩谷は冷たく言った。新井木は愚《おろ》かだ。表面だけの人間関係で動きまわっているから、森や中村や岩田がどれほど優秀か、遠坂や田辺がことあるごとに自分のところに質問に来ることなどは見過ごしているだろう。

ここの連中は、仕事なんてできて当たり前と思っている。仕事をこなして、その余りで馬鹿をやっているだけだ。

「中村君にやっといてって言われたんだけど、僕、あと一回くらいはもつかなって思って」

パーツの交換には時間がかかる。新井木は徹夜したくなくて、異状《いじょう》なしとしてしまった。このミスでパイロットが戦死したら、目も当てられないだろう。

「頭を冷やせよ」

狩谷に言われて、新井木はがっくりと肩を落とし、とぼとぼと歩み去った。加藤と田辺が追いかけようとしたが、狩谷は止めた。

「な、なんだかすげーことになっちまったな」

部外者である滝川は、原と狩谷の言葉の厳しさに驚いていた。パイロット仲間では芝村舞は厳しい方だが、ここまでの容赦のなさはなかった。

「あの……パイロットの方にはわかりませんよね。自分のミスで自分が死ぬならまだいいんですけど、整備は他人が死ぬんです。わたしも整備学校でずっと言われてきました」

田辺が遠慮がちに言った。普段のやさしげな顔とは違う。どことなく厳しく、引きしまった専門家の顔になっていた。

こいつらってやっぱり凄いぜ、と滝川はあらためて思った。


ラーメン屋のカウンターで新井木はとんこつラーメンの三杯めの替え玉を頼んでいた。碗《わん》に移された細麺《ほそめん》がゆっくりと濃厚《のうこう》なスープの中に沈み込んでゆく。新井木は用意されたにんにくをどんぶりの中に大量にぶちまけると、激しい勢いでそれを胃袋《いぶくろ》に詰め込んだ。

「やけ食いですか？　穏やかじゃありませんね」

顔を上げると、教官の坂上久臣《ひさおみ》が笑いかけていた。

「あ、先生。どうしたんですか、こんなところで……」新井木はきまり悪そうに、箸《はし》を止めた。

巡回中《じゅんかい》か？　この学校には買い食い・道草《みちくさ》禁止の校則はなかったけど。

「食べながらでけっこう。カウンターの隅の席にずっといましたよ。この店のスープは絶品《ぜっぴん》だから、ちょくちょく来るのですよ。……ああ、すみません、この子に卵を」

へい、と威勢《いせい》の良い声がして、温泉《おんせん》卵が新井木のどんぶりに入れられた。新井木は再び旺盛《おうせい》な食欲を示して、またたくまに卵を胃袋に収めた。

「悩んでいる時は、食べるに限ります。栄養を摂《と》って、萎《な》えた気力をよみがえらせなければ」

「どうして、僕が悩んでいるとわかるんですか？」

新井木は忙しく麵を流し込みながら、尋ねた。坂上は二組の担任ではあったが、こうして一対一で話すのは初めてだった。

「手の内を明かせば、君はけっこうわかりやすい方ですよ。悩んでいたり、落ち込んでいる時に、空元気《からげんき》を出そうと足掻《あが》くタイプですから。我慢《がまん》を重ねてじっとしている生徒が一番厄介なんですよ」

じっとしている生徒って誰？　と新井木は好奇心に駆られたが、珍しく言葉を慎《つつし》んだ。

「僕、整備の手を抜いちゃって。それで一番機が故障して……」

ほどなく新井木は話しはじめていた。整備班にいづらくなって、新井木は孤独《こどく》の身を感じていた。整備班は自分の学校生活のすべてだ。そこには仲間がいる。なのに自分は仲間の信頼を裏切ってしまった。となれば話せるのは教官ぐらいしかいない。新井木はあらためて失ったもののの大きさを思い知らされた。

坂上は新井木の飛躍《ひやく》の多い拙《つたな》い話を聞いていたが、やがて静かに口を開いた。

「幸運でしたね」

「僕が……ですか？」

「ええ。わたしは似たような話を知っています。もっともその場合は、パイロットは戦死し、勤務怠慢《たいまん》であった整備員は告発《こくはつ》されて……」

坂上は言葉を切って、じっと新井木を見つめた。新井木は、ひやっと首を竦《すく》めた。

「ささやかな怠慢であったとしても、不運が重なると悲劇《ひげき》が起きます。そうなる前に、君は自らの怠慢に気づくことができた。幸運ですよ。そう、君が思っている以上に幸運なことなんですよ。だからその幸運を逃《のが》してはいけません」

君は幸運です、と坂上は繰り返し強調した。抑揚《よくよう》のない声で言われ続けると、そうなのかな、とその言葉を信じる気になってくる。新井木はおそるおそる尋ねた。

「幸運を逃しちゃいけないって……どういうことですか？」

あまりに素朴で安直《あんちょく》な質問に、坂上はふっと笑った。生徒にもいろいろいるな、と思った。新井木のようなタイプは察しが悪く、不平も多いが、こうと決めたら突き進んでゆくだろう。これまでやる気を触発《しょくはつ》してくれるような環境《かんきょう》に出合わなかっただけだ。

「心から謝ることです。それから、仲間の信頼を回復《かいふく》するために頑張ることですね。わたしが保証しますよ。君ならきっとできます」

「謝って、頑張る……」

新井木は初めてのお使いを頼まれた子供のように繰り返した。その目には光が戻っていた。プレッシャーと闘《たたか》うスポーツ選手のように、新井木はぶつぶつと何やら自己暗示《じこあんじ》をかけ始めた。

「健闘《けんとう》を祈ります」

坂上は微笑むと、新井木の分まで勘定《かんじょう》を済ませ店を出ていった。

訓練を終えたあと、壬生屋は中町公園《なかまちこうえん》のベンチにぼんやりと座っていた。夕暮れ時になっていた。空が茜色に染まり、陽がゆっくりと暮れてゆく。冷たさを増した風が公園の樹木をざわめかした。

こうしてひとりきりになると、いろいろなことを考えてしまう。初陣《ういじん》での大失敗。そして今ひとつ自分が思い描く通りの働きができずにいること。あげくの果ては無理な動きをして大切な一番機を故障させてしまった。そんな自分の未熟さを棚《たな》に上げて原に抗議に行ったりして。恥ずかしかった。早く一人前《いちにんまえ》になりたい、と思った。

背後に気配がして目隠《めかく》しをされた。とっさに相手の腕をひねり上げようとしたが、思いとどまった。

「原さん……ですか？」

「大正解。なんだか深刻そうね」

「あの、いきなりそんなことなさらないでください。危なかったです。もう少しで大変なことに……その手首、折ってしまうところでした」

原はさすがにたじろいだらしく、目隠しがほどけた。壬生屋は振り返ると、こわごわこちらを見ている原にペコリとお辞儀をした。

「半分だけ冗談です。今朝《けさ》の仕返し」そう言いながらも顔は笑ってはいない。

「あ、ああ……そうなの？　壬生屋さんって時々怖いのよね」

「何かご用ですか？」

「あなたに謝ろうと思って。本当は整備テントで謝ろうと思ったんだけど」

原は壬生屋の隣に座ると、背もたれに体をあずけ、空を見上げた。

「あのことならもういいんです。そんなことよりわたくしの方こそ機体を壊して」

「一番機の故障はね、あなたの責任ではありません。出撃前にパーツを交換することを怠った整備班の責任ね。ごめんなさいね、命に関わることなのに」

「え、そんなことは……」壬生屋は口ごもった。原の落ち込んだ様子に衝撃を受けた。

「戦闘員の敵前逃亡《てきぜんとうぼう》と同じよ。ともに戦う味方の信頼を裏切る最悪の行為《こうい》。整備員にとっては整備不良がそれと同じくらいの重さを持つの。整備不良の機体にパイロットを乗せる。これは整備員仲間だけでなく、命を懸《か》けて戦っているパイロットに対する裏切りとわたしは考えている」

「そ、そうなんですか？」話題についてゆけずに壬生屋は戸惑った。

「パイロットが機体を乱暴に、限界まで動かすのは当然のことよ。逆にそこまでマシンを追い詰められないパイロットなら先行き見込みないしね。だから壬生屋さんは悪くないの。悪いのは脚部の点検、パーツ交換を怠った整備員。クビにするつもりよ」

悪いのは整備員なのに、壬生屋は明らかに自分を責めていた。原はそんな壬生屋を好《この》ましく思ったし、同時に作業の手を抜いた新井木に言い知れぬ怒りを覚えていた。

「ちょっと待ってください！　わたくしのせいでそんなことになるなんて。あの、どなたのことかわかりませんけど、もう一度機会を与えてみてはいかがでしょう？」

壬生屋は必死になって、原に訴えた。一罰百戒《いちばつひゃっかい》とはいうけれど、今、そんなことをすれば士気《しき》は下がる。それに、今の仲間たちと最後まで戦い抜きたいと壬生屋は思った。

「あなたはそれでいいの？　下手をすればあなた、死ぬところだったのよ」

原は真剣な表情で壬生屋の顔をのぞき込んだ。

「ええ、この通り生きていますし」壬生屋は微笑んでみせた。

「このお人好《ひとよ》し」原は嬉しげにつぶやくと、壬生屋のリボンをすっと引っ張った。髪がほどけ、あわてる壬生屋を後目《しりめ》に原は機嫌良くハミングしながら歩み去った。

翌日《よくじつ》の昼休み、壬生屋は空き時間を利用して木刀《ぼくとう》を手にするといつも通り型《かた》を試していた。グラウンドはずれはすっかり壬生屋の練習場となっていた。十メートル四方の小石を取り除き、草履を脱ぎ、足袋《たび》を脱いで素足《すあし》になった。

素足で土を踏みしめると、足の親指に力が入るし、より重心が安定してくるように思える。その上でこれだけは欠かさず、と厳選《げんせん》した型を何度も繰り返し行っていた。

気配がした。土手沿いに植えられた桜《さくら》の幹《みき》の陰に潜《ひそ》んで、じっとこちらをうかがっている。壬生屋は素知《そし》らぬ顔で型を演じる。

「壬生屋さん……」

声がして、新井木がしょんぼりした面もちで姿を現した。壬生屋は納刀《のうとう》までの手順を終えると、一回二回と深呼吸した。

「なんでしょう?」

壬生屋が向き直ると、新井木はもじもじと地面に目を落とした。近づこうかどうしようか、迷っているように見える。

「その……僕、取り返しのつかないことしちゃって。原さんにクビだって言われたんだけど、転属する前に謝っておこうと思って。ごめんなさい。僕、仕事、甘く見ていた」

謝るうちに感情が昂《たか》ぶったのか、新井木はぐすぐすとすすり上げた。そんな新井木を壬生屋はしばらく見つめていたが、やがて穏やかに言った。

「そのことならもういいんです。気にしてませんよ」

「僕が気にするの。僕、何をやってもうまくいかなくて。一生懸命やったんだけどバスケ部ではずっと補欠だったしさ、戦車兵になろうと思ったら不合格になって整備学校に送られちゃうしさ、だから投げやりになっていたの」

新井木は肩を落として泣きじゃくった。

壬生屋はどう新井木を扱ってよいものやら困惑した。何をやってもうまくいかないなんて、わたくしと同じだ、と思った。普段《ふだん》の元気の良さはそんな感情の裏返しだったのか。壬生屋は素直《すなお》に相手を許せる気持ちになっていた。

「原さんがわたくしに謝ってきました」

「原さんが……？」

「ええ、この通り謝るから、新井木さんにもう一度チャンスを与えてって。だから大丈夫ですよ、クビになんてなりませんよ」

壬生屋はやさしく言った。うわあああん。新井木の泣き声がいっそう激しくなった。グラウンドを走っている女子校の生徒が何ごとかとふたりに注目する。わ、わたくしが泣かしたんじゃありませんからね、と壬生屋は困惑《こんわく》の色を深め、じりじりと新井木から遠ざかった。

「隊長、新井木ゴブリンを一匹《ぴき》発見。今、大泣きに泣いとりますばい」

二組教室の窓から中村が双眼鏡《そうがんきょう》を手に新井木の様子を見守っていた。その隣には原と森、それから狩谷が不機嫌な顔で控えていた。

「それで、こちらに向かってくる気配は？」中村のノリに苦笑しながら、原も合わせる。

「知能指数《ちのうしすう》はそこそこあるけん、泣きやんだら原さんところに来っとじゃなかかと思いますたい」

「それで、罰はどうしようか？　狩谷君、アイデアある？」

「僕には関係ないですよ。迷惑ですね」狩谷は忌々しげに唇を歪めた。

「……しかし、どうしてもというのなら、たとえば中村特製のアロエ入り栄養《えいよう》ドリンクいっき

飲みなんてどうですかね。あれは死ぬほどまずかった。そうでなければ茶坊主《ちゃぼうず》を一カ月。今のままではヨーコさんの負担が大きいですからね」

「どうせだったら両方やらせればいいんじゃないですか？　だけど……新井木さんの淹《い》れたお茶っておいしいのかしら？」森が腕組みして考え込んだ。

「まあ、そこはヨーコさんに教育的指導ばしてもらってなんとか一人前にすっとよか」

「そうねえ。なんでもいいから、とにかく一人前になってもらわなきゃ困るのよね」

原は、ほっとため息をつくとかぶりを振った。


数日後、５１２１小隊は再び阿蘇戦区に向かっていた。

トレーラーを連《つら》ねた５１２１小隊の車両群は戦闘指揮車に先導されて57号線を北東へと向かっている。

厚志と舞は機上の人となって、トレーラーに揺られていた。

「これより阿蘇戦区に出撃します。一昨日《おととい》の戦闘で敵を大量に駆逐《くちく》しましたが、昨日のうちに敵は再び大量投入をはかってきました。現在、一進一退《いっしんいったい》の激戦となっている模様《もよう》です。我が隊の任務は戦車随伴歩兵の援護、及び中型幻獣の撃破。しかし、気をつけてください。今までの戦場とはまったく異なります」

善行から通信が送られてきた。

戦場に近づくにつれ、射撃音が大きくなった。厚志は五感を研《と》ぎ澄《す》まして、それぞれの音を区別し、方角を探った。

「どうやらここが戦局の焦点《せんきょくしょうてん》となったようだな。一時的にではあるが」

　砲手席から舞が声をかけてきた。

「どういうこと？」

「合理的な理由はないのだ。意地と意地のぶつかり合いになっている。両軍ともこの戦区で大量の犠牲《ぎせい》を出している。今さら劣勢《れっせい》に立つわけにはゆかぬということだろう」

　国道上でトレーラーは停まった。降車して点在《てんざい》する民家越《みんかご》しに前方を見ると、数百メートル先の草原で激戦が繰り広げられていた。草原にびっしりと露出《ろしゅつ》して見えるのは敵幻獣だ。小型幻獣に交じってまばらにミノタウロス、ゴルゴーン、キメラ、ナーガなどの中型幻獣の姿が見える。別の方面からはヘリのローター音が聞こえてくる。まだ戦ったことはなかったが、ヘリの残骸《ざんがい》に幻獣が寄生《きせい》してできたたかぜゾンビという幻獣だろう。

　これに対して、友軍で地上に露出《ろしゅつ》しているのは士魂号Lだけだった。戦車随伴歩兵、砲兵、さらには自走砲《じそうほう》、ロケット車両など、ほとんどの戦力が塹壕《ざんごう》に拠《よ》って、戦っている。圧倒的な物量で敵を押し包む幻獣側の強襲《きょうしゅう》戦術に対して、人類側は火線を密《みつ》にした拠点防御戦術を取って対抗していた。

「友軍から要請《ようせい》があった。正面の戦線から中型幻獣を駆逐《くちく》して欲しい、とな。ただし、深入りはするなよ」瀬戸口の声がコックピットに響いた。

「了解した」舞は短く請け合うと、厚志に発進を命じた。

厚志がアクセルを踏み込むと、三番機はゆっくりと前進を開始した。接敵《せってき》までの時間を利用して、舞が様々な情報を参照《さんしょう》していた。ふたりの横を両腕に超硬度大太刀を構えた壬生屋の一番機が猛然《もうぜん》と駆け抜けていった。

一番機は小型幻獣には目もくれず、正面のミノタウロスに肉薄《にくはく》したかと思うと、超硬度大太刀をいっきに斬り下げた。がつっと鈍い音がして、肩口を割られ腕を垂《た》れ下がらせたミノタウロスが傷口から体液を噴出させながらも腹を震わせ、生体ミサイルを発射しようとする。

一番機は鋭角《えいかく》的な動きで、敵の背後にまわり、さらに一撃。白刃《はくじん》が陽光にまばゆくきらめき、背中を断ち割られた敵は前のめりに突《つ》っ伏《ぷ》したまま動かなくなった。

（一分三十秒。まだまだ……）

壬生屋はコックピットの中で、ぐっと奥歯《おくば》を嚙みしめ気合いを入れた。コックピット隅には新井木からもらった幸運を招《よ》ぶゴマフアザラシのキーホルダーが揺れている。これお守り、と差し出されて壬生屋は一瞬戸惑ったが、すぐに嬉しさが込み上げてきた。家族以外からプレゼントされたことなんてなかった。ゴマフアザラシも可愛《かわい》かったし。礼を言って受け取った。メインの一番機整備士である中村と岩田から聞いたところによれば、新井木はふたりに必死で頼み込んでその指導を受けながら四十八時間一睡《いっすい》もせず、一番機の整備をしたという。

新井木さんの気持ちに応えなければ、と壬生屋は思っていた。

必殺の一撃が欲しい、と壬生屋は静かに念じた。

自分を守り、仲間を守り、今この世界に生きているどこかの誰かを守るための破邪《はじゃ》の剣。願わくは我《われ》に与えたまえ、と壬生屋は天に静かに祈った。

新たな敵が突進してきた。一番機は避けようともせず、悠然《ゆうぜん》とその場にたたずんだ。右手の大太刀を肩に担《かつ》ぐようにして、静かにミノタウロスを待ち受けた。

ミノタウロスにあわや激突される、と思われた瞬間、一番機の大太刀が一閃《いっせん》した。次の瞬間、戦線にいた誰もが息を呑んだ。きれいに両断されたミノタウロスの頭部が、体液を流しながら数十メートル飛んだかと思うと草原に転がった。

数秒遅れて胴体が地響きをあげて地面に没《ぼっ》した。

戦線のそこかしこで歓声が起こった。あまりに派手な、あまりに鮮烈《せんれつ》な単座型重装甲の豪剣《ごうけん》一閃のデビューであった。


そんな壬生屋の活躍をよそに、三番機は戦線の右正面を担当した。

「二時の方角にミノタウロス三。退却中の士魂号Lを追撃している。芝村、行けるか？」

瀬戸口から通信が入った。

「了解した」舞は短く応じた。

「念のために滝川も向かわせるか？」

「我らなら大丈夫だ。滝川はもしもの時の手駒《てごま》として手許《てもと》に置いた方がよかろう」

そう言うと舞は全速前進の指示を出した。厚志はぐっとアクセルを踏み込んだ。三番機に蹴《け》散《ち》らされ幻獣の横列《おうれつ》に裂け目が生じる。九メートルの巨人は時にゴブリン、ゴブリンリーダーなどの小型幻獣を踏み潰し、二百メートルほど前進した。

厚志の視界に二両の士魂号Lが映った。百メートルほど離れて三体のミノタウロスが交互《こうご》に生体ミサイルを発射しながら迫っている。

「割り込んで敵の注意をそらす」

「え、けど……危険だよ」

「試してみよう」

舞はこともなげに言った。操縦するのは僕じゃないか、と言い返そうとして厚志は思いとどまった。瀬戸口の言葉を思い出したのだ。

「わかった」厚志は勢い良く機体をダッシュさせた。逃げてくる士魂号Lがぐんぐんと迫る。擦れ違いざま「停止する」と厚志は知らせた。舞が砲手席で敵をロックする。急停止と同時にジャイアントアサルトが火を噴いた。

距離七十。腹部に二〇㎜機関砲弾を集中されたミノタウロスは巨体をよろめかせたかと思うと、仰向《あおむ》けに倒れ込んだ。転回後、再びダッシュする。

「敵はどうやら目標を我らに変えたようだ」

「あと二体。どうする？」

「距離を百に取れ。敵を引きつけ、もう一体削《けず》っておく」

急停止。舞はすかさずジャイアントアサルトを発射する。距離八十、五十、三十となったところで突進する敵は力尽きた。残るミノタウロスは方向を変えると三番機から遠ざかった。

「よし、追撃だ。戦線正面から中型幻獣を一掃《いっそう》するのだ」

「けど深追いはだめだって……」

「逃がせばそれだけ味方の損害が増える。かまわぬ。追撃だ」断固とした舞の口調に押され、厚志はまたたくまに最後の敵に接近した。ジャイアントアサルト一連射。敵の背中が切り裂かれ、破片が宙を舞う。しかし敵はなかなか倒れず、倒すのに五分強の距離を走ってしまった。

「瀬戸口だ。ちょっと深入りし過ぎだが、ちょうどいい。そのまま、東へ移動、塹壕《ざんごう》陣地の救援に赴いてくれ。位置は——」

瀬戸口は三番機の戦果を確認したあと、息をつく暇《いとま》もなく指令を送ってきた。

「了解した。ところで壬生屋と滝川はどうだ？」

「壬生屋は絶好調だ。滝川もまあよくやっている。ああ、そういえばバズーカでミノタウロスを一体仕留《しと》めた」

「わかった。それでは陣地救援に向かう」

三番機は青々とした草原を走った。途中、燃え上がる戦車、車両群や、沈黙する塹壕陣地など、戦争の傷痕《きずあと》を多く目撃したが、立ち止まらずに指定された陣地へと向かった。

丘陵《きゅうりょう》を越え、眼下に旺盛《おうせい》な抵抗を続ける陣地が望めた。幻獣の大群が討《う》ち減らされながらもじりじりと陣地に接近している。白兵戦となれば、十中八九、陣地は壊滅《かいめつ》するだろう。

三番機はいっきに丘《おか》を駆け下り、横合いからジャイアントアサルトの銃弾を浴びせた。不意を打たれた敵は向き直る間もなく倒されていく。

と——反対側の方角から深紅の機体が現れた。荒波機だ。敵中を突っ切って、小型幻獣の群れを蹴散らしたあと、塹壕陣地を守るようにその前に立って二度、三度、連射を繰り返して逃げる敵を削っていった。

「やあ、また会ったな」荒波の陽気で屈託《くったく》のなさそうな声が流れてきた。

「先日《せんじつ》は貴重《きちょう》なアドバイスを賜《たまわ》り、感謝している。わたしは芝村だ」舞は反射的に応えていた。

深紅の軽装甲は、向きを変え、三番機を正面に見据えた。レーダードームが点滅《てんめつ》する。

「知っているぞ、芝村に速水。複座型の名物コンビだ」

荒波の口調は急に親しげになった。自分たちの名を知っていることに厚志と舞は驚いた。

「我らの名を知っているのか？」

「あれからまた善行さんと飲んでな。戦場で出会うことがあったら声をかけてくれと。うん、実は少し前からおまえさんたちの戦いは見物させてもらった。俺たちもこの陣地への救援を仰《おお》せつかったのさ」

「じゃあ、かち合ってしまったんですね。あ、僕、速水です」

厚志は顔を赤らめて通信を送った。もう少し荒波と話をしてみたかった。

「けっこういい動きをするじゃないか。才能のかたまりってやつかねえ。いや、感心、感心。ただちょっと気になったのは……」荒波は言葉を切った。

「なんでしょう？」厚志は焦《じ》れて、通信を送った。

「カラーリングが地味過ぎる。灰色の都市迷彩《としめいさい》デフォルトじゃ地味だ。若いんだからもっと目立とうよ。あ、けど、赤はだめだ。俺のトレードマークだから」
「あ、はい……」厚志はあっけに取られ、しぶしぶと応じた。なんだか誰かさんの言ってい
ることと同じレベルだったりする。
「ははは、今のは挨拶代わりの冗談だから。本気にするな。そうだな、おまえさんの操縦は発
進・停止のメリハリはいいんだが、周囲の状況に気を遣うともっとよくなると思うぞ。速水君
よ、おまえさんは走っている時は回避のことなど考えていないだろう？」
「そうですね。次の射撃位置につくことで頭がいっぱいになって」
「だろうな。確率論《かくりつろん》に頼るような移動が気になった。一体、二体の中型幻獣ならいいが、数が
増えれば自然と被弾する確率も増えるってわけさ」
「走っている時に回避など考えられるのか？」舞は率直《そっちょく》に尋ねた。
「ごく単純なことだ。たとえば地形を活用する。遮蔽物《しゃへいぶつ》から遮蔽物へと移動するとか、だな。
露出している時は常に危険と考えることだろうな。ちなみに俺たちはおまえさんたちと併走《へいそう》し
て陣地へ向かっていたのだが、気づいたか？」
「まったく気づかなかった」
「丘陵沿いに移動していたのさ。お陰で高所《こうしょ》からおまえさんたちの戦闘を見物できた。ま、あ
らかじめ戦場の地形を知ることは無駄じゃないね。だがな……」
　荒波は言葉に間を持たせた。
「俺が敵だったら、無事には済んでいないぜ」

荒波は冗談めかして言ったが、丘陵から見下ろされていたかと思うと、厚志も舞も良い気持ちはしなかった。善行司令とは違ってよくしゃべる人だな、と厚志は思った。

「ところで、陣地からなんの連絡もないが」

「ああ、俺たちが話している間に撤退した。今、部下どもが隠蔽用《いんぺいよう》の穴を掘っている」

厚志と舞が視点を移すと、二機の複座型がそれぞれ塹壕陣地を掘り崩し、穴を拡大していた。士魂号にもこんな作業ができるのかという手際《てぎわ》の良さだった。

「荒波司令、こんなものでよろしいでしょうか？」

若い女性の声が割り込んできた。

「ん、よしよし。戦争が終わったら土木《どぼく》作業で食っていける」

「無駄口たたいてないで、ちょっとは手伝ってくださいよ！」どこかの誰かと似たような気の強そうな女性の声が厚志らの鼓膜《こまく》を刺激した。

「馬鹿を言うな。俺のローテンシュトルムが汚れてしまうではないか」荒波の声も高くなる。

「ローテンシュトルム……？」なんだそれと厚志はあきれてつぶやいた。あの滝川だって名前はつけていないぞ。

「まだ紹介していなかったな。俺の可愛い部下たちだ。右から土木一号と土木二号。まあ、ローテンシュトルムの下僕《げぼく》のような存在であるな」

「誰が土木で下僕ですか！　わたしたちにだって名前くらいはあるんです！」

「そう怒るな、土木一号少女A。ああ、彼女たちはおまえさんたちと同じ学兵だ。俺としちゃ全国各地から眼鏡とメイド服が似合う美少女を集めようと思ったのだが、遺伝子適性が優先されたらしくてな、悲しい限りさ」

砲手席からため息が聞こえた。舞はどう対応したらよいのか、戸惑っている。

「土木一号と二号の皆さんたち、僕、操縦手の速水厚志です。それから砲手の芝村舞さん。よろしくお願いします」

厚志は生真面目に挨拶を送った。受信器の向こうからそれぞれ名乗る声が聞こえた。

「それで……これからどうするのだ？　我らは陣地の救援に向かえと言われたのだが」

舞は一応、荒波にうかがいをたてた。ともに戦うとしたら舞の上官にあたる。

「俺たちの命令はもう少し新しいな。救援ではなく、陣地の死守《ししゅ》だな。任務内容はグレードアップしている。地図を見てくれ。この陣地を抜かれたら、国道までは一直線だ。国道を分断されたら、まるまる一個師団《いっこしだん》が孤立《こりつ》し、干上《ひあ》がっちまう。この戦区での人類側の敗北は必至《ひっし》ってわけだ」荒波はどこかのんびりした調子で言った。

「し、しかし……そんな重要な陣地なら」舞は絶句した。

「どうしてもっと部隊を動員しないか、だろ？　動員されているのさ。ここ一週間で十二の小隊が陣地防衛に注《そそ》ぎ込まれ、そのすべてが二十パーセント以上の損害を受け、再編成のために退《しりぞ》いた。今、七個小隊がこちらに向かっているが、それまでは俺たちがお留守番《るすばん》だ。まったく……銀剣突撃勲章の英雄《えいゆう》様を留守番に使うとはな。戦区司令部も相当に苦しんでいるな」

「ならば我らもつき合おう」

「それはありがたいが、やめておけ。俺の経験から考えて、敵はおそらく二十体以上の中型幻獣を動員してくるはずだ。おまえさんたちにはまだ……」

荒波が言いかけた時、受信器から善行の声が聞こえてきた。

「お言葉ですが、彼らは優秀ですよ。あなたとご一緒させてもらえれば、必ずや成果を挙げることでしょう。彼らをよろしく頼みます」

「ははは、善行さんも人が悪いな。ずっと通信を傍受《ぼうじゅ》していたのか？　あんたの部下思いってやつは屈折《くっせつ》しているんだよな。それで、どう使ってもいいのか？」荒波は楽しげに笑った。

「ええ、なんなりと」それだけ言うと善行からの通信は切れた。

「それじゃ決まりだ。おまえさんたちには俺と一緒に釣り役をやってもらおう。遅れたり動きがとろかったりしたら遠慮なく弾避《たまよ》け代わりにするからな」

「望むところだ」舞は不敵に言い放った。

「やります」厚志は不安げに、しかししっかりと請け合った。


陣地は両側を切り立った丘陵に挟まれた正面幅二百メートルほどの規模《きぼ》である。周囲には士魂号Lらしき残骸《ざんがい》や、墜落《ついらく》したきたかぜなどの残骸が散らばっている。敵の圧力が最も強い陣地のひとつだった。戦区司令部は、どうにも部隊のやりくりがつかなくなって、一時的に士魂号に陣地を守らせるという苦しい決断をしたのだろう。

正面は緩《ゆる》やかな起伏《きふく》を持つ草原である。草原には鮮《あざ》やかな色をした花の群落《ぐんらく》が散らばって、その周囲では蝶《ちょう》がひらひらと舞っている。

厚志は戦術画面《タクテイカル・スクリーン》におびただしい赤い光点《こうてん》を確認した。

「オペレータの指示はないのか?」舞が通信を送ると、すぐに返事が返ってきた。

「土木二号、何をやっている?」荒波は複座型の一機をうながした。

「あ、はいっ! 中型幻獣十七、小型幻獣五十余《よ》が当陣地に接近しています。到着まであと五分三十秒。これよりミサイル発射の準備をします」

どうやら複座型の一機が戦闘指揮車の役目を果たしているらしい。

「よおし、一号、二号はそのまま待機。例の手で敵を減らそう。その後は無理をせず、陣地に拠って支援射撃をよろしく頼む」

荒波はそう言い残すと機体を発進させた。厚志もあわてて急発進する。舞の忌々しげなうめき声が後ろで聞こえた。

「さあ、俺にぴったりくっついてろよ」

荒波はそう言うと、百キロ弱は出ているだろう、猛スピードで幻獣の中に分け入った。停止、連射、連射、そして急発進。戦闘開始後、わずか三十秒の間に、深紅の軽装甲は二体のミノタウロスを炎上させていた。

これじゃついていけないよ、と思いながらも厚志は思いっきりアクセルを踏んだ。荒波機に生体ロケットを発射しようとしているゴルゴーンを射界にとらえた。停止と同時に、ジャイアントアサルトのガトリング機構がうなりをあげて回転する。

側面に機関砲弾を撃ち込まれたゴルゴーンは一瞬、体を震わせたかと思うと爆発した。

「そなたは速過ぎるぞ！　複座型では最高速度七十がやっとだ！」舞が憤然として叫ぶと、荒波の哄笑《こうしょう》が返ってきた。

「ああ、すまんすまん。忘れていたよ。じゃあ、適当に遊んでいなさい」

荒波機はこう言い捨てると、さらに一体を撃破した。荒波機は小型幻獣には目もくれず、快速《かいそく》を利してひたすら中型幻獣を削ることに専念《せんねん》していた。

「だめだ。荒波機を目で追っているときりがない。我らは我らでやるぞ」

「わかった」厚志は左手から迫ってくる二体のミノタウロスに気づいた。

「左手に二体」

「むろん攻撃だ」こともなげな舞の言葉に、厚志は奥歯を噛みしめ気合いを入れた。

一体がミサイル発射準備のために静止し、一体が突進してくる。舞はためらわず距離百五十でミサイル発射直前の一体の腹を狙った。轟音《ごうおん》とともにミノタウロスは四散《しさん》した。轟音と同時に、厚志は機体を六十度転回すると、ダッシュした。どこからか生体ミサイルの風切り音が聞こえてくるが、夢中になった厚志には聞こえていなかった。停止して一連射。さらに一体のミノタウロスが、地面に横たわる。

不意に厚志らの後方《こうほう》で爆発音が起こった。急《いそ》ぎ上体を転回して様子を見ると、一体のナーガが炎上し、爆発を起こしていた。気づかなかった――。

その傍らを深紅の軽装甲が悠々と通り過ぎてゆく。

「貸しひとつだ。市内で一杯奢ってもらうぞ」

未成年《みせいねん》です、と厚志は下を向いた。

「すまぬ。油断であった」舞が通信を送ると、すぐに返事が返ってきた。

「陣地に戻ってウチの連中を助けてやってくれ。あいつらには今の状況は荷が重過ぎる」

「了解した。厚志、戻ろう」

厚志は三番機を陣地へ向けて走らせた。

「そちらの様子はどうだ？」舞が塹壕に隠れている土木一号二号に通信を送ると、先ほどの気の強そうな声が返ってきた。確か土木一号砲手の田中《たなか》十翼長とかいった。

「異状はなし。あの、荒波司令はどうですか？」

「なんだ、田中とやら、そなたらの司令のことだろう。司令の戦いぶりを知らぬのか？」

「いえ、凄いっていうのはわかるんですけど、わたしたち、支援《しえん》射撃ばかりで前に出て戦わせてもらえなくて。芝村さんでしたっけ？　あなたたちが羨ましいです」

とたんに舞は相手を怒鳴りつけていた。

「たわけ！　そなたが荒波を理解せずして誰が理解する？　一定の戦術に従って勝利を得られるのなら無理をする必要はないのだ」

「そうですよ。わたし、荒波司令のお考えがわかります。国はパイロットを使い捨ての駒としてしか考えていない。だったらこちらも意地でも生き残ってやろうって。おまえたちの誰ひとりとして死なせはしないっておっしゃってくれました」

別の女子学兵の声がたしなめた。彼女は土木二号操縦手の藤代《ふじしろ》十翼長と名乗っていた。

「よくわかんないけど、生き残ることを考えてればいいんじゃない？　それが隊の一致した意見だったらそれはそれでいいと思うけど」

厚志は思わず口を開いていた。善行司令もいいけど、臆面《おくめん》もなく、意地でも生き残るなんて言える荒波司令は、けっこう好きなタイプかもと思った。

「まったく……恥ずかしいやつらだな。俺がいつも通信回線をONにしていることくらい覚えていて欲しいぞ」

荒波の声が流れた。厚志と舞が振り返ると、かなたで続けざまに炎が上がった。これでまた二体。三番機の分と合わせて、これで合計九体を撃破している。

「司令、弾薬はありますか？」田中がおずおずと尋ねた。

「ちょっときついな。そろそろ釣り野伏発動だ。駆け抜けざま、超硬度大太刀を投げてくれ」

「わかりました。あの、さっきは……」

「ああ、いいんだ、いいんだ。田中、おまえさんはまちがっていない。ただ、俺のようなヒーローの下にいることを不幸と思ってヒロインデビューはあきらめてくれ」

三番機は塹壕の陰に隠れた。すぐ側では土木一号が超硬度大太刀を握って隠れている。反対側では二号がミサイル発射の準備をしているはずだった。深紅の軽装甲が姿を現すと、またたくまに塹壕を飛び越えた。一号は立ち上がると、器用に大太刀をトスした。

「三分後にミサイル発射。その前に小型幻獣が来るとは思うが、俺と５１２１さんで適当に相手をする。おまえたちは中型幻獣にミサイルのコンボを浴《あ》びせてやってくれ」

すぐに塹壕に小型幻獣が殺到《さっとう》してきた。三番機は弾薬を節約《せつやく》するため、パンチとキックを併用《へいよう》して適当に敵をあしらった。荒波機は大太刀を器用に使いこなし、次々と小型幻獣を粉砕《ふんさい》する。少し遅れてミノタウロスが突進してきた。荒波機は塹壕付近を離脱《りだつ》、大きく後方に下がった。三番機もそれに倣《なら》う。

「ロックオン終了。行きますっ！」田中の声だ。

塹壕の両側から有線式《ゆうせんしき》ミサイルが発射され、次々と中型幻獣に突き刺さり爆発する。爆発は小型幻獣をも巻き込んで、あたりはオレンジ色の閃光で満ちた。

「よしっ！　我らもミサイル発射だ」

舞にうながされ、厚志は三番機を前進させた。まだ生き残った中型幻獣がいる。それにこの際、敵を徹底して殲滅《せんめつ》してやろう。

舞はすばやく敵をロックしてゆく。三番機はとどめのミサイルを発射、ミサイルの三連打《れんだ》を受け、あたりは幻獣にとっては凄惨《せいさん》な地獄絵《じごくえ》となった。破壊を免《まぬか》れた敵は、当初《とうしょ》の戦力の一割にも満たなかった。一体のゴルゴーンが背を見せて逃げていく。

その時、土木一号が塹壕から出ると敵を追った。

「待て！　勝手なことをするな！　とどめは俺が刺す」荒波の声が通信回線を流れる。

「すみません。わたし、一度くらいは司令と肩を並べて戦ってみたいんです！」

田中十翼長の声だった。仲間のパイロットも巻き込んで、しばらく言い合いが続いたかと思うと悲鳴があがった。背を見せて逃げるゴルゴーンの陰からミノタウロスが姿を現した。しまった、もう一体いたのか！　厚志が三番機を発進させるより先、深紅の機体が猛然と横を駆け抜けていった。あわてふためく一号のジャイアントアサルトは狙いをことごとくはずし、突進するミノタウロスは目前《もくぜん》に迫っていた。

あわや激突、と思われた瞬間、両者の間に荒波機が割り込んだ。手にした大太刀を敵の横腹に突き通すと、そのまままともに倒れ込んだ。爆発が起こり、濛々《もうもう》と硝煙が立ち籠めた。厚志らが目を凝らすと、荒波機はミノタウロスの下敷《したじ》きとなって半ば地面に埋もれていた。傍らには横倒しになった一号。厚志はあわてて通信を送った。

「だ、大丈夫ですか？　荒波司令？　田中さん……？」

「……田中です。わたし、わたしのせいで」田中の嗚咽が聞こえた。三番機はさらにダッシュすると、最後の敵にありったけの機関砲弾をたたき込んだ。

ゴルゴーンは燃え上がり、戦場は静けさを取り戻した。

「あー、聞こえるか、荒波だ」

「……司令？　嘘。生きてるんですか？」田中十翼長の茫然とした声。

「ははは、勝手に殺すな。だから、全員生き残って家に帰ろうって言ってるだろ？　くそっ、痛《いて》え。単座の軽装甲はやっぱ脆《もろ》いな。コックピットが潰れて足を一本、やられちまったようだ。それでだな、おまえたちにはふたつのことを頼みたいのだ。まず、俺を救出すること。それから、モルヒネを俺の足に打つこと」

荒波は冗談めかして言ったが、その声は相当に切迫《せっぱく》していた。

「けど……」藤代十翼長の、オットリとおとなしそうな声が言いよどんだ。

「けど？」

「モルヒネなんて用意してませんよ。どうしましょう？」

間があった。

「だよなぁ。うっ……！」

我慢《がまん》の限界に達したか、通信を介《かい》して荒波の絶叫《ぜっきょう》が聞こえてきた。


数日後、厚志と舞は荒波を病院に見舞った。

荒波は救出されたのち、苦痛にのたうちまわりながら三十分後に到着した病院車に収容された。右大腿部《だいたいぶ》複雑骨折。快復《かいふく》には数カ月を要するという話だった。

病室のドアを開けると、四人の女子戦車兵が善行と同じ年頃の男の世話を焼いていた。藤代らしき眼鏡の少女はリンゴを剥いて、「あ〜んしてください」などと甘やかしている。田中だろうか茶髪の少女は相当に退屈《たいくつ》しているらしく、こともあろうに司令のギプスを勲章で満艦《まんかん》飾《しょく》に飾り立てていた。こんな光景は荒波の隊でなければ見られないだろう。

荒波司令はなんとなく瀬戸口に似ている二枚目だった。ただし、浅黒い肌だけは歴戦《れきせん》の兵であることを物語っていた。ふたりに気づくと、荒波は「おう」と手を上げた。

「速水に芝村、だな？　初めて顔を見るってのも妙なもんだな」

「あの、お加減《かげん》いかがですか？」厚志はうなずくと、顔を赤らめて尋ねた。何を緊張していると舞が厚志の脇をつっついた。

「芝村舞だ。そなたの働きのお陰で人類側は阿蘇戦区では優位《ゆうい》に立てたようだ。もっとも、約十日間は、という断り書きがついているが」

「ははは。そんなものさ。一パイロットの仕事にしちゃ上出来《じょうでき》というところだな」

荒波は朗《ほが》らかに笑った。

「善行が心配していた。そなたの隊はこれからどうなるのだ？」

「ああ、それなら俺が上層部に具申して解散することに決めた。動けるようになったら俺は戦車学校の教官としてリハビリの傍ら、教える側にまわる。この下僕どもは……」

言いかけて、荒波はふうっとため息をついた。

「引き続き面倒を見ることにしたよ。教官補佐という名目《めいもく》だがな。もうあんなことはこりごりだから、ちょっとは戦えるようにしてやるつもりだ」

「ごめんなさい、わたしのせいで……」

ギプスを飾り立てていた田中が肩を落とした。

「田中よ、おまえのごめんなさいは聞き飽《あ》きたぞ。そんなことよりだ。少なくとも俺は隊の目標を達成したと思っているんだがな。意地でも生き残ろうぜってやつさ」

厚志と舞は顔を見合わせた。

「あー、速水に芝村、そんな変な顔をするな」荒波は苦笑いを浮かべて言った。

「わたしは別に……」舞が口ごもると、荒波は軽くうなずいた。

「すまんな、変わり者の同業者で。俺はどうやら愛国心《あいこくしん》とか、自己犠牲《じこぎせい》の精神なんてものは、八代に置き忘れてきちまったみたいなんだ」

荒波は照れ隠しにタバコを吸おうとして、少女たちにあっさりと取り上げられた。

「目に見える——今、目の前にいる相手を助け、守る。俺にはそれぐらいしかできないなって割り切ったらもう一度出直す気になってな、先日までこいつらと一緒に戦っていたってわけだ。だが、俺の戦争は終わった。あとはおまえさんたちに任せることにする」

「ああ、その言葉、しかと受け止めた」

舞は腕組みをしたまま、大きくうなずいた。

「僕も頑張ります」

厚志も顔を赤らめて言った。

「俺が見る限り、ふたりとも俺なんかよりはるかに才能がある。わずか数回の出撃で、ミノタウロスをあんな風に料理《りょうり》するとはな。あとはメンタルだな。いつでも冷静に、容赦なく、敵を倒せ。それだけだ。以上、俺の授業は終わりだ」

荒波は手を伸ばした。厚志と舞はそれぞれがっちりと握手を交わした。

「あの子たち、幸せだね」病室を出たあと、厚志はぽつりと言った。

「何を言う。そなただって相当に幸運なのだぞ。荒波と同じく、善行だっていつだってそなたらのことを考えている。ただ、表現する方法が違うだけなのだ」

「そう、そうだよね……」

あの深紅の軽装甲が戦場から消える、と考えると、一抹《いちまつ》の寂しさを厚志は覚えた。

「そんなことよりあの者は我らに任せると言った。我らの戦いはこれからだ」

「じゃあ、機体をレッドにカラーリングする？　荒波司令もいなくなることだし」

厚志が冗談めかして言うと、舞はふっと精悍《せいかん》な笑みを浮かべた。

「それもよかろう。だが、わたしは荒波からは別のものを受け継ぎたいぞ。生き残ることだ。何があっても生き残り、我らを必要とする者たちを守っていこう。そなたとならばなんとか達《たっ》成《せい》できそうな気がするのだ」

舞の言葉は厚志の心を打った。

「僕は君と出会えて良かった。本当に――」

厚志は舞に微笑みかけると、すぐに顔をうつむけ、自分の内面深く、沈み込むような表情になった。この数週間のめまぐるしく、魂《たましい》を揺さぶる日々が思い起こされた。熊本に来て、芝村舞と名乗る不思議な少女と出会って、それから――自分は変わった。

熱く、そして不屈《ふくつ》の心を持つ舞に自分は惹かれ、これからもずっと惹かれ続けていくだろう。凍《い》てついた心を抱え、幽霊《ゆうれい》のように冬枯《ふゆが》れの野をさまよっていた自分はもういない。僕は芝村舞と一緒に、僕たちを必要とする人たちを守っていくだろう。

厚志の口許に晴れやかな笑いが広がった。

冷たい風が吹き抜けていった。

三月の下旬《げじゅん》にも拘わらず、まるで冬に戻ったかのような氷雨《ひさめ》交じりの曇天《どんてん》になっていた。身を切るような寒さだったが、整備テントは熱気に包まれていた。整備員たちは忙しく走りまわり、あるいは機体に取りつき、白い息を吐きながら出撃前の確認作業に余念《よねん》がなかった。

本田と坂上はテント内に足を踏み入れると目を見張った。誰もが真剣な面もちで作業に従事《じゅうじ》している。普段の彼らとは態度も顔つきもまったく違う。声をかけるのもはばかられ、ふたりの教官は黙って立ち尽くした。

本田が何気なく二階に目をやると、待機中の壬生屋、滝川と目が合った。壬生屋は凜《りん》とした表情になって敬礼をした。滝川も引きしまった顔つきで敬礼をする。本田はにやりと笑うと、敬礼とはこうするもんだとばかりにとっておきの敬礼を返してやった。ほどなくふたりの姿はコックピットに消え、本田と坂上は微笑して顔を見合わせた。

「どうしたんです、ふたり揃って」

声をかけられふたりが振り返ると、善行が怪訝な面もちで立っていた。

「見送りってやつさ。……その、なんだ。やつら、随分と大人の顔になったじゃねえか」

本田が照れくさそうに言うと、善行は苦笑いを浮かべ、「ええ」と短く応えた。戦局の悪化は学兵たちから子供のあどけなさを奪いつつあった。それを成長と考えるか、痛ましいことと考えるかはともかく、それが現実だった。本田も坂上も、そして善行も学兵たちの置かれた現実がよくわかっていた。

つかのま、三人はそれぞれの思いに沈んだ。

「……これからが大変だな」

沈黙に耐え切れずに本田が口を開くと、善行は眼鏡を押し上げた。

「各戦区で幻獣が急速に増強《ぞうきょう》されているようです。わたしの知る限り、昨日までに十七個の小隊が地図上から姿を消しました。我々は寸断《すんだん》された戦線の穴埋《あなう》めに向かうところです」

「俺にはおめーらを見送ることしかできねえ。けどな……」

本田は言いかけて、その先を続けるのをためらった。

「武運長久《ぶうんちょうきゅう》を祈ります。彼らを最後まで導《みちび》いてやってください」

本田の言葉を引き取るように、坂上が代わって善行に言った。本田はなおも言葉を探したが、すぐにあきらめると、その通りだというように善行に向かってうなずいてみせた。無事でいて欲しい。願いはそれだけだ。

善行はふたりの教官に向き直ると踵《かかと》を揃え、敬礼をした。

「これより5121独立駆逐戦車小隊、出撃します」

善行の姿が指揮車内に消えるまで、本田と坂上は敬礼を送り続けた——。

……指揮車は校門を過ぎ、車道に差しかかっていた。指揮車内で揺られながら、善行は第62戦車学校に赴任《ふにん》してからの日々を思い起こしていた。わずか三週間足らずの間に様々なことがあったが、これから学兵たちは学校での訓練の日々を懐《なつ》かしく思い起こすことだろう。

そう、隊員たちを待ち受けている現実は過酷だ。

しかし——と善行は炯々《けいけい》と目を光らせた。たとえどのような運命が待ち構えていたとしても、自分はいつでも彼らとともにある。後悔をしないために、自分はあらゆる手を尽くすだろう。最後の最後まで。決してあきらめることなく。

不意に隊員たちの歓声《かんせい》が聞こえた。

ハッチを開け機銃座《きじゅうざ》に出てみると、芳野春香がスーツ姿のまま舗道《ほどう》上を併走しながら手を振っていた。通行人は何ごとかと振り返るが、芳野は気にせず、こわばった、しかし精一杯の笑顔で隊員たちに手を振り続けた。

「頑張ってね。先生、ずっとずっと君たちを見守ってるから——」

そう叫ぶと芳野は、息を切らせて立ち止まった。それでも必死に声を張りあげる芳野に善行は心からの敬礼を送った。

「これより５１２１独立駆逐戦車小隊、出撃します」
善行の姿が指揮車内に消えるまで、
本田と坂上は敬礼を送り続けた――。

「頑張ってね。先生、ずっと君たちを見守ってるから」
そう叫ぶと芳野は、息を切らせて立ち止まった。
それでも必死に声を張りあげる芳野に
善行は心からの敬礼を送った。

キャラクターデザイナーにして挿し絵画家！

きむらじゅんこの憂鬱VI

こんにちはー!! きむらじゅんこでーース!!

すっかりじめじめシーズンでほんとにゆうう〜つ入ってまーす…

ちなみに気持ちだけ(字の)でもハイテンション…に…？

ひらきなおり？

小説の方いかがでしたでしょーか。私めもたいへんたんのうさせていただきました… イイ!!

ガンパレといえば

アニメの方も終了しました。

なんだかとってもラブいモードでしたので私ほのぼの…のとしてました。お泳もしろかったです♥

途中ではすっごい泣き… そうに…

え〜 みたいな〜

なんメしキャラも生き生きしてて よかった…

でも やっぱし森だけは難みた〜いな〜

新鮮すぎ(笑)

上(笑)からの命令だったの!!

かけっていわれちゃったの!!!

わたしのせいじゃ グフッ

かわいい2人なのでなんとなく
私めのマシンはVAIO様だったりしますが
いやもう最近特に不正終了ばかりでイヤーン
バカーン
なんです。
昔のぷ●ぎりおちゃうのにィ
……とパソの話はおいといて…
またどこかでお会いできますよーに。
とまた変なと〆てみた。
某月某日……きむらじゅんこ
名前でか！スペースうめた!!

高機動幻想
ガンパレード・マーチ

機種●	プレイステーション用ソフト
メーカー●	ソニー・コンピュータエンタテインメント
ジャンル●	GAME
定価●	5,800円（税抜）
発売日●	2000年9月28日発売

アクション、アドベンチャー、シミュレーション……。ジャンル表記がままならないほど、ゲームのあらゆる面白さを、すべて盛りこんでしまった作品。舞台となるのは異世界から来た幻獣との戦いが激化する日本。プレイヤーは少年兵として軍の訓練校に入学し、パイロットとして腕を磨いていく。ゲームの進行はリアルタイム。学園生活で恋愛するもよし、必死で勉強するもよし、戦闘に明け暮れるもよし。自由度の高いシステムの中で、自分なりの楽しみ方を見つけよう！

◉榊　涼介著作リスト

「偽書信長伝　秋葉原の野望　巻の上・下」（角川スニーカー文庫）
「偽書幕末伝　秋葉原竜馬がゆく㈠〜㈢」（電撃文庫）
「アウロスの傭兵　少女レトの戦い」（同）
「疾風の剣　セント・クレイモア」全3巻（同）
「忍者　風切り一平太」全4巻（同）
「鄭問之三國誌〈一〉〜〈三〉」（メディアワークス刊）
「神来ーカムライー」（電撃ゲーム文庫）
「7BLADES　地獄極楽丸と鉄砲お百合」（同）
「ガンパレード・マーチ　5121小隊の日常」（同）
「ガンパレード・マーチ　5121小隊　決戦前夜」（同）
「ガンパレード・マーチ　5121小隊　熊本城決戦」（同）
「ガンパレード・マーチ　episode ONE」（同）

本書に対するご意見、ご感想をお寄せください。

■

あて先

〒101-8305 東京都千代田区神田駿河台1-8 東京YWCA会館
メディアワークス電撃ゲーム文庫編集部
「榊 涼介先生」係
「きむらじゅんこ先生」係

■

電撃文庫

ガンパレード・マーチ
episode TWO《エピソード ツー》

榊《さかき》 涼介《りょうすけ》

発行
二〇〇三年 七 月二十五日 初版発行
二〇〇四年十二月 十 日 四版発行

発行者 佐藤辰男

発行所 株式会社メディアワークス
〒一〇一-八三〇五 東京都千代田区神田駿河台一-八
東京YWCA会館
電話〇三-五二八一-五二二二（編集）

発売元 株式会社角川書店
〒一〇二-八一七七 東京都千代田区富士見二-十三-三
電話〇三-三二三八-八六〇五（営業）

装丁者 荻窪裕司（META+MANIERA）

印刷・製本 あかつきBP株式会社

落丁・乱丁本はお取り替えいたします。
定価はカバーに表示してあります。

Printed in Japan
ISBN4-8402-2451-X C0193

電撃文庫創刊に際して

文庫は、我が国にとどまらず、世界の書籍の流れのなかで〝小さな巨人〟としての地位を築いてきた。古今東西の名著を、廉価で手に入りやすい形で提供してきたからこそ、人は文庫を自分の師として、また青春の想い出として、語りついできたのである。

その源を、文化的にはドイツのレクラム文庫に求めるにせよ、規模の上でイギリスのペンギンブックスに求めるにせよ、いま文庫は知識人の層の多様化に従って、ますますその意義を大きくしていると言ってよい。

文庫出版の意味するものは、激動の現代のみならず将来にわたって、大きくなることはあっても、小さくなることはないだろう。

「電撃文庫」は、そのように多様化した対象に応え、歴史に耐えうる作品を収録するのはもちろん、新しい世紀を迎えるにあたって、既成の枠をこえる新鮮で強烈なアイ・オープナーたりたい。

その特異さ故に、この存在は、かつて文庫がはじめて出版世界に登場したときと、同じ戸惑いを読書人に与えるかもしれない。

しかし、〈Changing Time, Changing Publishing〉時代は変わって、出版も変わる。時を重ねるなかで、精神の糧として、心の一隅を占めるものとして、次なる文化の担い手の若者たちに確かな評価を得られると信じて、ここに「電撃文庫」を出版する。

1993年6月10日
角川歴彦